**GUNDEGA REPŠE
UNSICHTBARE
SCHATTEN
ROMAN DUMONT**

**GUNDEGA REPŠE
UNSICHTBARE
SCHATTEN
ROMAN DUMONT**

ÜBERSETZT AUS DEM
LETTISCHEN VON
MATTHIAS KNOLL

Die Originalausgabe erschien 1996
unter dem Titel *Ēnu apokrifs* bei Preses nams, Riga
© 1996 Gundega Repše

Erste Auflage 1998
© 1998 für die deutsche Ausgabe: DuMont Buchverlag, Köln
Alle Rechte vorbehalten
Ausstattung und Umschlag: Groothuis+Malsy
Umschlagfotografie: Petra Dörsam
Gesetzt aus der Stempel Garamond
Gedruckt auf säurefreiem und chlorfrei gebleichtem Papier
Satz: Greiner & Reichel, Köln
Druck und Verarbeitung: Clausen & Bosse, Leck
Printed in Germany
ISBN 3-7701-4407-4

**UNSICHTBARE
SCHATTEN**

Of course they understand
birds, animals, babies. In their line.
James Joyce, »Ulysses«

An jenem Morgen hat die in Rauls und Ninas Diensten stehende Vietnamesin San-San der Durchfall erwischt. Als Jeans-Minirock und der von einer Kunststoffspange gekrönte Hinterkopf mit einem verzweifelten Satz zum vierten Mal in der Toilette verschwunden sind, reißt Nina sich los.
Die taubgewordenen Hände zittern, und die blutig aufgeschürfte Haut an den Unterarmen brennt mörderisch. Während das Herz im Galopp von der Lunge zur Leber, von der Leber ins Hirn rappelt, hastet die Frau die Treppe hinunter.
Tirgoņu iela[1] und Domplatz brummen aufgekratzt, ganz wie es sich Mitte Juni für das Sonnengeflecht von Riga gehört.
Max, der Empfangschef vom Restaurant *Lido* nebenan, grüßt mit gewohnter Höflichkeit, wirft jedoch der sonst hübsch zurechtgemachten Dame, die da in roten chinesischen Pantoffeln sonderbar schwankenden Schrittes davonläuft, einen erstaunten Blick nach.
Dann schießt San-San auf die Gasse und haspelt mit piepsiger Stimme unverständliche Wörter hervor.
Für einen neugierigen Augenblick verstummen Pizzaesser, morgendliche Biertrinker und die für den Tag herausgeputzte Promenadenjugend, dann brandet das Gemurmel wieder auf.
Das Kunststoffgold der Vietnamesin blitzt zum Haus des Rundfunks, zögert bei der Börse, gleitet durch den Schatten des Doms und kommt ängstlich verwirrt in der Kaļķu iela zum Stillstand. In ihrer Aufregung vergißt die Vietnamesin selbst die einfachsten russischen Vokabeln, so daß sie weder Max vom *Lido* noch Karnickel vom *Blauen Vogel*, weder Maiga vom *Kolonna* noch Kasino-Tālis, weder Puschel vom *Spendrups* noch Lydia vom Zeitungskiosk oder den Akkordeonspieler Julius fragen kann, in welche Richtung Nina entflohen ist.
Ihren bedrohlich rumorenden Magen beherrschend, schnurrt San-San zurück, schießt hinauf in die Mansardenwohnung und ruft ihren Herrn und Gebieter Raul im *Pelikan* an.

---

1 iela: Straße; Tirgoņu iela: Kaufmannsstraße, eine Gasse in der Rigaer Altstadt

Der Busbahnhof ist halbleer, nur gelangweilte, aufgetriebenen Piroggen ähnliche Verkäuferinnen plustern sich hinter ihren mit Kaugummi und Limonaden überladenen Ständen auf.
»Ich muß nach Salacgrīva, hab aber kein Geld.«
»Gehn Sie zu Fuß«, antwortet betont gelassen die vergißmeinnichtäugige Kassiererin am ersten Fahrkartenschalter. »S. Stalidzāne – Kassiererin«, verrät ein Schildchen.
»Ich gebe Ihnen meinen Ehering und Sie mir eine Fahrkarte nach Salacgrīva.«
Einen Augenblick lang holt der zweite Schalter Atem, taxiert Ninas vor Entschlossenheit betaute Stirn und knurrt: »Hier wird gearbeitet.«
Der dritte Schalter ist geschlossen, und bevor die Frau auch nur ihre Frage an die Alte mit dem Tripelkinn am vierten Schalter richten kann, ist S. Stalidzāne herbeigeeilt und zischt, daß man Bettler, Penner, Flittchen und Steuerhinterzieher vergiften müßte wie Ratten oder tollwütige Köter.
»Laß dich gar nicht drauf ein, Wilma, laß dich überhaupt nicht drauf ein!«
Klack, und auch der vierte Schalter ist geschlossen.

Nachdem sie sich einen Überblick über die Parade der Hunde- und Katzenverkäufer unter der Bahnbrücke verschafft hat, bleibt Nina bei einem Mädchen mit Siamkatzen stehen.
»Wie läuft das Geschäft?«
»Steh schon seit einem Monat für nichts hier rum.«
»Und Sie, mein Herr?«
Der Angesprochene knetet einen triefäugigen Bernhardinerwelpen, den er sich unter das stoppelige Kinn gestopft hat.
»Was kostet der?«
»Zwanzig Lat. So gut wie umsonst. Würde ihn selber behalten, werde aber operiert und hab keinen, der ihn versorgt.«
»Was halten Sie davon: die zwanzig Lat gegen den hier.«
Endlich hat Nina den breiten Ring von ihrem verschwitzten Finger geschraubt und reicht ihn dem Mann.
»Hochkarätig, Sie können nachschauen.«

»Verzieh dich, räudige Zigeunerin!«
Im Handumdrehen gerät der Körper des Mannes vor Zorn in Wallung, die Augen flackern auf, und die umstehenden Frauen mit ihren Hunden, Katzen, Hamstern, weißen Ratten und Kanarienvögeln rücken enger zusammen, als machten sie sich zum Chorgesang bereit, bedrohlich auf der Stelle tretend, als wären sie unschlüssig, ob sie nun vorrücken oder stehenbleiben sollen.
»Man muß die Polizei rufen«, sagt die Siamkatzenverkäuferin naseweis und reckt den Hals, als halte sie nach einem Polizisten Ausschau. Nina bemerkt eine Handbreit unterhalb von ihrem Ohr einen ovalen, dunkelrotbläulichen Fleck.
»Vater – Collie, Mutter – Schäferhund«, trällert schmeichlerisch und unablässig ein dicklicher Rotschopf aus dem Schatten seiner synthetischen Schirmmütze, vor sich einen stattlichen Korb voller Welpen.

In der Fußgängerunterführung betteln an jenem Morgen nur eine dreißigjährige Wasserstoffblondine in Baumwollstrümpfen mit zwei wie absichtlich schmuddeligen Mädchen und der Alte auf Rädern.
»Wieviel hast du?« Nina hockt sich neben den Beinlosen und seinen offenstehenden Pappkoffer. Ein Brodem von unausgeschlafenem Fusel und seit der Okkupation Lettlands nicht mehr geputzten Zähnen schlägt ihr entgegen.
»Nichts, ist noch früh.«
»Red nicht! Wenn du schwindelst, schick ich dir Žora auf den Hals.«
»Was soll das?! Geh selber arbeiten, miese Nutte!«
»Rück schon raus, sonst schieben dich meine Leute in die Daugava.«
»Drei Lat. Basta!« Der Alte spuckt aus und kramt in seiner ausgebeulten Tasche.
»Und hier hast du 'nen Ring. Basta!«

Als sich die hitzig errötete Frau wieder dem Fahrkartenschalter nähert, packt jemand von hinten ihre beiden Ellenbogen und drückt sie zusammen, daß die Knochen knirschen. Nina reißt sich mit einem Ruck los und prallt um ein Haar gegen ein riesiges, rötliches Hängegesicht mit

schiefem, nikotingelbem Schnurrbart und einem zerkauten Streichholz zwischen den glänzenden, schlaffen Lippen.
»Dawai[1], und kein Theater. Her damit!«
»Hilfe! Überfall! Hilfe!« hört Nina sich schreien, und einen Moment später ist das Hängegesicht, welch Wunder, verschwunden.
Die Frau hat sich schon ihre Fahrkarte geschnappt, als die Vergißmeinnichtaugen der Kassiererin S. Stalidzāne vom ersten Schalter Ninas gehetztem, fast raubtierhaftem Blick begegnen.
»Verdient, he? Wofür ich drei Tage arbeiten müßte, hat so eine in zehn Minuten beisammen. Sie sollten die Landwehr rufen, Genossin Vītoliņa. Man muß auf der Hut sein, auf der Hut!«
Doch diese Worte verhallen hinter Ninas Rücken.
Ihren Tränen läßt die Frau erst freien Lauf, als der Überlandbus aus seiner Haltebucht wackelt.

Bislang kenne ich von Nina nur das Gesicht und andere so oder anderweitig sichtbare Körperteile.
Sie hat hellbraunes, weiches Haar, das bis zu den Ohren reicht und auf den Wangen zu Hörnchen mit spitzen, wie angeleckten Enden ausläuft. Ihre Augen sind eindeutig grau – kein Tüpfchen, kein Fünkchen, nicht der leiseste Anflug eines anderen Farbtons ist in ihnen zu finden – sie schimmern wie Perlmutt. Sie hat diese Augen aufgerissen wie in einem uralten, unauslöschlichen Erstaunen, doch diese vielleicht irrige Vorstellung rührt von den hohen, hochgezogenen Brauen her. Die sich übrigens kräuseln.
Nina erfaßt nicht, wo sie plötzlich aussteigt, anstatt bis Salacgrīva weiterzufahren. Doch das spielt keine Rolle, denn Salacgrīva war nur der erstbeste Ort auf der Landkarte Lettlands, der ihr an jenem Morgen in den Sinn kam.
Der Landstraßenwind zerzaust ihr Haar, Sandstaub setzt sich in den offenen Abschürfungen ihrer Unterarmen fest, irgendwohin, wer weiß

---

1 dawai: gib her; na los, los jetzt (russ.)

wohin, fließt der Schweiß, verdunstet, versiegt und taucht über der Haut wieder auf wie das Spucken feiner, unsichtbarer Geysire.
Hätte die Frau kein verweintes Gesicht, so würde man ohne Zweifel sagen können, daß sie siebenundzwanzig Jahre alt ist, doch im Augenblick ähnelt sie eher einem von Zuhause ausgerissenen Teenager in ausgeblichenen Jeans und abgetragenem, blaßblauem Baumwollpullover. Die roten chinesischen Pantoffeln mit den violetten Vögeln betonen ihren eigenartigen Gang. Ich kann mir denken, daß sie früher Filme mit Fanny Ardant gesehen hat und deshalb versucht, den Schick der krummen Beine zu imitieren, indem sie die Fußspitzen nach innen setzt. In ihrer Haltung, ihren Bewegungen liegt etwas Einstudiertes, vor langer Zeit und derart gründlich einstudiert, daß ich vermute, selbst in der größten Verzweiflung wäre sie nicht fähig, aus der Rolle zu fallen. Es sieht aus, als habe Nina mit Absicht den Bauch eingezogen und bemühe sich mit verhaltenem Atem, zumindest sich selbst gegenüber den Eindruck eines zerbrechlichen Wesens zu erzeugen. Doch ich schließe nicht aus, daß die meisten Menschen, und auch ich, ungerecht über Nina urteilen und ihr die eigenen verborgenen Schwächen zuschreiben. Nina biegt in einen sandigen, von der Junihitze hypnotisierten Waldweg ein, und sie hat ein wenig Angst. Vor Wildschweinen, Banditen und Bomben aus dem Zweiten Weltkrieg, die hier und da seit nunmehr fünfzig Nachkriegsjahren hochgehen.
Die Frau sieht nicht gesund aus. Nur selten begegnet man auf Waldwegen einem Spaziergänger, der eilt, als gelte es, den letzten Zug zu erreichen, der diesen Zug jedoch gar nicht braucht. Sondern nur das Erreichen. In Ninas Gang, in ihrem Blick, in dem Streben ihrer ganzen Gestalt liegt nicht die Spur von einem Ziel. Aber auch kein Genießen dieser Ziellosigkeit. Eine ungesunde und gequälte Frau.
Zu häufig schaut sie sich um, dann läuft sie immer schneller. Auch mir wird ungemütlich zumute, obgleich der Sandweg das Preschen der Pantoffeln verschluckt und auslöscht, es ist nur ein weiches Gestapfe, keine der akustischen Banalitäten aus Horrorfilmen.
Fast eine Stunde geht sie nun. Die nässenden Wunden, die in der Hitze unschön rot angeschwollen sind, wollen mir nicht gefallen, doch die

Frau schenkt ihnen keine Beachtung. Den Wegerich bemerkt sie natürlich auch nicht. Vielleicht kennt sie die Pflanze nicht einmal. Eine Städterin. Als der Waldweg unvermittelt dem Gestade auf die Nase fällt, läßt sich auch Nina fallen. Sitzt da und weint. Sie wird noch eine ganze Weile weinen. Ich wende mich ab.

Die friedfertig sich wiegende See ist fast ebenso farblos wie Ninas Pulli. Die Wellen wälzen sich glatt und geschmeidig heran, um ohne schäumendes Funkengestiebe, ohne schelmisches Gehasche ineinander zu verfließen – es sind glänzende Wellen ohne Kamm. Nina mag sie allerdings mit Kamm lieber. Am liebsten mit riesigen, gebauschten Krausen, wie sie die Herren im 17. Jahrhundert trugen. Dann kann man sich vorstellen, daß Tausende und Abertausende von Paradekonterfeis im Meer schwimmen. Freie, heitere, entfesselte Herrschaften, die aus den steifen Sammlungen der Meisterwerke der Welt ausgerissen sind. Das ist Ninas geliebte See: alt und fröhlich; doch die heutige gläserne, glattgeleckte, mit schmeichelndem Gegluckse geschmückte: das ist die Verführerin des närrischen Dauka[1]; in eine solche, just in eine solche See stechen sichere Schiffe, die die Stunde ihres Untergangs nicht ahnen, in einer solchen kannst du dich, auf dem Rücken schwimmend, Wolken kosend und in den Himmel blinzelnd, weit draußen wiederfinden auf dem offenen Meer. Und dann nur noch beten ...

Vereinzelte Fußabdrücke im Sand erinnern an die Wirklichkeit, daran, daß dieser Landstrich einst bewohnt war. Es vielleicht sogar noch immer ist.

Möwenbekleckste Steine mit müder, tiefgeneigter Stirn. Ohne den geringsten Respekt vor der Weltordnung, sondern lediglich müde, müde, müde. Schwer vor Müdigkeit, unwiderstehlich schwer, Erhitzen und Vereisen als Lebensart. Verharren. Ausschließlich. Je schwerer du bist, desto größer die Sicherheit, daß man dich nicht hebt und eine geflügelte Nike aus dir herausmeißelt oder den Schädel eines Staatsmannes. Am besten, am sichersten ist es, etwas Gewöhnliches, Schweres zu sein.

---

1 Der närrische Dauka (»Dullais Dauka«), Protagonist der 1900 erschienenen gleichnamigen Erzählung von Sudrabu Edžus, ist ein Junge, der mit dem Boot hinausfährt, um die Linie zu suchen, wo sich Himmel und Erde berühren.

An dem rötlichvioletten Stein mit der Vertiefung am Ende ist Nina eingeschlafen. Müde Frau an müdem Stein – dieses Bild bewegt mich. Sandfliegen schwirren um ihre Wunden, doch daran kann ich nichts ändern. Abwarten.

Ich erwache von Ninas Schrei. Auch sie selbst ist von ihrer eigenen Stimme aufgewacht und rollt nun erschrocken mit den grauen Perlmuttaugen. Ihre Glieder sind eingeschlafen, sie reibt sich die Schultern, beugt und streckt die Arme, streift dann ihre Kleider ab und bettet sich ins flache, glatte Wasser.
Meines Erachtens ist sie recht hübsch. Alles, was an Ninas Körper von Fraulichkeit zeugt, ist unvollendet. Ich ahne, daß es deshalb viele gab, die sie vollenden wollten, vielleicht sogar zu viele. Hätte Gott beizeiten stärkere Akzente gesetzt, wäre ihr Leben sicherlich einfacher verlaufen, gewöhnlicher, ohne Herausforderung.
Es würde mir gefallen, wenn die Frau etwas gebräunter wäre. Durch das blaßbläuliche Wasser wirkt ihre Haut wie Milchglas. Ja, sie scheint nicht nur, sie ist tatsächlich zerbrechlich. Und fordert irgendwie dazu heraus, diese Zerbrechlichkeit auf die Probe zu stellen. Wenn jemand einen Kieselstein werfen würde, durchzöge sicherlich ein schönes Muster von unergründlicher Bedeutung den weißen Bauch. Eine solche Frau könnte inkrustiert werden. Etruskisch beispielsweise.
Nina quält der Hunger. Das wird zwar durch nichts bekundet, kann jedoch nicht unbemerkt bleiben. Sie zieht sich an, klemmt die chinesischen Pantoffeln unter den Gürtel und geht.
In dieser Gegend hat die See zahlreiche Buchten ins Ufer gefressen, und die steinigen Landzungen sind an manchen Stellen so spitz wie Ninas Haarsicheln auf den Wangen. Die Frau springt behende, leicht und flink wie ein jagendes Tier von Stein zu Stein, die Aufmerksamkeit ganz in den kleinen Füßen, die Frau ist wie verschwunden, da sind nur noch die Füße, die blitzgescheiten.
Plötzlich hat sie sich an etwas erinnert. Wo die kapriziösen Buchten enden und das Gestade sich zu einer grobsandigen, geraden Uferlinie beruhigt, läuft Nina geradewegs auf den salzwindpolierten Blockbau mit

den hageren, schiefen Fenstern zu, der sich auf die Küstendüne hingehockt hat.

Im Schaukelstuhl neben einem Jasminstrauch sitzt eine Frau in Ninas Alter mit fahlem Vollmondgesicht, das gleich den gesenkten Augen in einer halb aufgetrennten, schwefelgelben Jacke zum Stillstand gekommen ist.
»Hallo, Māra!«
Die Angesprochene gibt weder Antwort, noch hebt sie den Blick. Im Hof hantiert ein Mann in mittleren Jahren an einem Rasenmäher, stellt jedoch, als er die Stimme hört, das Geknatter ab und kommt näher.
»Suchen Sie etwas?«
»Ich wollte zu Māra. Bin zufällig in der Gegend. Wir waren im gleichen Semester, ich bin einmal bei Ihnen zu Besuch gewesen, mein Name ist Nina.«
»Weib!«
Mit einer jähen Bewegung schiebt Māras Vater die konsternierte Frau auf das Haus zu. Māras Blick bleibt in der gelben Wolle.
In der Küche brät Māras Mutter Fisch. Es sieht nach Butt aus. Sie erinnert sich an Nina, wie auch nicht. Sie solle sich setzen, gleich werde sie Milch eingießen. Die rinnt an der blaugeblümten Fayencetasse vorbei, ohne daß die Hausherrin es bemerkt.
Dann entsinne auch ich mich endlich. Māra – die ausgezeichnete Kunsthistorikerin, die nach dem vierten Semester plötzlich mit all ihren Talenten, ihrem genialen Gedächtnis und ihrer Begabung zum Klassifizieren verschwindet. Māra – die kleine Hummel mit den idiotischen Stöckelschuhen, die sie gerne auch zum Trainingsanzug trägt, obwohl sie in Stilkunde Lob über Lob erntet. Bei jedem Streitgespräch über Kunst bringt Māra es fertig einzuflechten: »Ich liebe ja nun sehr die Renaissance«, und das klingt ungefähr so, als hätten die anderen nur in leerem Stroh gewühlt.
Hier sitzt sie nun, trennt auf, ist übergeschnappt, hat ein totes, uneheliches Kind zur Welt gebracht, der Jasmin duftet, die Ostsee rauscht, die Renaissance ist zum Manierismus verkommen, das Leben eigentlich beendet. Es gibt nicht mehr viel zu tun. Eine Jacke auftrennen.

Māras Mutter erzählt ruhig, ausgiebig und ohne jene tragische Note, vor der sich Nina so sehr fürchtet.
Der Butt schmeckt vorzüglich, die Mutter brät noch mehr, und Nina bemerkt, daß beim Wenden manchmal etwas Fisch neben der Pfanne auf die Herdringe fällt. Als sich die Gastgeberin ihrem Besuch gegenübersetzt, um über das Leben in Riga zu plaudern, bemerkt Nina, daß ihre Augen trübe sind und starr.
»Haben Sie vielen Dank. Ich werde erwartet, komme aber bestimmt einmal wieder, danke, jetzt muß ich mich wirklich beeilen!«
Nina vermeidet es, ihre Kommilitonin noch einmal anzusehen, und läuft rasch zum Strand zurück. Das merkwürdig wissende Lächeln von Māras Mutter sieht sie glücklicherweise nicht. Doch ich bemerke, daß sie sich schämt für ihr Fliehen. Ich weiß auch, welche Frage ihr nicht aus dem Kopf geht: Wer wird etwas aus der Wolle stricken, die Māra auftrennt?

Bewegung als Lebensinhalt, Lebenssinn. Bewegung um der Bewegung willen. Aber Bewegung beruhigt keineswegs, wenn man ihr auf Schritt und Schritt begegnen muß.
Ich habe fast keinen Zweifel, daß Nina an Lydia denkt, die Kioskverkäuferin vom Domplatz, die die Zeitungen derart mechanisch verkauft, daß ihr stets Geld in der Kasse fehlt. Zuhause liegt seit sechs Jahren ihr Mann im Sterben, und der Zeitungsverkauf stellt den einzigen Sinn in Lydias Leben dar, an dem teilzuhaben sie jedoch nicht imstande ist. Nina gibt ihr die fehlende Summe, und die offenherzige Frau sagt, sie würde deshalb in der Kirche für die Seele des »hehren Kindes« beten. In solchen Momenten ergreift Nina ebenso die Flucht wie vor Māra und deren Mutter, mit Disteln unterm Arm vor Scham. Und die Disteln spornen zu schwindelerregender Geschwindigkeit an.
»Verschwinde, du, verschwinde, so schnell du kannst, verschwinde!« Diesem Wunsch ist sie geflissentlich nachgekommen, obgleich sie ihn oftmals verflucht hat. Nina ist gefangen in diesem Satz wie in einer mystischen Prophezeiung, aus der auszubrechen sie nicht die Kraft hat, denn wer weiß, was geschieht, wenn sie sich ihr nicht fügt.

Das erste Mal sagt es der Sergeant zu ihr, wie sie den durchgedrehten Künstler wohl nennen, der sich Besucher des *Café Māksla* herauspickt und mit einem Rasiermesser in farbigen Karton ritzt. Wie ein Habicht entdeckt er die unsichersten, schüchternsten und anständigsten; dann stößt er im Sturzflug auf sie nieder und zerfleischt sie auf seinem Karton. Damals ist Nina mit einem Studenten gekommen. Der Junge gefällt ihr sehr und sie ihm auch, nichts Wesentliches ist zwischen ihnen bislang geschehen, allein das Feuer des Geheimnisvollen und der Neugier sprüht Funken, alles ist wunderbar, und beide haben scheinbar erhöhte Temperatur. Und da sagt der Sergeant zu Nina: »Verschwinde, du, verschwinde, so schnell du kannst, verschwinde!«
Damals machen sie sich beide aus dem Staub, in ein anderes Café, aber irgend etwas ist zerstört. In ihren ernsten Unernst oder unernsten Ernst – wer kann das jetzt noch sagen – hat durch den verrückten Sergeant Gottes Bann hineingespielt. Nina empfindet Abscheu vor seiner hohlen, fast dröhnenden Stimme und den feurigen, freundlichen, scheinbar einzig und allein in das Leben dieser Frau gerichteten Augen, doch gleichzeitig schlagen seine Worte sie in ihren Bann, verzaubern sie fast. Sie stellt das Telefon ab und läßt sich zwei Wochen lang nirgendwo blicken, um nicht durch Zufall auf den Studenten zu stoßen. Künftig gibt sie, wenn das Leben schief-verdreht danebengeht, dem Skizzierer die Schuld, der ihr Schicksal verstümmelt hat, indem er der Frau den Bazillus des Verschwindens, des Flüchtens injizierte.
Ich weiß nicht, ob die Frau den durch die Schamdisteln hervorgekitzelten Geschwindigkeitsrausch zu schätzen weiß, der Sergeant jedenfalls schrapt noch immer: im *Osiris*, im *Andalusischen Hund* und überall sonst, wo sich die bunten Accessoires der Zivilisation in Szene setzen. Er soll den Leuten jetzt andere Ratschläge geben, aber ich kann mich auch irren.

»Niemals vor Mülltonnen dienern!« ist Rauls meistverwendeter Ausspruch, der Ninas Hirn jetzt kreuz und quer durchstickt – sowohl im Stepp- als auch im Kettelstich.

Natürlich denkt die Frau nicht an Mülltonnen, während sie am Strand sitzt, von Zuhause ausgerissen, sondern an Raul, ihren Mann. Möglich, daß Nina ihn für die größte Mülltonne überhaupt hält. Zumindest nach lettischem Maßstab. Eine Mülltonne, in der wahllos alles landet, was da kommt, ohne recyclinggerechtes Vorsortieren. Nichts an Raul taugt für ein zweites Mal, jedenfalls was sie betrifft. Doch die Demütigung verbietet ihr, den Mann aus dem Kopf zu werfen wie die Schalen von am Pfannenrand aufgeschlagenen Eiern, noch wühlt sie in der gemeinsam verbrachten Zeit wie in einem vollgestopften Kleiderschrank vor einer Party, um verzweifelt festzustellen, daß man nichts Anzuziehen hat, alles ist abgetragen, plump oder aus der Mode geraten.
Kann sein, daß Nina ein wenig ungerecht ist. Sie vermeidet es, sich an alles zu erinnern, im Geiste läuft wie mit Absicht immer wieder die letzte Woche in der sonnigen Mansardenwohnung in der Tirgoņu iela ab, San-Sans ergebene Willfährigkeit gegenüber den plötzlichen Gelüsten ihres Mannes und die unauslöschliche, entsetzliche Erniedrigung, mit der die Frau nicht länger zu leben vermag.
Sie streckt sich im Sand aus und schließt die Augen. Würde ich es nicht besser wissen, hielte ich sie für tot.

Raul und Nina lernen sich vor fünf Jahren in New York kennen, zu einer Zeit, da die Metropolen Amerikas und Europas vor Verwandten, Freunden, Künstlern und Funktionären aus der noch röchelnden Sowjetunion überzulaufen beginnen, da Tausenden und Abertausenden vormaliger Zuschauer gestattet wird, den Vorhang zu lüften und auf die heiligen, ersehnten Bühnenbretter zu gelangen, um für sich selber in der einst bejubelten, ehrfürchtig erwarteten Vorstellung eine Rolle zu finden, zu erobern. Und sei es als Schildknappe, Lakai oder »Stimme aus dem Jenseits«. Teilnehmen.
Die damals zweiundzwanzigjährige Nina braucht eine Veränderung. Nach der Fachhochschule für angewandte Kunst, nach einem zweimonatigen Lehrgang in norwegischen Silberschmieden, nach irgendeinem Ereignis, über das sie sich in beharrliches Schweigen hüllt, fühlt Nina, daß sie den Begriff verloren hat für das, was vorgeht und für

das, was sie wirklich will, was Sinn hat oder nur dessen Anschein. Russische Militärs rasseln in tatenlosem Hunger mit den Waffen, es gärt eine neue Weltordnung (oder zumindest die Illusion einer solchen), im Chaos der Ansichten verspricht jede Regenbogenfarbe, würde sie nur hervorgehoben, einen anderen Lebensodem. Zu diesem Zeitpunkt beschließt Tante Helen, das verwirrte Kind zu sich nach New York einzuladen.

An jenem Tag bemerkt sie auf dem Fischmarkt zwischen Merlanen, Kalamaren, portugiesischen Venusmuscheln, Seeigeln, Butt, Krabben und Austern einen hochgewachsenen, hageren Mann, der wirkt, als hätte er einen Stock verschluckt und, als er von einem flinken Chinesen ein Paket Makrelen in Empfang nimmt, *paldies*[1] sagt. Nina registriert einen nervösen Kehlkopf, einen dünnen Schnurrbart gleich einer abgenutzten Zahnbürste und einen sicheren, zielstrebigen Gang. Auf dem Gemüsemarkt, wohin die Frau ihm nachschlendert, kauft der Mann Roussillon-Salat, Apfelsinen und bleichen Chicorée. Nina macht mit keiner Bewegung auf sich aufmerksam, sondern beobachtet lediglich, versteckt hinter einer schmetterlingsförmigen Sonnenbrille, ihren Landsmann wie ein Wunder oder (das wird sie heute nicht ehrlich zugeben) einen Fehltritt der Evolution. Und dann ändert er plötzlich und rasch die eingeschlagene Richtung, dreht sich um, rempelt Nina an und tritt schmerzhaft auf ihren bis auf einen Jesuslatschen nackten Fuß. Errötend und erschrocken murmelt der Mann *piedodiet*[2].

»Englisch sprichst du wohl nicht?!« stößt Nina böse und gereizt hervor.

In den nächsten Tagen treffen sie sich in den Galerien von Soho, hängen in Bars herum und suchen Indianerspuren im irrsinnigen, narkotischen Gewühl des Broadway.

»Wenn du die echten Indianer sehen willst, dann müssen wir nachts spazierengehen. Sie binden sich Kukuho-Knallkäfer an die Füße, weil die ein phosphoreszierendes Licht verströmen, im Dunkeln den Weg beleuchten und Schlangen abschrecken«, sagt Raul.

---

1 paldies: danke (lett.)
2 piedodiet: verzeihen Sie (lett.)

Nina gefällt diese rätselhafte Sprache, und so schweifen sie auch durch die Nächte. Kukuho-Knallkäfer zeigen sich nicht, aber sie verirren sich nach Harlem, das nun anstelle des ehemaligen Harlem der Spanier, Italiener, Juden, Iren und Finnen zu einem reißenden Fluß aus Gnadenlosigkeit, Dreck und Armut verschwommen ist, wo die Puertorikaner nicht wie in den Parks und auf den Plätzen des Broadway in leidenschaftlich erschütternden Rhythmen musizieren, sondern argwöhnisch jeden Passanten taxieren und, falls nötig, verjagen, als sei er der Schwarze Tod. »Niemals vor Mülltonnen dienern«, hat Raul damals zum ersten Mal gesagt.
Und sie kehren ungestüm zu ihren jeweiligen Sippschaftsangehörigen zurück wie zu einer persönlichen Freiheitsstatue.

In der letzten Zeit denkt Nina häufig über Abfall nach. Wird beispielsweise ein Mensch, der verlassen wird, zu Abfall? Alles Nützliche, Nötige, Notwendige wurde genommen, benutzt, verbraucht, und übrig ist nur das Überflüssige, Überschüssige geblieben. Und doch. Vielleicht finden andere etwas von Wert – wie das Rigaer Bahnhofs-, Markt- und Unterführungsgesindel. Die Ansprüche sind so unterschiedlich wie es Möglichkeiten gibt, sie geltend zu machen.
Trotzdem versinkt die Welt in ihrem eigenen Abfall, der Mensch hingegen in Einsamkeit. Und die Sagenhaftigkeit archäologischer Ausgrabungen liegt in der ritualisierten Ehrfurcht vor Abfällen verborgen: den Knochentonnen der Menschheit. Der Rest – Haut, Muskeln, Leichenfett und Blut – hat die Bedürfnisse irgendeines kosmischen Vielfraßes gestillt, nichts bleibt übrig. Silberfibeln jedoch, Ringe, Rüstungen und allerlei Gehänge: Glanz und Ehre des Irdischen, und manchmal sogar sein Gewissen, sind für dessen Existenz nicht nötig. Auch die Erde, aus der du, wie es heißt, gemacht bist, verleibt sich solche Überreste nicht ein. Nina will sich mit dem Gedanken nicht abfinden, daß sie unvermeidlich zu Abfall wird. Und sei es zu kosmischem Abfall. Wenn Raul jedoch jede Verneigung vor Mülltonnen, vor Abfall verweigert, dann mißachtet er im Grunde die Menschheit. Nein, nicht nur die Menschheit, sondern jedes Individuum, auch Nina und sich selbst. Ihr Mann

wird ein überzeugter Nihilist gewesen sein. Dieser scheinbar erleichternde Gedanke wirkt keineswegs beflügelnd.

Als Nina erwacht, ist der Himmel wie mit schmutzigem Mull überzogen. Ein feiner, beharrlicher Nieselregen fällt – der »Fäuler«, um es mit Großmutters (Omi Mierchens) Worten zu sagen. Es scheint, als ob der Tag sich abwendet, sein morgendlicher Heldensopran droht zu einem erbärmlichen Alt abzusaufen.
Die Füße der Frau jedoch sind blitzgescheit, wie ich bereits erwähnte, und tragen sie zu den roten Sandsteinhöhlen. Die sind nicht tief – Schlangen, Kröten, Eidechsen, Fledermäuse und sonstige Ausgeburten der Hölle werden Nina nicht plagen, sie wird im Trockenen Zuflucht finden. Unterwegs bricht sie in den Dünen Birkenzweige ab, und ich höre sie böse brabbeln: »Guter Rat kommt über Nacht«, »der Morgen ist klüger als der Abend«, »ich bin ein Lamm Gottes«, »der Wille des Herrn geschehe«. Ich erkenne in der Frau die Schauspielerin, die für eine Spielzeit an der Kleinkunstbühne *Kabata* war, auch deshalb ist ihr Kopf voller Zitate. Soweit ich mich entsinne, macht sich Nina aus dem Theaterstaub, als ein Schauspieler sich anschickt, seine Frau zu verlassen.
Ich sehe, daß der Hunger sie wieder quält. Die Pirsch nach Walderdbeeren ist bei diesem Matschwetter nicht besonders verlockend. Nachdem sie einen tüchtigen Schwung halbwegs trockenen Gezweigs als Kissen zusammengesammelt hat, kauert sich Nina darauf zusammen und starrt auf die See. Die See, die es gar nicht mehr gibt, die zum umgefalteten Saum des Himmels geworden ist, doch selbst die Falzlinie läßt sich nur noch erahnen. Der grobe, farblose Sand ist in der Feuchte fahlorange glaciert, und auch die Steine waschen sich, beginnen zu glänzen und lassen Farben erblühen, als zeigten sie ihr verborgenstes Wesen. Lebkuchenbraune, asphaltschwarze, einfältig weiße und ohnmächtig graue, kupfrigrosige und einst Bernstein umarmende, elegant gestreifte und algengeherzte, schüchtern gesprenkelte und wabengelbe – Töne in tausend Nuancen.
Lettlands Steine haben eine harmonische, rundliche Kontur. So wie die Rücken der Schafe, die Biegungen der Sandwege und die Hügel von

Piebalga. Auch im alten Katzenkopfpflaster des Domplatzes haben sie nicht kantige, sondern abgeflachte, glatte Ränder. Die Linden und Eichen des Landes tragen üppige, geschwungene Kronen; nur die Tannen bohren sich, wenn sie einsam aufgewachsen sind, mit widerspenstiger Geradheit in die Himmelskuppel. Der Rauch quillt in daunigen Schwaden aus den ländlichen *pirtis*[1], und auch die Wolken sind zumeist beulige, großköpfige Riesen. Das Heu wird in dieser Ecke der Welt nicht mit gekreuzten Büscheln an den Enden gefleit, sondern zu senkrechten, lieblichen Diemen. Selbst das Brot, das hier gebacken wird, gleicht eher rundgeschliffenen, ebenmäßigen Steinen als kantigen Ziegeln.
Den Leuten scheint das allerdings einerlei zu sein; sie sind eckig, voller Brüche, splittrig vereitert, mit spitzen Nasen und mißtrauisch verkniffenen Augen, die, wenn sie sich in einem Augenblick unbeherrschter Empfindung auftun oder, noch schlimmer, feucht werden und rein, später dann mit noch größerer Hast und Entschlossenheit an einem trockenen und sicheren Platz gehalten werden, am besten dort, wo Erde unter den Füßen ist. Und dann: weder rechts noch links, sondern unbeirrt geradeaus, komme, was da wolle.
Die städtischen Damen und Herrschaften des jungen Freistaats hingegen, die nun in Jäckchen von Boss und Kleidchen von Lagerfeld gewandet sind: Ihre Gesichter haben sich gleichsam aus den kubistischen Gemälden von Picasso und Braque verspätet herverirrt – zerhackt, zerstückelt, anstelle des Sterns von Bethlehem das Sternbild Alleuropas im Auge. Ja, die Gesichter sind noch keine Installationen, doch werden sie sich natürlich (wie zu allen Zeiten und Stilen) in irdische Kunstobjekte verwandeln.
Nein, heute Abend wird es keine Sterne geben. Sämtliche Löcher und Luken, durch die sie sich bohren könnten, um die Erde zu erreichen, hat der Fäuler dichtgemacht. Er hat den Himmel abgeschlossen wie Raul die Tür an jenem Morgen vor sieben Tagen, als Nina ihre Schlüssel verschusselt hatte.

---

1 pirtis (Mz.): die traditionelle lettische Schwitzbadvariante, Holzschuppen mit Vorraum, in dem sich einmal wöchentlich die ganze Familie wusch.

Nina ruft Raul im *Pelikan* an, aber ihr Mann hat zu tun und sagt, sie solle sich bis zum Mittag gedulden. Sie ist erstaunt, daß ihr Sportsmann, Ingenieur und Volksfrontler so zufrieden ist mit seinem Dasein als Geschäftsführer eines kleinen Hotels, wo er sich mit ausländischen Gästen abgibt und manchmal sogar aus purem Vergnügen im Restaurant kellnert. Alles steht Kopf, wie Ninas Mutter immer sagt, der Kutscher als König, der König als Schuhputzer. Aber Raul strahlt. Zumindest im letzten Jahr, seit Nina nachgegeben und ihn geheiratet hat. Nach der romantischen Passage in New York haben sie sich einander unzählige Male genähert, Nina hat sich aus dem Staub gemacht und in einem horizontalen Gemütszustand wieder einfangen lassen, ist abermals geflüchtet, bis sie erschöpft war. Nach der New York-Reise läßt Raul sich von Sigrid scheiden, obwohl sie ein Kind haben, den einjährigen Pfirsich. Das hält den Mann nicht ab. Als ein glücklicher und erlöster Raul es ihr mitteilt, bringt Nina nur ein »Warum« hervor. Er nimmt es ihr nicht übel. Und dann, nachdem sie drei Jahre lang Halsstarrigkeit bewiesen, Versteck gespielt und die verschiedensten Lebensformen ausprobiert hat, ergibt sie sich diesem Dinosaurier der Männlichkeit, der im Gegensatz zu anderen Freunden nicht die Augen verdreht, wenn er den seine Artgenossen lähmenden Begriff »Sicherheitsgefühl« zu hören bekommt. Raul fängt auch nicht an, über die Freiheit der Persönlichkeit zu meditieren, oder über die Liebe als ein Wunder, in dem es keine Garantien gibt. Dieser Dinosaurier hat wahrscheinlich auch niemals Pornofilme gesehen und traktiert ihr zartes Gewebe deshalb auch nicht wie die Traktoren sämtlicher ehemaliger lettischer Kolchosen zugleich, womit sich andere lyrische Helden von Nina brüsten. Raul liebt die Frau gelassen und ausdauernd wie ein Dionysos, der sich noch nicht in Komplexen eingebürgert hat und die Anatomie einer Frau nicht fürchtet. Schon möglich, daß dies für Ninas Bleiben entscheidend ist, doch das würde sie jetzt um nichts in der Welt zugeben.

Vor der Sandsteinhöhle steht ein blonder Mann in weißer Regenjacke mit einer Milchkanne in der Hand.

»Uff, bin ich erschrocken«, sagt er und starrt die zerknitterte Frau auf dem Reisighaufen an.
»Ich suche die Quelle, in einer der Höhlen gab es irgendwo eine.«
Nina antwortet nicht. Plötzlich verschleiert sich ihr Blick. Ihre Augen befinden sich nicht auf dem für Lettinnen üblichen Trockengebiet. Stumm verfolgt sie die Bewegungen des Mannes, der jedoch kurz darauf mit gefüllter Milchkanne wieder die Düne emporklettert, allerdings nicht, ohne vorher einen verwunderten Blick auf die in der Höhle Hokkende zu werfen.
Sie vernimmt lebensfrohen Tumult, Rufe, das Zuschlagen von Autotüren, lettische, russische und estnische oder finnische Sprachfetzen. Die Tränen trocknen ebenso schnell, wie die Neugier zunimmt. Vielleicht wird es zu vermeiden sein, einsam bei Matschwetter in einer vorzeitlichen Höhle zu sterben. Die Frau ist nicht mehr Fuß, blitzgescheit, noch Aquarium der Erinnerungen, abgrundtief, die Frau ist ganz und gar gespitztes Ohr.
Kurz darauf riecht sie Lagerfeuerrauch. Die Gesellschaft befindet sich nur wenige Meter oberhalb von ihr, natürlich, dort standen doch grobgezimmerte Bänke und ein Tisch. Sollte das Aroma gebratener Würstchen folgen, wird Nina Stolz, Scham, Ehre, vielleicht sogar die Heimat verlieren. Die Frau war nie ein Nimmersatt, ich weiß, doch augenblicklich ist alles an ihr überspannt und raubtierhaft. Nina wühlt sich bis hart an die Höhlenöffnung und streicht ihr Haar hinter die Ohren, damit das Gehör nicht durch die geringste Bewegung beeinträchtigt wird.
»Trink doch nicht aus der Flasche, wozu hast du denn Gläser mitgebracht«, hebt bemutternd eine junge und kapriziöse Stimme zu reden an.
»Und du leg die Schaschliks nicht in die Flammen, sondern hab Geduld, bis sich Glut gebildet hat«, gibt vermutlich der Kannenträger gelassen zur Antwort.
Nina wird sich nicht gedulden können, bis sich Glut gebildet hat, sie wird hochklettern, dann losstürmen, das rohe Fleisch packen und ins Dunkel flüchten wie der Leibhaftige oder ein Nachtmahr – die Natur-

freunde werden ihr bestimmt nicht nachsetzen und sich ihr Vergnügen verderben.
»Achte auch auf meinen Spieß, Haldor, ich will nicht, daß mein Haar naß wird«, sagt dieselbe Frauenstimme. Hat sich wohl frisch frisiert auf einen Ausflug begeben, denkt Nina verbissen. Sie selbst hat nicht einmal einen Kamm in der Tasche. Der mit Haldor Angeredete unterhält sich mit den übrigen auf estnisch oder finnisch, Nina versteht nichts. Das Illi-tilli macht sie lediglich gereizt. Ja, sie werden zu viert sein, die Illi-tillis sind auch ein Paar.
Widerwillig läßt der Fäuler nach. Der schmutzige Mull geifert noch unter der Wolkendecke, doch das Nieseln wird immer kraftloser. Die Frau rappelt sich auf, entfernt sich jedoch, zu meinem Erstaunen, in gerader Naht entlang des Ufersaums. Aus Trotz? Vielleicht. Ich kann sie nicht halten. Sie wendet zwar den Kopf um und blickt in Richtung des vom Regen niedergekämpften, von drei schwarzen Schatten umgebenen Feuers, geht jedoch fort. Im Dunkeln stolpert die Frau über Steine, da sie ihre Orientierung noch nicht von den Ohren auf die Füße umgestellt hat. Nach einiger Zeit klettert sie auf eine Düne. Sie hat eine Waldwiese im Gedächtnis behalten und schlüpft nun in einen Heuhaufen. Zu früh gemäht, müßte Nina schlußfolgern.
Der Schlaf ist im Laufe des langen Tages aufgebraucht, aber sie muß es versuchen. Natürlich Schäfchen zählen. Bereits das dritte kommt mit Rauls Gesicht angestakst. Auch alle folgenden sehen ihm ähnlich. Die Schafe stellen sich auf ihre Hinterbeine und bilden konzentrische Kreise um Nina. Fliehen ist zwecklos.

An jenem Tag kommt Raul erst abends nach der Arbeit, ohne die Schlüsselduplikate für Nina bestellt zu haben. Er ist in seltsamer, glücklich erregter Stimmung. Ohne Abendbrot gegessen zu haben, zieht er Nina ins Bett und zerknabbert sie in kleine, gleichmäßige Stückchen, nur Gesicht und Fersen verschont er. Dann verlangt er, ihn ebenso zu zerkleinern. Nina mag Spielereien und Unfug, doch diesmal ist Raul nicht neckisch, sondern ernst,

fast streng und gibt so lange keine Ruhe, bis die Frau hinausschreit, daß
sie weiße Mäuse sieht vor Liebe und sofort sterben wird, wenn er nicht
aufhört.

Als die Frau am nächsten Morgen erwacht, ist Raul bereits fort, die
Schlafzimmertür jedoch abgeschlossen. Das Telefon steht im Wohnzimmer, nicht einmal die Feuerwehr kann sie rufen. Das Badezimmer
befindet sich zum Glück gleich neben dem Bett. Zunächt belustigt,
dann verdrossen duscht, frisiert und schminkt sie sich eine Stunde lang,
explodiert schließlich und wirft sich gegen die verschlossene Tür. Fenster gibt es keine in diesem Zimmer, es ist wie ein dunkles, moosgrünes
Futteral mit in den Teppichboden eingelassenen, flimmernden Glühwürmchenlichtern entlang der Umrisse des Fußbodens. Ihr Mann verfügt über psychologische Raffinesse, wie sich herausstellt, Nina hat ihn
falsch eingeschätzt. Selbst in Gedanken kann man nur schwerlich von
hier entfliehen.

Dann öffnet sich die Tür, und vor ihr steht eine Vietnamesin mit Frühstückstablett. Nina kneift sich mehrmals. Dann springt sie auf, stürzt
an der unbekannten Schnake vorbei zur offenen Tür, findet sich jedoch
im Handumdrehen auf das Bett zurückgeworfen. Es war eine einzige
Bewegung, die Frau kann nicht nachvollziehen, welche, vermutlich
jedoch der tödliche Griff einer asiatischen Kampfsportart.

Die Vietnamesin legt ein schuldbewußtes Kinderlächeln auf ihr wachsgrünliches Gesicht und sagt auf russisch, daß sie San-San heiße und
Frau Nina dienen werde, solange Raul, der Herr, dies wünsche. Dann
macht das Weiblein einen Knicks, im schwarzen Haar blitzt Kunststoffgold auf, und die Tür wird sorgfältig von außen abgeschlossen.

Nachdem sie das Omelett in die Schublade mit Rauls Unterwäsche gepfeffert, den Kaffee in seine Sockenkollektion gegossen und die Marmelade in die Tasche seines blauen Jacketts gelöffelt hat, rollt Nina sich
zusammen, um zu schlafen.

Um halb zwei kommt San-San mit Hähnchenschenkeln, Blumenkohl,
Eiscreme und einer Flasche Wein hereingetrippelt. Für einen Augenblick schätzt Nina ihre physischen Fähigkeiten ab, doch dann schickt

sie die Vietnamesin mit einem dreifachen russischen Fluch zum Teufel. Das Dienstmädchen verneigt sich und verschließt die Tür.
Diesmal ißt Nina, denn ihr Magen grummelt wie ein Donnerwetter, wahrscheinlich jedoch eher aus Zorn über das erlittene Unrecht denn aus richtigem Hunger. Die Hühnerknochen legt sie Raul unter das Kopfkissen.

Der Wein lockt die Tränen schon nach dem dritten Glas hervor. Und so findet Rauls sie auch vor: im hellgrünen Seidenpyjama und mit geröteten Augen in den Kissen des ehelichen Bettes. Ihr Mann hat einen gewaltigen Bund Edelwicken mitgebracht, die er über Ninas feuchtes Gesicht hinwirft, dann umarmt er ihre Beine.
»Weshalb weinst du, Liebling?«
Nina tritt mit ganzer Kraft zu, Rauls Züge verziehen sich vor Schmerz.
»Was bildest du dir ein?« brüllt sie und feuert die duftenden Blüten in alle Richtungen, schleudert ihrem Mann das halbleere Glas ins Gesicht, trifft jedoch nicht, es zerschellt an der Wand, sie stürzt sich auf ihn, droht mit Polizei, Mafia und dem Fernsehen, Raul jedoch lehnt ruhig, traurig und ohne heimliche Absichten auf dem Gesicht an der Tür.
»War die Vietnamesin nett zu dir? Ich habe schon längst beschlossen, daß du dich mit dem Haushalt nicht herumschlagen mußt.«
Da fängt Nina abermals an.
»Ja, deine Asiatennutte war überaus nett, verprügelt hat sie mich, du Mistkerl! Erklär mir, los, erklär mir endlich, was das alles soll, perverser Idiot! Im Gefängnis wirst du landen!«
Der Mann gibt keine Antwort. Er schaut finster drein und sieht aus, als hätte sie ihn ohne Grund beleidigt, was Nina nur noch wütender macht. Nicht nur Wicken hat er seiner Frau mitgebracht, sondern auch einen Band mit Dürer-Reproduktionen.
Gegen drei Uhr nachts erwacht Nina und schleicht sich in den Korridor hinaus. Als sie sich notdürftig mit den dort vorhandenen Sachen bekleidet hat, trägt Raul sie mit den Worten, daß er ohne sie nicht leben kann, ins Bett zurück.

»Du birgst so viele Geheimnisse«, sagt er, während er ihr den Pyjama wieder zuknöpft.
Nach einer Stunde erwacht Nina nochmals. Rauls neben ihr liegende gewalttätige, dunkelgrüne Gestalt entfacht eine solche Begierde in ihr, daß sie den Mann mit Küssen besprengt und selbstvergessen vergewaltigt.

Am Morgen wiederholt sich alles. Raul ist fort, die Tür verschlossen, aus der Küche geschäftiges Hantieren zu vernehmen. Auf dem Kissen ein Zettel: »So mag ich Dich am liebsten«, auf ihrem Bauch zwei abgenagte Hähnchenschenkel über Kreuz.
Aber die Frau ist friedlicher. Mit Trouble erreicht sie gar nichts. Sie gibt San-San einen angebrochenen Flacon »Roma« und sagt, daß sie sich im Wohnzimmer aufzuhalten wünscht. Das Hausmädchen begreift nicht, was Wohnzimmer bedeutet, doch nachdem Nina es geduldig erklärt hat, nickt es freudig, sperrt die Tür ab, um sie nach einem Augenblick wieder aufzuschließen und die Frau aufzufordern, sich in den gelben, rollbaren Sessel zu setzen. Als Nina gehorcht, packt San-San mit festem Griff ihre Hände, die sie mit hellbraunen Lederriemen an die Lehnen schnallt, und schiebt sie in das große Zimmer mit Blick auf das *Lido* und den *Blauen Vogel*. Unter dreifacher Entschuldigung auf russisch bindet sie noch einen Seidenschal um Ninas Fesseln.
»Mach schon, dröges Wasserbüffelfutter«, zischt Nina, diesmal auf lettisch, während sie darauf wartet, daß San-San Schuberts Klavierwerke in der Interpretation von Gould findet.
»Und diesen verflixten Dürer bring mir auch! Dürer, den Dürer, das Buch! Dein Führer ist arbeiten gegangen.«
Als sie den Bildband aufschlägt, kommt es ihr vor, als wäre aus dem Korridor das Lachen ihres Mannes zu vernehmen ... Er macht sich lustig über sie, kein Zweifel, schon längst meint er, daß sich Nina nur aus Langeweile und ohne echtes Engagement durch ihr Studium an der Kunstakademie schleppt. Nicht auszuschließen, daß dieser Unhold recht hat und sie mit dem Schmuckschmieden weitermachen sollte, anstatt in den Irrungen und Illusionen der Geschichte der Kunstkritik zu

wühlen; doch um zum Schmuck zurückzukehren, ist eine andere Kraft nötig, eine Kraft, wie sie sie in Norwegen zurückgelassen hat. Und zumindest für die Länge dieses Lebens wird sie vermeiden, daran zu denken.
Dürer. Der kühle, kein Feuer entzündende Albrecht: der moderne Mensch seiner Zeit, der, vor die Wahl zwischen Schönheit und Wirklichkeit gestellt, sich für die Wirklichkeit entschied. Es sei denn, er malte sich selbst. Die Ähnlichkeit mit Christus auf seinen Selbstbildnissen ist sogar mit dem berühmten unbewaffneten Auge nicht zu übersehen. Was wollte Raul ihr mit Dürer sagen? Daß die Wirklichkeit ihm wichtiger ist, wie auch immer sie sei? Raul versteht sich recht gut darauf, in den übersteigerten Gewässern der Kunst zu navigieren, und seine Handlungen haben stets eine Bedeutung, einen Subtext. Wer war Dürer? Gut, ein Rowdy, der den Kompositionsgesetzen der Epoche entsagte, seine Akte weisen sogar kubistische Elemente auf und die Bildtiefen variierte Proportionen. Ein Rowdy, denn wahrscheinlich ist er der einzige, der sich nicht der italienischen Renaissance unterwarf, sondern seine eigene erschuf und im gleichen Zuge zum Höhepunkt der deutschen Renaissance avancierte. Die Hände des Malers. Schöne Hände, die er ohne Zaudern in jedem Werk hervorhob, exponierte, betonte. Ebenso die dandyhafte Bekleidung, die Handschuhe, die Bänder und den Schmuck – all das demonstrierte anschaulich seinen Geschmack, seine Feinheit, verhüllte jedoch das Wesentliche. Vielleicht war genau dies Dürers Wesen? Sollte Raul einen Wink gegeben haben, daß Nina ihren Mann gar nicht kennt? Was soll man machen, wenn ihrem Herzen Rembrandt näher ist, der sich im immer gleichen Hemd, mit dem immer gleichen Barett darstellte, und trotzdem jedesmal anders?
Dann erinnert sich Nina an eine Geschichte. Dürer ist in Riga gewesen, er wohnte neben der Petrikirche, in der er ein Auftragswerk begonnen, jedoch nicht vollendet hat, aus unbekanntem Grund ist er abgereist. Abgehauen ... Das wird Rauls Zeichen sein, denn Nina hat ihm diese Episode erzählt.
»Bist du Buddhistin?« fragt Nina San-San, die eine Tasse Kaffee gebracht und ihre rechte Hand befreit hat.

»Teilweise«, piepst die Vietnamesin.
»Geht das – teilweise?«
»Ich lese das Tipitaka.«
»Taifune hast du erlebt?«
»Weiß nicht. Ich erinnere mich an den Krieg. Als Vietnam sich vereinigte, war ich schon fünf.«
»Was suchst du in Riga?«
»Gar nichts suchst. Ich habe einen Mann, Garrik.«
»Klar. Leg jetzt Liszt auf. Ja, Liszt, Liszt, egal, welches Stück. Und warum klingelt das Telefon nicht?«
»Der Herr will nicht, daß es klingelt«, lächelt San-San freundlich, während sie die Riemen wieder zuschnallt.
Du bist ein Krakel der Natur, kein Mensch, denkt Nina und stellt sich San-San vor, wie sie beispielsweise am Ufer des Mekong Wasserbüffel tränkt oder eine Arbeit verrichtet, eine anständige, knüppelharte Arbeit auf dem Reisfeld oder einer Zuckerrohr-, Erdnuß-, Tee-, Kaffee- oder Baumwollplantage, anstatt ihr Geld als Gefängnisaufseherin im unabhängigen, freien Lettland zu verdienen. Aber das letzte Wort ist noch nicht gesprochen, auch wenn Nina diesen Tag sanft wie eine Taube zugebracht haben wird.

Es ist kalt. Unglaublich, daß man in einem Heuhaufen frieren kann. Der feine Staub juckt in den von Sonne, Salzwasser und Schmutz geschwollenen Wunden. Sie hat ihre Pantoffeln in der Höhle gelassen. Sie muß ihre Pantoffeln holen, wie willst du denn ohne Pantoffeln leben. Nachdem sie sich aufgerappelt und die Halme abgeschüttelt hat, tastet sie sich zum Strand hinunter. Die Wolken haben sich aufgelöst, frivol leuchtet der Mond, als sei er Shakespeares Sommernachtstraum entsprungen, und den Weg muß sie nicht suchen, der Weg führt von selbst. Das Lagerfeuer der Fremden brennt, die Stimmen sind ausgelassen, wahrscheinlich mit einem guten Schluck gekräftigt, und die Frau schleicht, damit kein Schatten, kein Geräusch ihre Rückkehr verrät. Nichts. Nina scharrt in der dunklen Höhle unter den Birkenzweigen, ohne fündig zu werden. Vielleicht doch im Heuhaufen? Nein.

Die Frau wird vom Lichtkegel einer Taschenlampe aufgeschreckt. Genau auf ihr Gesicht gerichtet. Sie spannt sich wie eine Zwille, sie ist auf einiges gefaßt, auf wieviel, das ahnt sie nicht einmal.
»Was machen Sie denn hier so ganz allein?«
Es ist der Blondschopf. Jetzt hat er den Lichtstrahl beiseite gelenkt, und die Frau kann ihn ansehen, ohne die Augen zuzukneifen. Er hat wieder die Milchkanne dabei. »Pantoffeln verloren«, sagt die Frau mit belegter Stimme.
Er schweigt einen Augenblick.
»Ach so. Pantoffeln ... Und den ganzen Abend suchen Sie Pantoffeln?«
Die hellen Haare im knabenhaften Kochtopfschnitt fallen dem Mann in die Stirn, er sieht wie ein richtiger Tanzbodenraufbold aus, doch um die Augenwinkel sind sogar im Dunkeln helle, von der Sonne nicht gebräunte Lachfältchen zu erkennen, die dem Gesicht den transnationalen Ausdruck eines entspannten Urlaubers verleihen.
»Ich bin von Zuhause weggelaufen«, sagt Nina widerwillig, als ihr scheint, daß der Blondschopf lange genug auf eine Antwort gewartet hat. Und im selben Moment überkommt sie ein solches Selbstmitleid, daß die Tränen wieder über ihre Wangen rinnen und im schmuddeligen Hemd versickern. Eine Woche lang hat sie mit keinem Wesen gesprochen, das man als Mensch bezeichnen dürfte.
Schweigend füllt der Blondschopf in der Nachbarhöhle seine Kanne, dann beugt er sich herab, nimmt die Frau bei der Hand, stellt sie auf die Beine und führt sie zum Lagerfeuer.
»So kann man doch nicht leben«, sagt er wie zu sich selbst, als er mit der Frau in den Lichtkreis tritt.

Die feuerumschmeichelten Gesichter sind vergeistigt wie auf Gemälden von de La Tour. In Nina steigt demütige Dankbarkeit auf, doch sowie sie sich dieser Empfindung bewußt wird, kann sie es schon nicht mehr aushalten, nicht mehr ertragen.
Das Illi-tilli-Pärchen kommt ihr wie mit einem fröhlichen Refrain entgegen, reicht Hände und heißt Enno und Aime aus Estland. Nina macht einen ungeschickten Knicks und setzt sich am Feuer ins Gras.

Auch die reisende Frisur taucht in der Zeltöffnung auf. Wie sich herausstellt, ist die Besitzerin der kapriziösen Stimme keineswegs ein biederes, in Haushaltsführung bewandertes Mäuschen, sondern eine langhaarige, langbeinige Augenweide in weißen Seidenshorts und befranstem Häkelbüstenhalter. Illustriertentitel, denkt die Frau, indem sie ihr die Hand reicht. Marika. Und schlagartig fühlt sich Nina alt, schmutzig, übelriechend, häßlich und verwachsen. Jemand, der sich fremden Leuten aufgedrängt hat.
Ich sehe, daß Haldor mit einem Kognakglas jenem Sekundenbruchteil zuvorkommt, da die Frau aufgestanden und ohne ein Wort wieder fortgegangen wäre.
Nachdem er mit Nina angestoßen hat, sagt er auf russisch, damit es sowohl Marika als auch die Esten verstehen: »Das ist meine Freundin, ich habe sie in der Höhle gefunden.«
»Sind in allen Höhlen solche Wunderdinge für dich versteckt?« Marika wirft einen schelmischen Blick auf den Mann, der jedoch keine Miene verzieht, sondern die Glut schürt und ein Stück Fleisch für Nina brät. Die Frau versteht, daß der Blondschopf sie vor Aushorcherei und neugierigen Mitgefühlsbekundungen bewahren wird.
Enno und Aime tillern, trinken Kognak, schnappen einander saure Gurken weg und lachen wie ein ganzer Kindergarten.
»Enno war mit mir zusammen beim Wehrdienst, und in den drei Jahren hat er mir Estnisch beigebracht. Trinkt aus, ich schenke nach, laßt uns relaxen.«
»Ich werde schnell betrunken«, grinst Nina verschämt.
»Na und? Hier sieht Ihnen niemand auf die Finger. Wenn Sie nicht wollen, werde ich Sie nicht mit meinem Gerede belästigen, aber gehen Sie nur nicht zurück in dieses Schlangennest«, sagt Haldor so ernsthaft, daß es fast komisch klingt.
»Nein, ich werde nie wieder nach Hause zurückkehren«, antwortet sie.
»Ich meinte die Höhle.«
›Wohin soll ich dann‹, will es aus hier herausbrüllen, doch möchte sie nicht, daß der Illustriertentitel es hört. Sie bemerkt nicht, daß Marika im Zelt damit beschäftigt ist, wärmere Kleidung zu suchen.

»Denken Sie heute abend nicht mehr daran«, flüstert Haldor leise, als hätte er ihre Gedanken erlauscht.
Die Flammen schlagen höher, das Brennholz ist getrocknet, es wird heiß, Nina krempelt ihre Ärmel hoch und trinkt bereits das fünfte Glas.
»Und was ist das Hübsches?«
Aus dem Augenwinkel hat er die Verletzungen bemerkt. Die Frau zieht schnell die Ärmel bis über die Handwurzel herunter, als fühle sie sich ertappt.
»Spezifische Höhlenmenschentätowierungen«, antwortet sie dennoch nach kurzem Zögern, da sie nicht unhöflich einsilbig erscheinen möchte. Das gebratene Fleisch bekommt sie nur mit Mühe hinunter, der Hunger ist ihr irgendwo im Heuhaufen abhandengekommen, langsam und schmeichelnd jedoch breitet sich der Rausch in ihr aus. Nicht mehr denken. Die Sprachmelodie und Gestensprache der Esten, die ihr unter grundlosem, einfältigem Lachen Gurken, Brot und Salatblätter reichen, bringen auf den Gedanken, wenn Nina denn denken könnte, daß sie in eine andere Zivilisation als die der Spitznasen gelangt ist.
Haldor macht sich an den Autos zu schaffen, und die Frau kann Marikas Flüstern hören. Quengelig und bittend zugleich.
»Ich möchte nicht spazierengehen«, hört Nina den Mann absichtlich laut antworten.
Der Herr behüte, daß sie abermals schuld ist an irgendeiner Zwistigkeit. Nicht schon wieder, lieber Gott, nur nicht schon wieder, hab Erbarmen mit deinem verirrten Lamm!
Haldor kehrt mit einem Autoverbandskasten zum Lagerfeuer zurück und nimmt sich zuerst Ninas rechten, dann ihren linken Arm vor. Die Frau fügt sich, denn der Blondschopf ist neutral, geifert nicht vor fürsorglicher Väterlichkeit und platzt auch nicht vor Begeisterung über die eigene Wohltätigkeit.
Marika, jetzt im weißen Ärmelkleid mit Holzknöpfen und in Stoffschnürstiefeln, hockt sich neben Haldor.
»Wahnsinn, wie kommen Sie, eine Frau, zu so etwas Furchtbarem? Hat man Sie geschlagen?«
»Hör mal, Frau, hol noch einen Kognak aus dem Kofferraum, ja?«, for-

dert der Blondschopf sie auf, sein Ton jedoch scheint ›Halt den Mund‹ zu sagen oder ›Misch dich nicht in fremde Angelegenheiten ein‹. Mit einem bezaubernden Schmollmund taucht das schöne Geschöpf ins Dunkel.
Eine Flüssigkeit, vielleicht Jod, brennt höllisch, die Salbe juckt noch abscheulicher, aber nachdem Mullbinden um die Unterarme geschlungen sind, beginnt es darunter warm und angenehm zu puckern.
»Danke.«
Enno und Aime gehen baden. Mondtherapie, Nina kennt das, aber heute nacht trinkt sie Kognak.
Sie lehnt ihren Kopf gegen die Wurzeln einer Kiefer und läßt sich niedergleiten. Die scharfgezeichneten, büscheligen Wipfel drehen sich leicht im einzigen Liebeshimmel des Jahres, wenn unklar ist, ob der Tag anbricht oder verlöscht, ob der eine gesiegt hat oder der andere verloren. Der Monat, da Nacht und Tag einander die Hände reichen. Die Wipfel kreisen wie auf kleinen Umlaufbahnen, soeben zwängt sich ein Sternenschweif hervor, kitzelt die Nasenspitze, versteckt sich, schielt noch einmal freundlich durch die Kiefernnadeln und wünscht einen süßen Schlaf.

Die Frau erwacht im Zelt, zugedeckt mit einem roten Schlafsack. Mücken sirren, drei weitere Menschenleiber atmen, die Köpfe unter den Decken verborgen, es ist Morgen, und ich weiß, daß Nina heute nicht so weitermachen kann wie gestern.
Neben dem erloschenen Lagerfeuer liegt, die Hände unter dem Kopf verschränkt, der Blondschopf. Die Frau schämt sich. Meuchlerin einer Liebesidylle, eine Flüchtige. Sie zieht den Schlafsack aus dem Zelt, deckt den Schlafenden vorsichtig zu, klettert zur Quelle hinunter, wäscht sich das Gesicht und läuft. Dorthin, wo der Waldweg auf das Gestade fiel. Nicht einmal Dankeschön sagen, feige Memme! Sich sattessen, betrinken, ausschlafen auf dem Lager des Kavaliers der Schönen – und dann weglaufen wie eine Ratte. Nett, daß sie nicht auch noch das Geld gestohlen hat. Die Frau läuft schnell. Sie kann nichts anderes tun, und man darf sie zu nichts zwingen. Auch ich kann es nicht.
Am Ende des Weges springt Haldor aus dem Auto, mit wirrem Haar und verschlafenem Gesicht.

»Verzeihen Sie, ich bin gegangen, ohne mich zu bedanken, aber Sie haben geschlafen. Es tut mir sehr leid, ich habe Ihnen den ganzen Abend verdorben, Sie haben wahrscheinlich kein Auge zugetan, es ist mir sehr peinlich, aber haben Sie vielen Dank, ich muß mich beeilen, denn ...«
»Komm, setz dich«, sagt der Mann und legt seine Hand auf Ninas Schulter. Zu ihrem eigenen Erstaunen hat sie gehorcht und sich ins Auto gesetzt.
»Du mußt dich gar nicht beeilen, erzähl keinen Unsinn. Du darfst jetzt keine Dummheiten machen. Und flüchten mußt du auch nicht, niemand hat dich hier festgebunden.«
Die Frau schweigt. Sie hat nicht bemerkt, daß der Mann zum ›Du‹ übergegangen ist.
»Hier, falls du Bedarf hast.« Er reicht ihr einen kleinen, gelben Läusekamm und wendet den Wagen.

Salacgrīva. Bevor sie aussteigen, reicht Haldor der Frau die roten chinesischen Pantoffeln mit den violetten Vögeln.
Im Café trinken die beiden einen Kaffee nach dem anderen, schweigen, blicken einander von Zeit zu Zeit an, dann packt der Mann einen Haufen Sandwiches für die Schlafmützen ein, und sie fahren zurück.
»Enno und Aime fahren nach Pērnava. Magst du nicht mitfahren und ein wenig über die Landstraße fegen?«
»Und Sie?«
»Ich wollte, habe aber keine rechte Lust mehr, es ist eine etwas unharmonische Gesellschaft geworden.«
»Ich bin schuld, ich weiß, aber ...«
»Nein, du bist keineswegs schuld. Wir drei haben Marika gestern in einem Café kennengelernt, aber du siehst ja, was sie für eine Ausflüglerin ist, Enno macht sich ständig über sie lustig.«
»Ich dachte, sie ist Ihre Frau oder etwas in der Art.«
»Und was wäre dann?«
»Nichts wäre dann, interessant. Aber über Leute, die anders sind, darf man nicht lachen. Nein, ich werde nicht mitfahren, niemand muß sich mit mir herumschlagen.«

»Aber wenn das jemand will?«
»Was genau – will?«
»Sich herumschlagen, dir helfen zurechtzukommen.«
»Ich brauche keinen Babysitter.«
»Ich will mich ja nicht aufdrängen, es kam mir nur nachts in den Sinn, daß ich dich zum Beispiel zu meinem Bruder aufs Land bringen könnte, dort kannst du wohnen, es ist auch mein Zuhause, du könntest erstmal zu dir kommen, überlegen, nachdenken.«
»Was haben Sie davon? Sie sehen gar nicht danach aus. Vielleicht kein reines Gewissen?«
»Weiß nicht. Ein Gewissen ist ja kein Handtuch, dem man es ansehen kann.«
»Ich wollte Sie nicht beleidigen.«
»Wie soll es also weitergehen?«
»Ich habe nichts – weder Geld noch Kleidung, nicht einmal Schuhe, das sehen Sie ja selbst. So kann ich mich doch nirgendwo blicken lassen.«
»Genau deshalb mache ich mir ja Sorgen.«
»Irgendwo werde ich Geld stehlen und losfahren, immer der Nase nach. Bis hierher habe ich es im Tausch für meinen Ehering geschafft.«
»Aber für die Pantoffeln werden Sie nicht weit kommen.«
»Und zu welchem Preis würden Sie mich mitnehmen?«
»Laß uns nicht handeln, das ist doch Unfug. Frühstücken wir lieber, geben Enno und Aime den Segen und fahren nach Riga, ein paar Klamotten für dich werde ich schon auftreiben.«
»Und Marika?«
»Werde ich dahin zurückbringen, wo ich sie her habe.«
»Ziemlich grausam. Cafébekanntschaften werfen Sie über Bord, in Höhlen gefundene Mädchen hingegen haben Aussicht, vor dem Zugrundegehen gerettet zu werden.«
»Meinst du, daß Marika zugrundegeht?«
»Also, so ein Mitleid habe ich auch nicht nötig.«
Haldor lacht. Eine ganze Weile. Nina mag es nicht, aber zum ersten Mal sind seine blauen Augen nicht neutral, sondern voller Kiefernblütenpollen.

Der Wagen tuckert bis zum Zelt, ohne daß dort ein Lebenszeichen zu bemerken wäre. Haldor nimmt die Milchkanne und begibt sich auf seinen rituellen Gang zur Quelle.
Ein schwarzes, ärmelloses Shirt, das herausfordernd die glatten Schultermuskeln exponiert, die großen Hände, die auch ungeballt die Vorstellung von ihrem Umfang als Faust erwecken; fehlt nur noch die Tätowierung einer Rose oder eines pfeildurchbohrten Herzens, und das Bild wäre klassisch. Und dazu noch der scheinbar böse, fest zusammengekniffene Hintern! Doch nein, das jungenhafte Haar und das wirbelnde Lachen in den Augen stürzen das oberflächliche Bild vom Sockel. Gut möglich, daß er sogar recht naiv ist und schüchtern, und ohne Zweifel wird er noch mit siebzig Jahren glauben, nur ein grünes Jüngelchen zu sein. Das amerikanische Traumprodukt? Auch nicht, dafür ist er nicht locker genug.
»Was hast du hier eigentlich zu suchen?«
Ninas beschauliche Männerstudien werden von Marika unterbrochen, die im schwarzweißen Hosenanzug wie ein langbeiniger Storch aus dem Wald zurückkommt. Die Worte scheinen zu direkt, sie passen nicht zu dem dunstigen, langsam aufklarenden Junimorgen, dem Geplätscher der kleinen Wellen und dem vom Kognak des Vorabends noch sanft benommenen Kopf.
»Schwer zu sagen. Aber sei nicht böse, Marika!«
»Nicht böse wegen was? Nicht böse wegen was!?«
Wüchse der Frau anstelle der Nase ein Storchenschnabel, würde sie Nina aufpicken wie einen Laubfrosch.
»Sei wegen gar nichts böse.«
»Hast du dein Teil schon weg, ja? Herumtreiberin. Höhlenweib. Neandertalerin.«
»Hör mal, laß doch den Unsinn. Borg mir lieber einen Badeanzug, du hast bestimmt einen dabei.«
»Der paßt dir nicht. Ich habe einen größeren Busen und einen kleineren Arsch. Und schone besser deine zarten Händchen, wenn du das Textilkunstwerk von deinem Mammutjäger nicht zu schätzen weißt.«
›Niemals vor Mülltonnen dienern‹, schießt es Nina durch den Kopf. Sie

würde am liebsten mit mindestens drei Paar Siebenmeilenstiefeln davonrennen, aber ein soeben erwachter Trotz hält sie am Boden. Sie könnte ohne weiteres verschwinden, will aber nicht, daß Marika Haldors Gesicht sieht, wenn er zurückkommt und Nina ihm entwischt ist. Nachdem sie lediglich ihre Pantoffeln ausgezogen hat, watet die Frau ins Meer, bis ihr das Wasser zum Hals reicht. Die Kleider ziehen schwer nach unten, aber das Wasser wird sie nicht verraten. Das Wasser versteht sowohl mit einer bekleideten Stromerin umzugehen als auch mit einem nackten Saufkumpan, sowohl mit einem erschöpften Krieger als auch mit einem überfressenen Familienvater. Das Wasser weiß Liebende wohlwollend zu begleiten, zwischen diejenigen aber, die einander erwürgen wollen, schickt es die Neunte Welle.
Rasch wälzt sich die Sonne hervor, gnadenlos glühend wie Marikas Zorn. Nina liegt ausgestreckt im Sand, und durch das schmutzige Hemd sind ihre unvollendeten Brüste zu ahnen, die in keine fremden Badeanzüge passen. Ennos und Aimes Einladung zum Frühstück lehnt sie ab, sie ist von sich aus schwer.

Als Nina mit Albrecht Dürer fertig geworden ist, haben sich ihre Gedanken brav und der Reihe nach sortiert. Sie wird eine ergebene Gazelle sein, die gelobt, Raul auf all seinen Wegen, Abwegen und sogar in die Unterwelt seines Unterbewußtseins zu begleiten. Mit zärtlicher Inbrunst wird die Frau ihren Mann überzeugen, daß sie ihn niemals verlassen, sondern immer verstehen, ihm nichts vorwerfen, sondern immer verzeihen wird. Eine Spielzeit lang Schauspielerin – das ist viel, und mehr noch, als Nina benötigt, um Raul auszunüchtern.
Als er um halb zwei nachts immer noch nicht aufgetaucht ist, gelangt sie zu der Überzeugung, daß seine Verwirrung im *Pelikan* nicht unbemerkt geblieben ist, vielleicht hat er sogar einen Anfall erlitten, und Raul wurde dorthin gebracht, wo er seiner psychischen Kategorie nach auch hingehört. Eine Gelegenheit, sie anzurufen, wird er nicht gehabt haben.

Gegen halb fünf bricht er die Schlafzimmertür auf, da er nicht fähig war, sie aufzuschließen, er ist bis zur Besinnungslosigkeit betrunken, hemdsärmelig und schläft in der vollen Badewanne ein. Nina zieht ihren Mann heraus, flieht nicht, weil sie nicht mehr daran denkt, nimmt ein paar Schlaftabletten und rollt sich auf dem Sofa im Wohnzimmer zusammen.

Der vierte Gefängnismorgen erscheint mit San-Sans flachem Gesicht. Nina ist aufgeregt, aber nicht ängstlich. Nachdem sie die verschlafen wirkende Frau geschickt umherbugsiert hat, schnallt die Vietnamesin Nina an den Sessel.
»Wo ist mein Mann?«
»Er ist unruhig, ich habe ihn ins Arbeitszimmer gesperrt. Spitze Gegenstände sind entfernt. Der Herr muß noch ein wenig schlafen.«
»Blödsinn, Piepmatz! Er muß arbeiten! Er bezahlt dich nicht dafür, daß du auch ihn einsperrst!«
»Sie kennen unsere Abmachung nicht.«
»Du landest auf dem elektrischen Stuhl, wenn ich lebendig hier herauskomme!«
»In Lettland gibt es keinen elektrischen Stuhl«, piepst San-San wie zur Entschuldigung und verschwindet in der Küche.
»Für dich wird sich einer finden!« schreit Nina.

»Fahren wir?«
Ganz nah vor ihrem Gesicht sind fremde, hellblaue Augen mit kleinen, aufsässigen Wirbeln.
»Zur Hölle?« fragt sie und fährt mit der Zunge über ihre trockenen Lippen.
»Na klar.«

In der Hölle ist es gar nicht so grausig, wie Nina sich vorgestellt hat. Marika ist in Ennos und Aimes Wagen gestiegen und wird von Salacgrīva aus mit dem Autobus nach Riga fahren. Mit Haldor, dem erbärmlichen Wurm, und der Streunerin habe sie nichts gemein. Der

Wurm erklärt, um Nina zu beruhigen, daß Marika nicht ausgeschlafen sei, sie habe noch nie zuvor in einem Zelt übernachtet. Aber irgend etwas kommt der Frau trotzdem unfair vor.
»Nimmst du immer die Schuld anderer auf dich?« fragt Haldor.
»Hin und wieder. Weil ich meine eigene nicht rechtzeitig bemerke.«
»Hast du schon viel auf dem Kerbholz?«
»Die Beamten des Jüngsten Tages werden im Schweiße ihres Angesichts zu wiegen und zu messen haben.«
»Dann gehörst du zu jenen, die glauben, das Leben sei eine Chaussee? Immer geradeaus bis zur Endstation?«
»Und du glaubst, daß alles rund und zyklisch ist und nichts verlorengeht?«
»Es geht nichts verloren. Aber das sollte nicht der einzige Grund sein, daß die Menschen sich nicht wie Schweine aufführen. Mir ist unbegreiflich, weshalb wir den kurzen Augenblick, den wir alle zusammen sind, damit zubringen, einander die Kehle durchzuschneiden.«
»Siehst du, genau das läßt einen sich schuldig fühlen.«
»Aber wenn du das alles erwägst und erfaßt, dann ist es nicht möglich, zu leben wie ein Berserker.«
»Aber es ist eben nicht gänzlich zu erfassen, ich jedenfalls kann es nicht. Außerdem bekomme ich es mit der Angst zu tun, wenn ich mich ernsthaft in dieses Mysterium vertiefe.«
»Also wärst du am liebsten unsterblich?«
»Eigentlich schon. Vielleicht nicht ewig mit diesem Körper, aber als Seele mit Bewußtsein bestimmt. Ich möchte immer alles sehen, überall unsichtbar dabeisein.«
»Ich könnte wetten, daß du als Körper oft Angst hast dabeizusein, du weichst aus und fliehst. Es gibt Tausende von Phänomenen, denen gegenüber du Augen und Ohren verschließt, stimmt's?«
»Sicher. Ist es bei dir denn anders?«
»Natürlich nicht, es ist ein ununterbrochenes Gerangel mit sich selbst. Aber als Seele mit Bewußtsein ohne jegliche Verantwortung durch sämtliche Schlüssellöcher zu luchsen, das wäre furchtbar interessant, zugegeben.«

»Leben bedeutet Verantwortung und daher auch Schuldbewußtsein.«
»Schuldbewußtsein, weil man nichts beeinflussen kann?«
»Auch deswegen. Aber es gibt Momente, da mich eine außerhalb von mir existierende, furchtbare Kraft in vollkommen unsinnige Situationen drängt, mich zerstören, verheeren und entsetzliche Worte sagen läßt. Dagegen bist du machtlos, es hat sich tief im Inneren eingenistet.«
»Und deshalb fliehst du. Aber das bringt nichts.«
»Doch, in gewisser Weise schon. Wenn die furchtbare Kraft zupacken will, dann soll sie mich packen, wenn ich allein bin und nicht unter Menschen, die darunter leiden würden.«
»Ja, alles auf die finsteren Mächte abzuwälzen, das ist typisch für die Letten. Wer selber nicht fähig ist, seine Taten zu verantworten, der weist der weltweiten Verschwörung finsterer Mächte die Schuld zu. Besonders jetzt, da es überall wie in der Höllenküche zugeht.«
»Wo liegt dann die Schuld?«
»Im Bewußtsein der Sterblichkeit. Ich will glauben, daß die Welt harmonisch und sogar von idealer Schönheit wäre, wenn die Menschen sich öfter daran erinnern würden.«
»Wer weiß. Ein AIDS-Kranker kann in seiner Verzweiflung über den nahen Tod noch dreißig andere anstecken. Wenn ihm nicht beschieden ist zu leben, dann den anderen auch nicht.«
»Das sind Ausnahmen.«
»Keineswegs. Und Geldgierige raffen und raffen, gerade weil sie sich ihrer Sterblichkeit bewußt sind, soviel sie können – in dem kurzen Augenblick vor dem Nichts. Nicht nur Geld, sondern auch Macht, Territorien, Ideen und Lebensformen anderer Menschen. Wenn ohnehin alles zugrundegeht, kann man doch auch ordentlich auf den Putz hauen.«
»Vielleicht sind die Menschen zu feige, den Gedanken zuzulassen, daß nichts verlorengeht, sondern in anderen Formen und Erscheinungen wiederkehrt. Die Unvergänglichkeit von Gedanken und Taten ängstigt den Menschen, bequemer ist es, an die Vernichtung zu glauben.«
»Ich glaube nicht, daß das eine Bequemlichkeit ist. Eigentlich ist es überhaupt nicht bequem zu leben. So viel Leid. Und das Bewußtsein der Vernichtung kann auch die Verrohung kultivieren.«

»Wie möchtest du leben?«
»Ha, schön natürlich. Wie im Tanz. Oder daß das Leben wie ein mitreißendes, unvorhersehbares Gespräch ist, bei dem du dich dennoch verstanden fühlst bis zu den Zehenspitzen.«
»Fühlst du dich allein?«
»Wie man es nimmt. In Gedanken komme ich mit tausend Dingen, Menschen, Ereignissen und Ideen in Berührung, aber wenn ich abtreten werde, dann gehe ich doch allein. Niemand wird mich begleiten, um meine große Angst vor den Höllenkasserolen zu lindern.«
»Das heißt, es wäre dir lieber, wenn wir alle zugleich in diesen Kasserolen schmoren würden? Du bist verrückt: eine Seele mit Bewußtsein, und dann Küchenattribute wie Kasserolen. Wirklich, das paßt nicht zu dir.«
»Ja, ich weiß. Vielleicht liegt es daran, daß ich mir schon als Kind zu oft Hieronymus Bosch angesehen habe. Noch heute tauchen seine Visionen des Jüngsten Tages in meinen Alpträumen auf.«
»Aber er ist doch auch nicht besonders weit gekommen. Uns sind Grenzen gesetzt, niemand ist fähig, etwas grundlegend anderes zu erschaffen. Es tauchen doch keine neuen Arten auf, alle gemalten, gemeißelten oder anderweitig ersonnenen Ausgeburten, Bestien und Scheusale sind eine mehr oder weniger ungewöhnliche Kombination bereits existierender Wesen oder Details. Leonardo da Vinci führt es doch in seinen Zeichnungen exakt vor. Wir können uns prinzipiell keine anderen Welten ausmalen.«
»Aber niemand kann verbieten, darüber nachzudenken. Und sei es mit den eingeschränkten Mitteln, die uns gegeben sind.«
»Ja, nur wäre es dann spannend herauszufinden, weshalb uns eine so eingeschränkte Sichtweise gegeben ist, was sich hinter ihr verbirgt. Und gleichzeitig muß man sich doch freuen über diese uns geschenkte Zeit.«
»Ich weiß nicht, ob ich solche Geschenke brauche, die zu verlieren so unendlich schmerzhaft sein wird.«
»Also weißt du, dann wäre irgendein neutrales Leben ohne Emotionen für dich angemessen. Du fürchtest nur deshalb jedes Erlebnis, weil der Verlust unvermeidlich ist?«
»Halt bitte an, ich muß mal ins Gebüsch.«

Der Pabažu- ja, der Pabažuwald ist still, daß es gellt. Nach dem Gebrüll des Motors sind die Ohren empfindlich, die Stille scheint fast zu schmerzen. Die Heidelbeeren verblühen, in moosigen Bombentrichtern wie umgestülpten, weichkrempigen Hüten funkeln Pfifferlinge.
Die Frau verschließt sich sorgfältig. Ich finde es schade, aber da ist nichts zu machen. Sie kehrt sachlich kühl zum Wagen zurück, als hätte sie alles Besprochene in den Büschen gelassen.

Nina schreit so lange nach Raul, bis San-San sie mit einem Handtuch knebelt.
Nach einer halben oder ganzen Stunde kommt ihr Mann trotzdem zu sich, bringt das Dienstmädchen dazu, die Tür des Arbeitszimmers aufzuschließen und gewisse nur ihnen beiden bekannte Rechnungen zu begleichen.
Als Raul seine Frau befreit, spuckt sie ihm ins Gesicht und bereut, daß sie diese Ausgeburt nicht in der Badewanne hat ersaufen lassen.
»Wann hört das endlich auf?!« schreit sie. »Ich bringe dich vor Gericht, darauf kannst du Gift nehmen!«
Es scheint, daß Raul den ohnmächtig kulminierenden Zorn der Frau aus einer anderen Welt vernimmt, die von der seinen durch ein dünnes, aber schußsicheres Material getrennt ist. Abgesehen von den Spuren, die der Kater unter seinen Augen hinterlassen hat, ist dieser Mann normaler als normal, eher möchte man ihm einen Klecks Verdrehtheit verpassen, um seinem Leben Würze zu verleihen. Er repariert das Schloß, rasiert sich, zieht sich um, trinkt Kaffee – ganz so, als wäre nichts Ungewöhnliches in diesem Haus vorgefallen.
»Wirf mal einen Blick in die ›Göttliche Komödie‹, ich habe sie neulich gekauft, aber vergessen, sie dir zu zeigen.«
Nachdem er seine Frau auf die Stirn geküßt und die Wohnung verlassen hat, greift sie nach der großen Bodenvase und schleudert sie durchs Fenster.
»Max, Karnickel, Maiga! Hilfe! Schnappt euch meinen Mann, nehmt ihn fest, er hat mich eingesperrt. Hilfe! Max, Karnickel, Maiga!«

Nina kommt nicht dazu zu sehen, ob ihre Bekannten vom *Lido*, *Blauen Vogel* oder *Kolonna* sie gehört haben, wie eine Luchsin ist San-San zur Stelle. Nina schlägt zu, kommt jedoch gewohnt festgezurrt wieder zu sich.
»Nicht schreien, dann binde ich den Mund zu. Beruhigen Sie sich.«
»Dafür wirst du dich zu verantworten haben, San-San! Und wenn Lettland in hundert Jahren auf den Gedanken verfällt, Vietnam zu erobern, dann wird mein Geist auferstehen und mit glühender Pike in der Vorhut schreiten.«
Das Dienstmädchen versteht nicht und zuckt mit den Schultern. Ich weiß, daß Nina machmal eine recht barocke Ausdrucksweise bevorzugt, und nicht alles ist in die Sprache des ausklingenden zwanzigsten Jahrhunderts zu übersetzen.
Die kleine Frau trägt den Abfalleimer herein sowie Kartoffeln und Möhren, um sie in Ninas Gegenwart im Wohnzimmer zu putzen.
»Hau ab, mir wird übel, wenn ich dich sehe. Ich schreie nicht, aber hau einfach ab.«
Aber San-San tut, als würde sie weder hören noch begreifen.

Wo ist Ninas Mutter jetzt, ihre Beschützerin? Vielleicht würde Natalia dieses Mal ihr ermüdendes Lächeln verlieren und sie aus diesem plötzlichen Wahnwitz erretten? Aber sie kommt nicht ohne ausdrückliche Einladung, Mann und Frau sollen lernen, allein zurechtzukommen, damit am Ende nicht die gesamte Verwandtschaft verflucht wird.
Nina sehnt sich nach der Mutter, sehnt sich unerträglich, doch ebenso unerträglich scheint es ihr, deren altkluges Lächeln sehen zu müssen, aus dem wie auf einem Schwarzweißfoto abzulesen ist, daß sie a) im Leben alles bis zur Neige ausgekostet hat; b) das Leben unausweichlich Enttäuschungen bringt; c) nichts sie zu überraschen vermag; und d) die Probleme anderer verglichen mit ihrem in globalen Dimensionen meßbaren Schicksal nur von Kleidermottengröße sind.
Natalia lächelt auch auf Hochzeiten – reglos wie die Gioconda. Andere Frauen schnuffeln verstohlen, seufzen oder lassen wenigstens die Augen glänzen, aber Mutter lächelt.

Auch früher, als Nina aus einem unbegründeten Pflichtgefühl heraus Natalia ihre Freunde vorzeigt, ist es dasselbe. Es ist unklar, ob sie Nina überhaupt liebt, diesmal aber würde es vielleicht gelingen, Mutter aus ihrem trägen Drehen um die eigene Achse zu bringen. Vielleicht stürzt sich Natalia in den Kampf wie ein Zulu, um, wer weiß, vielleicht sogar das Leben ihrer Tochter zu retten.

Der Vater ist bereits zu Beginn der *Atmoda*[1] nach Deutschland gegangen. Lettland hat keinen Bedarf an seinen Hologrammen, aber im Westen, schau an, soll es einen Markt für Köpfchen geben. Natalia meint, daß ihr Therapeutenhirn dort ebenso wie hier einige dutzendmal billiger sein wird als das ihres Mannes, und bleibt. Wohl kaum wegen Nina, und schon gar nicht wegen des Landes und Staates, in dem sie nicht einmal geboren ist. Nina ist fast überzeugt, daß Vater nur einen anständigen Vorwand gefunden hat, um sich von Mutter zu trennen. Sie sind einander zu Abfall geworden. Vielleicht sollten die Menschen nicht so gefräßig sein?

Raul ist nicht gefräßig, auch Besitzstreben ist an ihm nicht auszumachen. Nicht einmal Eifersucht hat sie jemals in einer aktiven Form bemerkt. Nina erinnert sich, wie Raul sie auffordert, achtzig Schönlinge zu begutachten, die reinsten Zuckerstangen, von denen acht auszuwählen sind – für die Arbeit im Hotelrestaurant. Es amüsiert Raul, wie Nina schon aus der Entfernung kantige Männlichkeit, gigolohafte Käuflichkeit, narzistische Eisigkeit und homosexuelle Hysterie förmlich riechen kann. Das Hotel *Pelikan* muß den europäischen Standard wenigstens auf Augenhöhe halten, weshalb die Ober so auszusuchen sind, daß sie den Wünschen jedes nur denkbaren Gastgeschmacks entsprechen. Raul zuckt nicht mit der Wimper, als Nina mit ihren Auserwählten, die ihr, keine Frage, die Hände küssen, stundenlang an der Bar hockt und sich über weiß der Teufel was unterhält. Und Ninas plötzliche Depressionen, das unvorhersehbare sinnliche Erkalten erklärt er

---

1 Atmoda: das Erwachen (lett.), die Ende der achtziger Jahre aufkommende Bewegung für die Wiederherstellung der staatlichen Unabhängigkeit Lettlands; das Erste Nationale Erwachen fiel in die siebziger und achtziger Jahre des 19. Jahrhunderts, das Zweite bezeichnet die Entstehungszeit der Ersten Lettischen Republik (1918/1920).

mit dem psychischen Unterschied zwischen Mann und Frau, es ärgert ihn nicht, ganz im Gegenteil: Es fasziniert ihn sogar. War ein prima Kerl.

Die ›Göttliche Komödie‹. Er hat sich wieder einmal ein Rätsel, ein Ränkespiel ausgedacht. Während der Schulzeit hat sich Nina mit diesem Buch herumgeschlagen, aber es hinterläßt, ähnlich wie Goethes ›Faust‹, keinen wesentlichen Eindruck. Der ›Faust‹ erscheint ihr wie eine versunkene Männerwelt, eine Art Atlantis, eine Ära, die für alle Zeiten verschwunden ist, obgleich sich so viele berühmte Schriftsteller und Künstler auf die Suche nach ihrem Geheimnis begeben. Und Schatten im Nebel jagen. Ebenso unbegreiflich und erheiternd kommt ihr das Wühlen berühmter Männer in Goethes Privatleben vor, die phantastischen Vivisektionen seiner Liebhaberinnen, die immer neuen Kombinationen von Fakten und Vermutungen. Das läßt die Frau schlußfolgern, daß der alte, zerzauste Johann Wolfgang einen typischen, unveränderlichen Code in sich trägt, den aufzuspüren zeitgenössischen Männern zu Impulsen, Trost, Rechtfertigung und Identität verhilft.

Mit Dantes ›Göttlicher Komödie‹ hat Raul diesmal entweder danebengeschossen oder einen übertrieben kalkulierten und unverschleierten Subtext geliefert. Wenn ihr Mann auf die Idee gekommen ist, seiner Frau sieben Kreise der Hölle zu bereiten, um schlußendlich mit dem Paradies aufzuwarten, dann hat sein Sinn für Geschmack schlichtweg einen Aussetzer.

Vielleicht beabsichtigt Raul, Dantes Werk fortzusetzen? Für intime Bedürfnisse steht jedes Meisterwerk zur Verfügung, damit muß der Schriftsteller gerechnet haben. Ja, es mutet überaus sonderbar an, daß in jenem Buch, in dem der über den Klee gelobte Italiener mit seinen Freunden und Feinden abrechnet, indem er die einen verherrlicht, die anderen verflucht, mit keiner Silbe Gemma erwähnt wird, seine Frau, die dem Schriftsteller, wenn Nina nicht irrt, sieben Kinder geschenkt hat. Weshalb? Hatte Dante seine Gemahlin derart verbraucht (der Abfalltheorie zufolge), daß nicht ein Härchen an ihr zumindest literari-

sche Unsterblichkeit wert war? Gemmas Körper allerdings lebte länger als der Dantes. Oder sollte er seine Frau dafür gestraft haben, daß sie dem Genie nicht ins neunzehnjährige Exil gefolgt war? War dies ihr Verrat?
Erwartet Raul, daß Nina ihn selbst im Schlaf und in den Träumen begleitet? Gemma war geflohen, indem sie verharrte.

San-San bricht die Reste der zersplitterten Scheibe aus dem Rahmen und kehrt die scharfen Scherben vom Fensterbrett. Die Tirgoņu iela pfeffert die Düfte von Pizza und Bratkartoffeln ins Zimmer, Besteck klappert, das Stimmengewirr wogt auf und verebbt, als würde es dirigiert. Ihre Schreie werden demnach nicht gehört worden sein, die Scherben haben keine Diplomatenstirn gestreift, weder kommt die Polizei noch klingelt es an der Tür.
»Bring mir Stift und Papier!«
»Briefe schicke ich nicht ab«, zimbelt die Vietnamesin.
»Her damit, wenn ich es verlange! Vielleicht will ich für Raul Gedichte schreiben! Und mach mir einen Kaffee, den Hungertod habt ihr mir hoffentlich nicht beschieden. Tempo!«
»Sofort, Frau Nina!« Die Dienerin fügt sich plötzlich und ohne Logik.
Karnickel! Mein Mann ist durchgedreht, ich bin schon seit vier Tagen eingesperrt, gefesselt und bewacht. Ruf die Polizei oder komm selbst. Hilf mir! Nina.
Sie faltet den Brief zu einer Schwalbe, die sie durch das zerschlagene Fenster hinaussegeln läßt. Sie müßte treffen, der Eingang vom *Blauen Vogel* liegt genau gegenüber, unter den Wohnzimmerfenstern.
Karnickel ist keineswegs ein Kaninchen, sondern ein ersprießlicher Kerl in mittleren Jahren mit leicht geschürzter Oberlippe. Dann und wann schimpft er gemeinsam mit Nina auf die Regierung. Karnickels Vater klappert mit einer schweren Stoffwechselkrankheit und dreißig Lat Rente die Krankenhäuser ab, Karnickel selber ist Vater von fünf Kindern. Das ist jedoch kein Grund für den blauen Vogel, mehr goldene Taler zu legen, als sich in den Taschen seiner Bewunderer befinden. Aber Karnickel wird sich etwas ausdenken und Erlösung bringen.

San-San bringt den Kaffee und bohrt ihren Blick mit der Unbarmherzigkeit eines Zahnarztinstruments in die Augen der Frau. Die Vietnamesin wittert, daß Gefahr im Verzug ist, und rollt die Gattin ihres Herrn von den Fenstern fort in die entfernteste Ecke des Zimmers. Solche Augen gab es in Großmutters Erzählungen von den Nächten in den Kellern des NKWD[1]. »Wie Ahlen bohrten sie sich in mich hinein. Und wenn es mit der Geduld zuende war, schlugen sie mit einem Lineal auf die Fingernägel, bis es zerbrach. Ich habe noch Glück gehabt, später soll es Stahllineale gegeben haben«, erzählt Großmutter Flausch. Flausch ist schon seit sieben Jahren tot.

»Spinnst du, Haldor? Du hättest ihn doch vorbeilassen müssen«, murmelt Nina, als komme sie aus einem langen Schlaf zu sich. Fast hätte ein blauer Renault ihren Lada gerammt. »Die Bremsen sind futsch. Ich habe mindestens eine halbe Stunde lang daran herumgebastelt, du hast es nicht mitbekommen, du warst wie hypnotisiert.«
»So kann du nicht fahren, wir müssen anhalten und Hilfe holen.«
»Wer hilft einem schon! Sogar der Rettungsdienst schaut lieber weg. Wir rollen brav am rechten Rand bis zur Werkstatt in Berġi, nur keine Angst.«
»Wie können die Bremsen so plötzlich ihren Geist aufgeben?«
»Ist dir das noch nie passiert?«
»Ich bin doch kein Lada.«
»Sondern? Ein Buick?«
»Nein, ein Fahrrad, das kann man mit den eigenen Füßen bremsen. Wie spät ist es?«
»Halb sechs. Warum?«
»Einfach so. Ich stelle mir vor, was sich auf einem Dachboden in der Tirgoṇu iela abspielt.«

---

1 NKWD: Volkskommissariat für innere Angelegenheiten (russ.); später umbenannt in KGB

»Im Mittelalter hätte es dort durchaus brennen können. Die Dachböden waren vollgestopft mit aufgekauftem Leinen und Hanf, und bei so einer Hitze reichte schon ein Funke.«

»Auch heutzutage brennt es mindestens in einer Dachgeschoßwohnung. Und mindestens eine Person wird zwar nicht aufs Flachsfeld, aber doch auf eine Baumwollplantage in der fernen Heimat geschickt.«

»Ziemlich unbegreiflich, was du da sagst.«

»Ich begreife es ja auch nicht.« Nina stößt ein kurzes Lachen aus bei der Vorstellung von San-Sans Panik, ihrer Angst, und Rauls ... ja, wer weiß, was Raul für ein Gesicht macht. Vielleicht ist er schon auf dem Weg nach England oder Rußland, um die Spuren zu verwischen. Aber vielleicht ruft er auch der Reihe nach Natalia, Verwandte, Freunde und Bekannte an und horcht das Völkchen vom Domplatz aus. Vielleicht liegen ein Foto und ihre Personenbeschreibung bei der Polizei: »Gesucht: Frau in roten chinesischen Pantoffeln mit violetten Vögeln«. Natürlich, und dessen wird sie sich erst jetzt bewußt: Niemand wird Raul ins Gefängnis werfen, weil er sie fesseln und einsperren ließ.

»Sag mal, Haldor, was machst du eigentlich? Ich meine, beruflich?«

»Du wirst mich auslachen.« Er lächelt unwillig.

»Weshalb? Nein!«

»Na, was glaubst du?«

»Bestimmt im Business, nach den Branchen Bordell oder Bestattungsunternehmen sieht es allerdings nicht aus.«

»Ganz kalt.«

»Doch nicht Psychiater oder Zahntechniker?«

»Kalt.«

»Sportlehrer. Ja, Sportlehrer. Judo oder so, etwas mit Schmackes!«

»Was meine Visage so für Vorstellungen weckt ...«

»Nun sag schon!«

»Rate ein letztes Mal.«

»Bankräuber, hinter dem die Polizei her ist.«

»Polizist, Nina, ich bin Polizist.«

Die Frau ist schlagartig starr, stumm und empört. Pfui. Pfui Teufel!

»Ohne Uniform?« Das ist die einzige Frage, die ihr einfällt.

»Ich habe Urlaub.«
»Hör mal, Genosse Polizist, ich will aber nicht, daß du etwas gegen die beiden unternimmst, das ist meine Sache!«
Ich höre billige Panik in ihrer Stimme. Die grauen Augen sind nicht Untertassen, sondern tiefe, bis zum Rand mit Schrecken vollgegossene Suppenteller.
»Kann doch sein, daß du dir das alles nur ausgedacht hast. Das ist wirklich deine Sache.«
»Ich glaube, du lügst, Haldor, du spielst Theater. Hast du schon mal jemanden erschossen?«
Der Mann lacht. Nina gefällt es nicht. Da gibt es überhaupt nichts zu lachen.
»Klar, du machst mit der Mafia gemeinsame Sache.«
»Noch hege ich die Hoffnung, daß es nicht so ist, aber ganz genau kann man das selber nicht wissen.«
»Sag mal, du bringst mich doch nicht aufs Revier?«
Beim Abfahren von der Baltezers-Chaussee kollidieren sie beinahe mit einem roten Jeep, der gerade noch schlingernd und schleudernd ausschlenkern kann und wild hupt. Aus dem Seitenfenster reckt sich ein blonder Frauenkopf und droht mit der Faust.
»Verzeihung, Nina, ich war in Gedanken und habe nicht aufgepaßt.«
Die Frau betrachtet den blondschöpfigen Philanthropen und spürt Zorn in sich aufsteigen. Die lettische Polizei hat eine derart hohe Moral, daß sie einem ins Unglück Geratenen entgegengaloppiert wie ein Neufundländer einem Ertrinkenden, sie fühlt sich unablässig verantwortlich für die physische und psychische Sicherheit eines jeden Bürgers. Was hat dieser Haldor nur für eine rechte, redliche, abgeklärte Stirn, wie ist sein Körper durchtrainiert für das Fangen von Bösewichten. Daher also diese unverhältnismäßig großen Hände, die, aufgepaßt, nur so danach lechzen, zu Fäusten zu werden und sich zu schlagen für Gerechtigkeit, Gerechtigkeit, Gerechtigkeit.
»Jetzt willst du dich aus dem Staub machen, was?«, fragt er leise und betrachtet Ninas verzogenes Gesicht. Nicht einmal eine Spielzeit auf der Bühne kann das glitschige Dunkel der Enttäuschung verbergen.

»Warum? Ich bin nur überrascht und fühle mich ein wenig hinters Licht geführt.«
»Aber mir kommt es so vor, als ob du in Wirklichkeit eine Rassistin bist.«
»Wie bitte?!«
»In der einen Schublade Bankiers, auch die diebischen, in der anderen Bettler, in der nächsten Soldaten, in der übernächsten feinsinnige Künstler und so weiter. Nicht einmal in deinen Gedanken dürfen sie sich begegnen. Der Mensch an und für sich existiert für dich nicht.«
»Was weißt du denn, Herr Philosoph! Besingst das Leben in Harmonie, aber selber schleichst du den Leuten nach, durchwühlst ihre Taschen, bestimmt spitzelst du auch.«
»Descartes, meine Liebe, zog sogar in den Krieg, um an möglichst viele Orte Europas zu gelangen, um mehr und umfassender zu begreifen. Aber darüber wollen wir nicht reden. Wenn du mich so widerlich findest – ich halte dich doch nicht. Hier muß es irgendwo eine Bushaltestelle geben. Ich wollte dir einfach helfen, das hat absolut nichts mit meinem Job zu tun.«
Die Frau empfindet Scham. Sie begreift nicht, was in sie gefahren ist, welcher Teufel sie geritten hat. Weshalb sollte ein Polizist ein Aussätziger sein, der Akkordeonspieler Julius vom Domplatz hingegen, der seine täglichen Groschen versäuft, eine zarte Seele? So hat sie in Wirklichkeit die Menschen nie eingeteilt, irgend etwas anderes war entscheidend gewesen.
Ich sehe, daß Nina zu keinem Ergebnis kommt. Ich kann ihr nicht vorsagen, was sie zu tun hat und was sie erwidern soll. Der Mann hat tatsächlich den Fuß vom Gas genommen, und nach einer Weile bleibt der Wagen stehen. Ja, hier gibt es eine Haltestelle. Sie schweigen. Noch einen Augenblick, und die Frau wird ihre Wangenschleimhaut blutig gebissen haben. Wird der Blondschopf sie jetzt mit Gewalt vor die Tür setzen?
»Benimm dich nicht wie ein beleidigter Bräutigam, Haldor! Du hast mich aufgelesen, also werde jetzt auch fertig damit, anstatt mich feige vor den Toren von Riga ohne einen Pfennig in der Tasche auf die Straße

zu setzen. Du hättest dir früher überlegen müssen, ob du ein so undankbares Gepäck mitnehmen sollst. Du hast nicht verlangt, daß ich mit überströmender Begeisterung für dein Vorhandensein bezahle. Es tut mir leid, aber ich kann mich im Moment wirklich nicht in deine feine Gefühlswelt versetzen, das liegt an meiner Armseligkeit und meinem Egoismus, sicher, aber du bist auch zu wechselhaft. Das ist ein großes Minus für einen Polizisten.«

Als Nina ausgeredet hat, sehe ich, wie ihre Wimpern sich wieder verkleben, aber sie beherrscht sich, atmet tief durch, zählt bis zehn und wartet. Dann neigt eine Hand ihren Kopf zur Seite, bis er gegen eine warme, leicht feuchte Schulter stößt, dann tätschelt dieselbe Hand ihren Rükken, wie um eine alte Hündin zu beruhigen, die in den Regen geraten ist. Ich staune, daß die Frau nicht abrupt zurückzuckt.

»Ich bin ein totaler, ein totaler *durak*[1]«, sagt Haldor und läßt den Motor an.

»Aber dein Descartes war ein totaler Heuchler. Ging den Sinn des Lebens suchen mit hoch aufgerichteter Flinte. Geschmacklos«, resümiert Nina nach einer guten Weile, als der Wagen in die Werkstatt rollt.

Es ist etwas vollkommen anderes, in Alt-Riga am Domplatz zu wohnen, als in jenen Betonklötzen, die die alte Hansestadt bereits seit den sechziger Jahren mit ständig wachsender Aggressivität bedrängen und danach streben, Rigas noch lebendiges Herz zu ersticken. Alt-Riga ist wie der Teich voll Ursuppe, aus dem dereinst das Leben hervorgekrochen kam. Hier herrscht ein günstiges Klima für Bakterien und Keimlinge aller Art. Glänzend und überzeichnet präsentieren sich die in den Existenzkrieg gezogenen oder gerissenen Erscheinungen, denn im rätselhaften Kampf der Evolution ist für fade Schwächlichkeit kein Platz.

Auch die Neuerungen der Epoche sind hier übersichtlich wie in beleuchteten Vitrinen ausgestellt. Die Leute, die mit klebriger Zähigkeit

---

1 durak: Idiot, Dummkopf (russ.)

herbeieilen, treten an, wie um sich einzutragen und zu überprüfen, ob sie der neuen Weltordnung angemessen und angehörig sind. Der Domplatz darf als überzeitliche Attrappe betrachtet werden, die bemüht ist, die Illusion sich fortsetzender und weiterentwickelnder Geschichte aufrechtzuerhalten. Die zeitgenössischen Lettern in amerikanisiertem Design oder lettisch-provinzieller, kriecherischer Schönschrift versuchen den gierig nach einem exotischen, neuen Klondike greifenden Plänen Europas zu bekunden, daß es sich bei ihnen um die natürliche Fortsetzung einer Botschaft handelt. Die Illusion von Natürlichkeit oder gar Fortschritt wird durch den Umstand genährt, daß Alt-Riga vom Hauch leerer und erlahmter Fabriken, dem mentalen Quieken demolierter Großfarmen und den letzten, verschämten Gebeten der Bauernhöfe nicht erreicht wird. Der sie umgebende Betonsarkophag schützt die alte Stadt vor überflüssiger Information. Heilig ist der Augenblick, da irgend etwas geboren wird, nichts und niemand ist befugt, dies zu stören. Und schon gar nicht, wenn zu neuen Klängen ein neuer Staat geboren wird.
Die Domorgel tönt aus vollen Bälgen, auch Gottesdienste finden statt, und wie es sich in einem reanimierten Freistaat ziemt, stehen sogar Minister und Abgeordnete zu Ostern und Weihnachten früher auf, um der Menge ihren festen Glauben an Gott vorzuführen.
Besitztümer werden an ehemalige Eigentümer zurückgegeben, es gärt der Haß gegen die neue Herrenrasse, doch noch ist es nicht üblich, sich laut dazu zu äußern, denn angeblich vermögen allein Besitzverhältnisse den abgefuckten Staat wieder auf die Beine zu bringen. Ja, und wagt es denn irgend jemand, kein Patriot zu sein? Die Beine allerdings sind verschieden: lettische, russische, jüdische und baltendeutsche. Kaum zu glauben, daß sich Riga einmal eine lettische Stadt nennen durfte, da sich doch fast jedes zweite Haus für alle Ewigkeit in der Gewalt von Fremdstämmigen befindet. Augenfällig ist es nicht, die Eigentümer hüten sich, das nervöse Volk zu reizen, weshalb das Proletariat der Kneipen, Cafés und Spielhallen in wahrhaft lettischen Hainen zusammengesammelt ist. Doch die Zukunft bringt billigere Arbeitskräfte, dafür wird das Tor nach Europa schon sorgen.

Nachts können auf dem Domplatz gewaltige, langschwänzige Ratten beim Sprint beobachtet werden. Die Polizei, die sich just in diesem Teil der Stadt am sichersten fühlt, zielt nicht auf lebendige Wesen, sie sind doch so menschlich, diese kleinen, grauen Eminenzen auf vier Beinen. Das Freilichtmuseum ist eine ebensogroße Attrappe, in der sich der umherstreifende Besucher um mindestens ein Jahrhundert zurückverschwimmt; im Gegensatz zu Alt-Riga bildet es jedoch gegen jeglichen Hauch der Jetztzeit eine fest versiegelte Tür. Dennoch kaschiert auch diese Oase nostalgischer Heraufbeschwörer und In-Ehren-Halter einstmaliger Tugenden die knutenornamentierten Rücken der Knechte und die niedere Deckenhöhe der Bescheidenheit. Blutige Jahrtausende werden spurlos in den Folianten einer kosmischen Historie assimiliert. Blut ist der Rohstoff für jenes Seidenpapier, auf dem die Namen von Imperatoren, Königen, Grafen, Baronen, Führern, Generalsekretären und Präsidenten in kalligraphischem Schwung verzeichnet sind. Und die Menschheit beugt das Haupt vor den Zeugnissen ihrer Unsterblichkeit – Pyramiden, Tempeln, Schlössern, Herrenhäusern, Büsten, bronzenen Reitern, Ahnenportraits und Gedenkstätten. Nach einer bestimmten Anzahl von Jahren werden auch Ruhm, Erinnerung und das Schicksal von Millionen wie Abfall wiederverwertet, um die unersättliche kosmische Druckbranche zu füttern.
In den Lettland-Reiseführern werden die Schlösser und Herrenhäuser von Ausländern als beachtenswerte Sehenswürdigkeiten gerühmt, ihnen wird Ehre erwiesen, danke, daß Ihr dies kleine Land von Knechten Eurer Beachtung, Eures Besuches für wert befunden habt. Sogar der Staat macht endlich ab und an ein wenig Kohle locker, unter schweren Seufzern und wie um eine lästige Mücke zu verscheuchen, da es als kultiviert gilt, sich um seine Geschichte zu kümmern. Opfersteine, heilige Höhlen, Quellen und Haine, die heidnischen Schandmale: nur für den eigenen Gebrauch in schuldbewußter Heimlichkeit. Ihr Besitzer ist Gott, und Besitzstreitigkeiten finden bislang noch nicht statt.
»Du kannst aber wirklich ziemlich grimmig knurren«, lacht Haldor, als sie endlich bei der Haltestelle gegenüber vom Freilichtmuseum angelangt sind.

Sollte Nina tatsächlich laut gedacht haben?
»Ich war lange nicht mehr unter Menschen, nimm es mir nicht übel.«
»Würdest du Rundāle, Mežotne, Ēdole und alle anderen Schlösser niederbrennen wollen? Vielleicht fandest du es besser, daß die Kirchen unter den Russen als Kartoffelkeller oder Turnhallen dienten und die Herrenhäuser als Bezirksschnapsbuden?«
»Natürlich nicht. Ich kann nur das Speichellecken um fremde Federn nicht leiden. Die Reverenzen, die heute McDonald's erwiesen werden, sind die Fortsetzung davon. Ich wollte sagen, daß die Geschichte nicht wahr ist.«
»Ja, sie ist nicht wahr, weil sie wahr nicht möglich ist. In ihr selber liegt doch begründet, daß sie es nicht sein kann.«
»Aber man sollte ab und zu die Menschen daran erinnern, anstatt fröhlich Tatsache an Tatsache zu reihen, damit es eine hübsche und leicht zu schluckende Story ergibt.«
»Was machst du beruflich?«
»Ah – diesmal mußt du raten.«
»Du bist wahrscheinlich Journalistin oder Dichterin.«
»Daneben!«
»In diese Richtung wird es schon gehen. Künstlerin? Schauspielerin?«
»Eine mißratene. Ich studiere noch Kunstwissenschaft, und früher habe ich Schmuck gemacht. Wie bist du so schnell dahintergekommen?«
»Du hast diese charakteristische Spannung. Diese Unruhe. Und vielleicht Widerspenstigkeit.«
»Mir scheinen Künstlerinnen ganz und gar nicht widerspenstig zu sein. Sie watscheln brav hinter ihrem Gänserich her, wenn es ihnen geglückt ist, sich am goldenen Schnabel des Wundervogels festzuklammern. Und die Ausschweifungen sind ein Mythos, genau wie die herzzerreißenden Dramen. Die Vorstellungskraft der Menschen geht zugrunde, statt dessen gibt es doch die Information, die es erlaubt, faul und platt zu werden.«
»Ist der Gegensatz von Widerspenstigkeit für dich gleich spießbürgerliches Herumstochern?«
»Etwa nicht? Das Spießbürgertum beginnt genau dort, wo der Mensch

sein Wesen verrät. Damit es weniger Zoff und Unannehmlichkeiten gibt, sondern vielmehr den großen Teich des Friedens vor dem Haus, damit die Frösche im hellen Mondenschein quaken.«
»Was hast du nur mit Teichen? Alt-Riga ein Teich, das alltägliche Leben ein Teich?«
»Ein Bild mit diesem Titel gefällt mir wahnsinnig gut. Es gibt einen, es gab einen russischen Maler, Mussatow, schon mal gehört?«
»Vielleicht, ich erinnere mich nicht.«
»Eines seiner berühmtesten Bilder. Inzwischen haben die Forscher, die ärmsten, schon Bände über dieses Werk gefüllt, über den Rhythmus der Linien usw., denn Mussatow hatte erwähnt, daß er in der Malerei musikalische Effekte zu erzielen versucht – Rhythmus, rationale Struktur, Emotionalität. Er nannte es *Endlose Melodie*, die er als unaufhörliche, fast leidenschaftslose Linie ohne Kanten und Brüche sah.«
»Du wirkst überhaupt nicht so, als würden dir Kunst und Leben ohne Kanten und Brüche gefallen.«
»Das sind zwei verschiedene Dinge. ›Der Teich‹ hilft mir vielleicht, einen Teich als solchen besser zu erkennen. So eine Melodie bleibt selbst in der zertrümmertsten Umgebung lebendig, sogar im Krieg, nehme ich an. Vergiß nicht, daß der gute Mussatow bereits Anfang des Jahrhunderts gestorben ist und keineswegs ein Fan der Destruktion war.«

Schließlich zwängen sie sich in einem überfüllten Autobus zwischen erhitzte Körper, und ich sehe, daß der kaum spürbare Faden der Nähe abreißt. Nina kehrt nach Riga zurück. Sie muß sich unterwerfen. Es gibt die Möglichkeit der Wahl, Freiheit jedoch gibt es nicht. Ein fremder Mann, eine unbekannte Richtung, materielle Abhängigkeit, Zukunftslosigkeit – oder der Heimweg.
»Nina, Kindchen, sehe ich recht?!« klimpert plötzlich eine ungewöhnlich reine und kräftige Stimme, als käme sie über silberne Saiten geeilt, und Miu-Miu, eine Baronesse um die Fünfzig und Cousine von Raul, rudert auf sie zu.

»Wo habt ihr nur gesteckt? Seit einer Woche versuche und versuche ich anzurufen, niemand geht ans Telefon, und im Hotel heißt es ewig wie vom Band: Er ist unterwegs. Wie kann er ständig unterwegs sein? Aber sag mal, was ist denn mit dir los? Wie siehst du denn aus, wo kommst du her?«
»Aus dem Freilichtmuseum.«
»Ganz allein?«
»Es gibt gerade eine Wolldeckenausstellung, vielleicht werde ich etwas darüber schreiben.«
»Erzähl keine Märchen. Was ist mit dir los?«
Nicht nur der Frischluftmangel bringt Nina ins Schwitzen, sondern auch ihr verzweifelt angestrengtes Suchen nach glaubwürdigen Worten und Erklärungen. Vor Miu-Miu gibt es keine Rettung: Sie ist derart überströmend und gewaltig in ihrer Emotion und Sorge für Verwandte und Bekannte jeglichen Grades und Formats, derart aktiv und unaufhaltsam, daß man ihrem liebevollen Zugriff nur durch ein Wunder heil entwischen kann. Miu-Miu faßt das Leben wie ein Abstrakter auf: in großen Farbflächen, weitem Schwung, wie mit einem Besen hin und her – und zum Abschluß mit dem Stiel noch eins drauf. Diese Eigenschaft paßt in keiner Weise zu ihrem Äußeren, das der reinste Flohmarkt ist. Wenn Miu-Miu Halsketten trägt, dann mindestens zehn zugleich, auf denen Kristall- und alle möglichen anderen Perlen aufgezogen sind, zusammen mit Reihen von Augen, Augensternchen, Silberkügelchen, Zähnen, Muscheln und Kreuzchen; wenn Pullover, dann mit einem Lederbüschel, Schnurgeflecht, Pelzaufsatz oder mit Seidenfransen verziert; wenn Schuhe, dann mindestens mit drei Schnallen, wenn Sandaletten, dann mindestens mit zwanzig Riemchen; wenn Röcke, dann ein Flickwerk aus tausend Stücken der unterschiedlichsten Gewebe in Dutzenden von Farbabstufungen. Und wenn sie Fingerhandschuhe strickt, dann jeden Finger in einer anderen Farbe. Miu-Mius winzige, weihrauchverräucherte Wohnung gleicht einem sinnbetörenden Trödelladen, denn sie will alles Erdenkliche aufheben, das Leben jedoch, ja, das abstrakte Leben, faßt Rauls Cousine in großen Linien auf.
»Bist du stumm geworden, Nina? Sag doch etwas! Es ist doch nichts mit Raul ...«

»Verzeih, ich will nicht darüber sprechen.«
»Du bist krank. Natalia ist auch nervös und ruft alle Stunde an, wir wissen nicht, was tun!«
»Wir müssen aussteigen«, sagt Haldor und faßt Nina am Ellenbogen, als hätte er Miu-Miu weder gesehen noch gehört.
»Was soll das heißen? Was geht hier vor?«
»Ich rufe dich irgendwann an, es ist alles in Ordnung.« Im Fenster des davonfahrenden Autobusses sieht Miu-Mius Gesicht aus wie ein gepreßtes Blatt im Herbarium.
»Das ist eine Cousine von meinem Mann, eine wahnsinnig interessante Frau. Gesangslehrerin, obwohl ihr Platz eigentlich im Orchester war. Miu-Miu beging am Anfang ihrer Karriere den klassischen Fehler: Sie ließ sich mit einem Musikwissenschaftler ein und zeigte ihm nach einer Weile die kalte Schulter. Natürlich hat er es ihr heimgezahlt und sie in Schimpf und Schande gebracht, schrieb giftspritzende, zum Teil unanständige Kritiken, bis die Hammelherde der musikalischen Gesellschaft im selben b-Moll blökte wie er. So geht das. Sie hielt es nicht aus, warf alles hin und blieb allein. Merkwürdig, welche Anlässe einem Menschen vor seiner Nase sämtliche Türen verschließen können. Aber du hörst ja gar nicht zu.«
»Doch, ich höre zu. Solche Frauen jagen mir kalte Schauer über den Rücken.«
»Kein Wunder, das liegt in den Genen der Art: vor dem Lebendigen zu erschauern.«
»Verstehe ich nicht!«
»Nicht so wichtig. Wohin gehen wir eigentlich?«
»Dorthin, wo ich von Zeit zu Zeit wohne. Du wirst verstehen, daß ich dich heute nicht aufs Land bringen kann, aber morgen soll der Wagen fertig sein.«
»Wo wohnst du denn von Zeit zu Zeit?« beharrt Nina und verspürt ein plötzliches Unbehagen, zusammen mit einem unbekannten Menschen in eine Wohnung gesperrt zu werden. Ich sehe, daß ihr auch die Angst vor den üblichen Plattheiten im Nacken sitzt.
»Gleich hier, in der Artilērijas iela. Dort wohnt, wie soll ich sagen, mei-

ne Freundin. Es ist ihre Wohnung, aber ich halte mich noch manchmal dort auf, wir sind weiterhin gute Freunde, obwohl ...«
»Mir ist vollkommen egal, was ihr füreinander seid, aber werde ich mich nicht schon wieder schuldig fühlen müssen?«
»Nimmst du dich nicht vielleicht ein wenig zu wichtig?« Haldor lacht, offensichtlich aus vollem Herzen, aber Nina bringt es in Rage.
»Nicht ich, sondern du nimmst dich wichtig, wenn du überhaupt nicht spürst, wann du einen Menschen erniedrigen kannst.«
»Ich habe doch das Auto nicht absichtlich kaputtgemacht. Komm, laß uns hier im Laden etwas einkaufen. Und sei nicht böse.«

Dita ist eine ruhige Dunkelhaarige mit geradem Blick und fast männlichem Händedruck. Als Kontrast dazu goldene Ohrclips in Herzchenform, ein rötliches Minikleid und Hauslatschen mit Goldtroddeln. Das Lächeln offenbart gesunde, ebenmäßige Zähne. Und irgend etwas ermüdend Bekanntes.
Nachdem Haldor Ninas Unglück in drei Sätzen zusammengefaßt hat, führt Dita die Frau zum Badezimmer, gibt ihr einen Morgenrock und kündigt an, zum Abendessen Pfannkuchen zu machen.
»Übrigens – ich bin Rechtsanwältin. Wir könnten uns etwas überlegen.«
»Danke«, murmelt Nina und hakt die Tür zu.
Es war das allwissende, gefaßte Lächeln ihrer Mutter Natalia. Auch dies ist eine der ewigen Melodien, aber Nina will sie in der Nähe ihres Teiches nicht hören.

Nina sieht freilich nicht, daß ihr Schwalbenbrief an Karnickel fortgefegt wird und zusammen mit anderen Kneipenabfällen in einem Container landet, sie spürt nur, daß die zweite Stunde verstreicht, ohne daß etwas geschieht.
Wie gewöhnlich schnallt San-San die Frau erst unmittelbar vor der Toilettentür los, wenn sie nicht im Bad neben dem Schlafzimmer verschwindet, bleibt dann treulich stehen und wartet, bis alles verrichtet

ist, um die Hausherrin sogleich wieder ordnungsgemäß in das häusliche Leben einzubinden.
In dem Regal über der Klosettschüssel stehen ein Duft- und ein Insektenspray. Im Augenblick ist Nina letzteres von Nutzen. Mit dem ersteren kann sie später, wenn alles nach Plan verläuft, das Haus von der hintersten Ecke bis zur Decke aussprühen.
Diesmal geht die Rechnung der Frau auf: Sie entriegelt die Tür, trifft die Vietnamesin in die Augen, dann in den nach Luft schnappenden Mund, und zwar, bis die Dose fast leer ist. Ninas einziger Fehler ist, daß sie die Dienerin ins Schlafzimmer zerrt, um sie einzusperren. Trotz zugekniffener Augen und verschlagenem Atem trifft San-San die Frau irgendwo in Halsnähe.

Auf dem Fußboden liegen zwei Frauen, deren Unverhältnismäßigkeit des Wuchses vermuten lassen könnte, daß es sich um eine Mutter und ihre halbwüchsige Tochter handelt. Die Mutter liegt in der Embryonalstellung, das Kind gerade ausgestreckt wie eine Nadel, den Mund auf den Seidenpantoffel der Hausherrin gedrückt.

Bevor die Frau die Augen öffnet, zuckt ihr rechter Fuß wie von einem elektrischen Schlag gestochen. Der Kopf des Knirpses schlägt dumpf auf den Teppich.
Nina kann sich nicht aufrichten, der Körper schmerzt, als wäre er mit Viehketten durchgewalkt worden, das Bewußtsein jedoch tickt mit dem Eifer eines Metronoms. Sie muß weg! Wenn nicht gehend, dann kriechend und robbend! Das ganze Volk geht seit Jahrhunderten auf diese Art, da soll sich ein Individuum, dazu noch unbemerkt, das nicht erlauben können?
Die Frau wälzt sich bis zur Wohnungstür und schöpft Atem. Schaut zurück. Sollte die Dosis tödlich gewesen sein? Dann muß sie auch die Mordwaffe verschwinden lassen, denkt sie und kriecht bis zu der grünglänzenden Sprühdose zurück. San-San würgt, stöhnt in ihrer Muttersprache auf, sie lebt, das kleine Unkraut lebt, obgleich sich auf dem rostroten Läufer eine Flüssigkeit von der gelblichgrünen Farbe der

Haut des Dienstmädchens ausbreitet. Nina kriecht auf ihren Knien, im Kopf dreht sich alles, macht nichts, sie kann versuchen, sich die Treppe wie einen Grashang hinabkullern zu lassen, später werden ja Menschen, Menschen ... Der Schlüssel steckt nicht in der Tür. Sollte Raul sie beide eingeschlossen haben?
Warum die Frau jetzt nicht schreit, verstehe ich nicht. Sie krabbelt bis zur Schwelle des Wohnzimmers zurück, lehnt den Rücken gegen den Türrahmen und bleibt. Mir fehlt die Mannhaftigkeit, der Frau in die Augen zu schauen, ihren Ausdruck kann ich nur vermuten. Irgend etwas zwischen der Verschrecktheit einer unschuldigen Jungfrau und der gerechten Sache eines Matrossow[1].
Obgleich San-San bewußtlos ist, schüttelt und übergibt sich ihr Körper. Wäre sie nicht auf ihr Gesicht gefallen, dann wäre sie an ihren Magensäften erstickt.
Nina schließt die Augen. Ihr Atem geht so schnell, daß ich, berührte ich ihren Puls, einen Krankenwagen rufen wollte. An den vibrierenden Lidern lese ich ab, daß durch Ninas Gedächtnis, Bewußtsein oder Vorstellung alptraumhafte Szenen jagen.

Die Frau ist auf dem Land bei der Großmama. Nicht bei Flausch, die mit Linealen geschlagen wurde, sondern bei Omi Mierchen, der Großmutter väterlicherseits.
An einem schon späten Nachmittag im August – Bläue senkt sich schräg über die Gemüsebeete, die Sonne schleicht bernsteingleich durchs niedere Blattwerk, als würde sie aus den Tiefen der Erde statt vom Himmel sticheln – wird Nina von einem für ihr Ohr unbekannten, verzweifelten, geradezu widerwärtigen Geräusch aufgeschreckt. Es ist, als würde ein Geschöpf zum Verstummen gewürgt oder lebendigen Leibes in schwerem Lehm begraben. Das trockene, zähe Geräusch des sich Widersetzens. Sie läßt den Blick über die Beete mit Möhren, Weiß-

---

[1] Aleksandr Matrossow: Soldat der Roten Armee, der während des Zweiten Weltkriegs seine Einheit rettete, indem er sich auf das Schnellfeuergewehr eines feindlichen befestigten Geschützstandes warf; während der Sowjetzeit obligatorischer Lehrstoff in der Schule

kohl und Kohlrüben gleiten, biegt das saftige Kartoffelkraut zur Seite, ohne jedoch die Richtung ausmachen zu können, aus der das Geräusch kommt. Es ist ganz nah und zugleich in einem anderen Weltenraum. Die Frau bleibt stehen, lauscht, dann tritt sie fast auf ein halb totes, halb lebendiges Falkenjunges, das die ausgebreiteten Flügel gegen den Boden schlägt, den rötlichen, riesigen Schlund halb geöffnet, und Nina mit monotonen, räuberischen Äuglein anstarrt. Das Flattern der Flügel gegen die Erde bleibt ohne Widerhall, es ist ein flacher, hilfloser Ton. Die Frau sieht, daß die dünnen krallenbewehrten Beinchen gebrochen sind, und unter dem einen Flügel ranken dunkle Fäden von Blut hervor. Ihr Magen dreht sich um, sie weicht zurück wie vor einem angreifenden Untier, springt dann über den Vogel hinweg und flitzt zum Haus.
»Und wo sind die Möhren?« fragt Omi Mierchen, die in der Küche einer Teigkugel Ohrfeigen verabreicht.
»Verflixt!« Nina macht auf dem Absatz kehrt und geht zurück. Nein, um jenen Teil des Beetes, wo das bereits gezogene Bund und das sieche Vogeljunge liegen, macht sie einen Bogen und zieht erneut. Sie trällert, murmelt und brabbelt etwas Ermutigendes vor sich hin, das trockene Geräusch jedoch zerschlägt ihr Geschwätz, drängt sich näher und näher. Ein Beben läuft ihr wie kaltes Kompott über Rücken und Bauch. Mit der Schippe eins über den Kopf? Es wird sowieso nicht überleben. Aber Nina hat nur Mücken und Bremsen erschlagen, noch nie Tiere und Vögel gejagt. Anfassen kann die Frau es nicht, es ist entsetzlich, das pochende Leben in einem so kleinen und raublustigen Körper zu sehen. Wenn das Pochen nun just in jenem Augenblick endet, da sie es in ihre Hände nimmt? Halblebendig begraben? Oder die Beinchen mit Verbandsmull umwickeln und den Flügel mit Streptozid-Salbe behandeln? Nina steht ein Stückweit entfernt von dem Vogel, forscht jedoch aus dem Augenwinkel, ob er nicht von selber ein Zeichen gibt, was zu tun ist. Dann fliegt tief, einige Spannen über der Erde, piepsend und in einer Schleife, ein großer Falke fort. Erschrocken und böse über ihre eigene Angst, stürmt sie zurück in die Küche.
»Ich schaue aus dem Fenster und rätsele, was du dich da an den Beeten herumbückst. Hast du was verloren?«

»Ein Vogel, ein verletzter«, sagt Nina und knallt die Möhren auf den Tisch.
Omi Mierchen wird eine Quiche backen, um ihrer Enkeltochter eine Freude zu machen.
»Mierchen, greifen Falken auch Menschen an?«
»Ei, was hast du dir denn jetzt schon wieder ausgedacht?«
»Du hast so viele hier, es piepst von allen Seiten.«
»Sie fangen Mäuse, ein nützlicher Vogel.«
»Sag mal, Mierchen, wie trifft man die Entscheidung zwischen helfen zu leben und helfen zu sterben?« Nina hockt sich in den Sessel am Fenster und schaut in die Ferne zu den Möhrenbeeten.
»Wie meinst du das?«
»Was soll man mit einem halbtoten, sterbenden Vogel machen?«
»Genug jetzt vom Sterben, quirle lieber die Eier hier«, weicht Omi Mierchen aus und schiebt Tonschüsseln auf dem langen Küchentisch umher wie Spielsteine beim Mensch-ärgere-dich-nicht.
Omi Mierchen hat leicht reden von wegen genug jetzt, sie dreht den Hühnern die Hälse auf die eleganteste Weise im ganzen Bezirk Zaļenieki um. Den Kaninchen ebenfalls. Der Altgatt, ihr Mann, peilt dann nach den Nachbarn oder dreht das Radio auf, daß es durchs ganze Haus dröhnt.
»Nun glotz doch nicht wie Mutter Theresa, die haben ihr eigenes Leben, da gibt's nichts einzumischen. Hier, klopp die beiden man noch dabei.«
In der Nacht kann die Frau nicht einschlafen, es kommt ihr vor, als schlage das Falkenjunge unmittelbar am Fußende des Bettes mit den Flügeln, doch sobald sich Nina bewegt, stürzt sich der große auf sie, genau zwischen ihre Augen.
Mit dem ersten Morgendämmern schleicht Nina in den Garten. Das Geräusch der Schritte ertrinkt im Tau, der Blick ist hellwach, die Ohren fast bis zum Schmerz gespitzt. Und dann verschwindet, huscht mit einem Ruck ein geschäftiges Getümmel von irgendwelchem Viehzeug fort. Ein Getümmel von Ratten, Maulwürfen, Spitzmäusen oder Frettchen? Vor Schreck unterscheidet die Frau es nicht, sie staunt nur über

das rußige Nebelwölkchen, das unmittelbar vor ihren Füßen verlischt, hinten am Beet jedoch liegt, die Flügel zusammengelegt, Schnabel und Augen geschlossen, der halbausgeweidete kleine Falke.
Nun weiß die Frau, was zu tun ist, geht zum Schuppen, nimmt eine Schippe, gräbt etwas abseits vom Gemüsegarten eine kleine Grube und beerdigt sorgfältig den Vogel. Als das Werk vollbracht ist, ist ihr Herz geläutert und klug wie ein Spätsommermorgen. Das Piepsen des großen Falken klingt selbstverständlich und sogar angenehm für das Ohr. Während des Frühstücks sagt Omi Mierchen, daß die Stadt die jungen Leute vollkommen nervös mache.
Altgatt und Omi Mierchen sind schon seit zwei Jahren nicht mehr. Für Nina bleibt immer weniger.

»Wach auf, komm zu dir«, schüttelt Nina die Vietnamesin und versucht gleichzeitig, die Tülle der Teekanne zwischen ihre Lippen zu bekommen.
»Trink, soviel du kannst und mehr noch, los!«
Die Pupillen der Dienerin kreisen jede auf ihrer Umlaufbahn, aber, Gott sei Dank, die Augen sind offen, Nina hat sie nicht gewaltsam öffnen müssen. Vor Aufregung läuft die Frau und kriecht nicht mehr, sie muß Kaliumpermanganat finden, Kamille, Johanniskraut, Wermut, Soda, Milch. Mach dir keine Sorgen um den Teppich, blöde Gans, spuck es aus, soll dein Herr es auflecken, Mahlzeit. Trink noch. Nicht zappeln, Kleines, trink und atme tief durch. Was zum Teufel ist das für ein Gift, von dem die Mücken sich vermehren, statt weniger zu werden, ein Mensch aber beinahe den Löffel abgibt!
Die Vietnamesin zittert am ganzen schmächtigen Leib, das Kunststoffgold steht schief, und die Schleife ist bei der Schläfe gelandet. San-San gleicht keineswegs mehr einem Menschen, sie ist lediglich das kleine verbissene Fäustchen des Lebens und große Furcht.
»Hab keine Angst, ich werde dir nichts tun«, beruhigt Nina die Vietnamesin und legt ihr ein kühles Handtuch auf die Stirn.
»Bleib einfach liegen, ganz ruhig, ich koche Tee.«

Als die Frau im Begriff ist, mit dem fertigen Gebräu ins Zimmer zurückzukehren, wirft San-San ihr von hinten Rauls Bademantelgürtel um, läßt sie holterdipolter in den gelben Sessel fliegen, schnallt sie fest und hört nicht auf zu zittern, es zittern sogar die aufgesprungenen Blechknöpfe ihres Jeansminirocks. Das nasse, säuerlich stinkende Handtuch stopft sie Nina in den Mund. Auf San-Sans Brust, an einem blauen Bändchen, zittern auch die Wohnungsschlüssel.

»Sag, magst du nicht jetzt Abendessen kommen?« Es ist Haldor, der an der Badezimmertür herumfummelt.

»Ja, sofort«, gibt Nina zurück und kommt im abgekühlten, kalten Badewasser zu sich. Blitzschnell springt sie unter die heiße Dusche und macht sich innerhalb weniger Minuten zurecht.

»Wasser wirkt auf mich wie Hypnose«, sagt Nina wie zur Entschuldigung.

In einem der kleinen Zimmerchen ist ein Tisch gedeckt, auf dem drei Kerzen brennen.

»Ein Fest?«

»Was heißt Fest ... Der Abend ...«, antwortet Haldor rätselhaft.

Außer dem ausziehbaren Tisch befinden sich in dem Zimmer ein Schlafsofa mit blaukarierter Überdecke, ein Buffet aus den sechziger Jahren mit Kristallgläsern, ein Kleiderschrank mit ovalem Spiegel in der Mitte sowie zwei Stilleben auf der etwas gewellten Blümchentapete. Auf dem einen Blüten – blaue Schwertlilien – über das ganze Bild, das andere zeigt Trockenblumen in einer orientalischen Vase.

»Das eine ist Haldor, das andere bin ich«, erklärt Dita, die bemerkt hat, daß Ninas Aufmerksamkeit bei den Aquarellen verharrt.

»Und beide sind Stilleben, oder, dem Dargestellten entsprechender ausgedrückt, *natures mortes*«, fügt Haldor hinzu, während er Tee in große, rötlichhelle Porzellantassen gießt.

»Ich müßte eigentlich den Künstler an seiner Handschrift erkennen, aber ich kann sie wirklich nicht entziffern«, gesteht Nina.

»Hannelore hat sie gemalt, Haldors Frau. Sie war nicht von hier und hat nicht ausgestellt.«
»Schade eigentlich, die Bilder sind großartig, es ist keine Kleinigkeit, etwas Lebendiges und Ausdrucksstarkes zu machen aus Banalitäten wie Blumen und Vasen.«
»Iß doch, Nina, hör nicht auf diese Geschichten. Geschichten helfen nicht«, mischt Haldor sich ein wenig ungeduldig ein.
»Was hilft dann?« beharrt Nina und verspürt, wer weiß weshalb, ein Unbehagen, daß eine weitere Frau aufgetaucht ist, die etwas mit dem blonden Polizisten zu tun hat.
»Der lebendige Geist«, wirft Haldor hin.
»Nimm noch vom Eingemachten, lebendiger Geist«, seufzt Dita mütterlich und verteilt mit vermutlich eingespielten Bewegungen Himbeeren auf seinem Pfannkuchen.
»Der Geschichtenerzähler selber hilft«, fährt Nina fort, indem sie die plötzliche und ihr vermutlich mit Bedacht demonstrierte Nähe der beiden ignoriert. Aber Dita denkt gar nicht daran nachzugeben, sie ist keine Grasmücke, und tiefsinniges Kokettieren ist hier überhaupt nicht vorgesehen.
»Das karierte Sofa ist für dich, Nina. Ich habe ein paar Klamotten herausgesucht, schau sie dir an. Schuhe habe ich nicht so recht zum Verborgen, aber versuch es mal mit diesen beiden Paar Klapperlatschen. Makeup ist im blauen Schränkchen im Badezimmer. Und jetzt sage ich ›Gute Nacht‹, morgen muß ich früh aufstehen, Haldor soll den Gastgeber für uns beide abgeben. Wenn du ins Bett kommst, Haldi, mach bitte das Fenster auf, jetzt ist es noch zu laut auf der Straße. Ach ja, und wechsele doch unserem Gast die Verbände.«
Haldor reagiert nicht, aber Nina nickt gehorsam. Ja, danke, natürlich. Gute Nacht. Ditas altkluges Lächeln breitet sich über ihnen aus wie große, starke Fittiche, es scheint dunkler zu werden, und eine der Kerzenflammen erbebt von dem Lächeln wie ein zerbrechliches, unsicheres, schüchternes Antlitz des Lebendigen.

Iris, kapriziöse Irisblüten begegnen ihren Augen, nachdem die Frau sich besonnen hat, wo sie erwacht ist. Die gelblichweißen Filamente sind wie Wachströpfchen über die dunkelblau schimmernde Weite der Blütenblätter versprenkelt. Auch die blauen sind launenhaft, es müssen gar nicht einmal bräunlichrote, purpurgetupfte oder nach göttlichen Wesen benannte sein. Zu viel befummelt und aus überflüssiger Sorgsamkeit gehäufelt, können sie aus heiterem Himmel und fast aus Schadenfreude aufhören, Knospen zu treiben; sich selbst überlassene, vergessene und von Gras überwucherte hingegen blühen manchmal mit unglaublicher Widerspenstigkeit und Pracht sogar nach drei Jahren noch auf. Und weder Frost noch Fäule noch Rattenzähne haben ihren Wurzeln etwas anhaben können.
Die Gräser, Kletten, getrockneten Rosen, Katzenpfötchen und das Schleierkraut in der goldornamentierten Vase sind schwerelos. Die Schatten der Gewächse leben ein weiteres Leben. Ein anderes. Menschengeschaffenes. Trockenblumen gefallen vergeistigten, ein wenig unglücklichen Wesen, die jedoch bereit sind, einen Künstler, der eine Installation aus Menschenknochen zusammengebaut hat, wegen Gotteslästerung vor Gericht zu bringen. Der Schatten der trockenen Blüten auf dem Aquarell ist lebendiger, bewegter als der Strauß selbst. Sollte dies Hannelore deshalb so erschienen sein, weil der Schatten sein naturhaftes Leben lebt und sich einen Teufel darum schert, wem er gehört? Und was hat das mit Dita zu tun? Und Haldor mit den Schwertlilien?
In der Küche findet sie Frühstück, eine Thermoskanne mit Kaffee und einen Zettel vor: *Guten Morgen! Guten Appetit. Wenn dir danach ist, hinauszugehen oder etwas anderes dir in den Sinn kommt: Schlüssel hängen am Haken im Korridor, Geld liegt auf dem Kühlschrank. Ich eile – H.*
Nachdem sie geduscht hat, betrachtet sich die Frau lange im Spiegel. Mit so einem Gesicht kann gar nichts passieren. So ein Gesicht kann nur staunen, lächeln, unschuldig lügen oder rätselhaft schweigen. Leidenssprungschanzen, Schmerzensrennbahnen und Schaukeln der Enttäuschung sind darin nicht zu entdecken. Wo bleibt das alles? Nur in dem vom weichen, anschmiegsamen Haar verborgenen Gehirn und den

kaum wahrnehmbar zitternden Fingerspitzen? Was hat Miu-Miu aus ihrem Gesicht gelesen? Stille? Die Stille einer friedlichen Winternacht? Den heiligen Moment des Einvernehmens zweier Menschen? Oder jene Stille, die eintrat, als die halbvergiftete Vietnamesin Nina abermals fesselte?

Heimgekommen versucht es Raul auf die unterschiedlichste Art und Weise, er liebkost, schilt, beruhigt, nimmt auf den Schoß und tätschelt die Wangen. Nichts. Die Frau spricht nicht mehr. Sie ist fortgegangen. Vielleicht nur stehengeblieben. Sie ißt nichts und geht nicht auf die Toilette. Raul und die Dienerin säubern und waschen sie, tränken sie mit Gewalt, und Nina läßt es zu. Am ganzen Leib jedoch verspürt sie die verzweifelte Wollust von Konvulsionen der Rache. Sie erinnert sich an den jungen Schwarzen in der Springstreet oder einer der anderen Querstraßen des Broadway, der sich am hellichten Tag im Strom der gepflegten, eiligen, unbändig lebendigen Leute mitten auf dem Trottoir entleert. Als Nina und Raul sich damals betreten umwenden, leuchten die weißen Zähne des Schwarzen in einem satanisch göttlichen Triumph des Lächelns.
Raul steckt seiner Frau ein Thermometer unter die Achsel, sie muß fast lachen, beherrscht sich jedoch, beherrscht sich und starrt in die graugrünen Augen des Mannes wie in zwei durchfahrbare Röhren, die die Frau durchquert – jeweils ihre rechte und linke Hälfte. Raul bettet sie auf das Sofa, nimmt sie in die Arme und erzählt Wunderdinge über seine Gefühle, Nina läßt alles an sich abgleiten, sie konzentriert sich, wartet, bis sie abermals ins Bett pinkeln kann.
Raul schickt San-San früher als gewöhnlich fort. Nina hört, daß sie morgen, am Sonnabend, nicht kommen muß. Warum nimmt dieser Mann nicht seinen spärlichen Schnurrbart ab, der so unerotisch ihren Bauch kitzelt, drängt sich als Frage auf, aber in Nina ist Schweigen. Ihr Mann polstert sie mit drei Monatsbinden aus, streichelt ihren Kopf und flüstert, daß dies keineswegs eine schlimme Krankheit sei, daß alles vorübergehen werde, daß die Zeiten zu hektisch seien, daß er zu viel arbeite, daß sie beide zu wenig Zeit zusammen verbrächten und Erholung nötig hätten. Will Nina nicht mit ihm gemeinsam noch einmal Nor-

wegen sehen? Die Frau schreit fast, doch der Ton bleibt irgendwo in der Nase stecken, und sie kneift die Augen zu. Niemals.
Auf dem Tisch liegt ein Bildband über Norwegen, Raul hat ihn extra über das *Pelikan* bestellt.
»Du liebst doch dieses Land mehr als mich«, sagt er ohne jeden Vorwurf und bittet Nina, wenigstens eine Banane zu essen.
»Vielleicht möchtest du einen Film sehen? Eine Oper? Nun antworte doch, und wenn es ein Augenzwinkern ist, liebe, liebe Nina!«
Nachdem er einen Augenblick lang nachgedacht hat, schiebt Raul »Rainman« in das Videogerät. Natürlich nicht ohne Absicht. Anders kann er gar nicht. Diesen Film sehen sie in New York. Zum Schluß strömt Nina wie ein Springbrunnen, sie küssen sich im Dunkel, dann bringt Raul sie unendlich lange Stunden in die 5th Avenue zu Tante Helen, und sie lieben sich im Lift. Ninas roter Lederschuh ist gegen die Liftknöpfe gestemmt.

Fast bis aufs Haar die gleichen Schuhe hat Dita ihr für ihr provisorisches Leben hingestellt; nur daß sie anstelle der Lederknöpfchen Schnüre haben. Wer weiß, wogegen diese sich gestemmt haben – gegen das Straf- oder das Bürgerliche Gesetzbuch?
Sonderbar, beinahe widerwärtig ist es, fremde Kleider anzuziehen, obgleich alles sauber ist und nach klassischem, konservativem Parfum duftet: einige undurchsichtige Blusen, artige Shorts mit Ledergürtel, ein weißes, ausgeschnittenes Kleid mit grünem Kalmus- oder Schilfrohrmuster, ein bunter Hosenrock und ein Pullover mit freiem Rücken.
Nina entscheidet sich für die tugendhaften Shorts und eine weiße, ärmellose Bluse. Für die Verbände an den Armen muß sie sich nicht schämen. Die Frau hat sich doch nicht ihre Venen aufgehackt, sondern um Freiheit gerungen.

Vor Natalias Sprechzimmer in der Poliklinik hocken wie die Hühner auf der Stange drei Frauen in mittleren Jahren, ein schwermütiger Jüngling sowie ein Alter, der wohl sämtliche Kurorte der ehemaligen Sowjetunion abgeklappert hat.

»Der Reihe nach, Fräulein, immer der Reihe nach«, schnattert die eine, die zweite jedoch hat Nina bereits ihren Busen in den Weg gelegt.
»Es geht um etwas Persönliches«, sagt Nina und schiebt mit der Schulter das kämpferische Fleisch beiseite.
»Sag mal?! Auch noch schlagen!«
»Ihre Privatangelegenheiten regeln Sie mal anderswo«, sagt die erste Schnatterin mit Nachdruck, doch durch den Türspalt hat Natalia die Tochter bemerkt und gibt ein Zeichen, daß sie warten soll.
»Immerr hibsch mit die Rruh«, brabbelt der Alte mit starkem russischen Akzent. Er ist ein Friedensbringer. War es wahrscheinlich auch vor fünfzig Jahren. Der Jüngling hat die Wange in die weiße, schlanke Hand gestützt. Er kommt sicherlich alle drei Wochen mit Atembeschwerden. Vielleicht auch nicht, vielleicht klopft das Herz nach eigenem Gutdünken.
»Prokofjew und Sie, bitte!«
Das ist die lange Sitta, Natalias Sprechstundenhilfe. Die unerbittliche Stimme kühlt das hitzige Quartett ab, große Gefechte werden sie sich nicht liefern.
»Setzen Sie sich bitte und warten Sie einen Augenblick, ich muß mit der jungen Dame etwas wegen der Analysen besprechen.«
Prokofjew ist das einerlei, er ist an der Reihe, Zeit hat der Alte reichlich, er wird mit der Sprechstundenhilfe plaudern.
Die Mutter schiebt Nina ins Injektionszimmer und schließt die Tür. Natalia trägt noch immer einen Pferdeschwanz, der so unpassend wirkt in Verbindung mit ihrer altklugen Lebensauffassung.
»Was ist los?«
Mutter zwinkert ununterbrochen. Ob sie sich fürchtet, weiterzublicken als bis zu Ninas Gesicht?
Natalia ist streng und unzufrieden, aber vergißt nicht, vergißt um nichts in der Welt, daß die Tochter ein erwachsener und selbständiger Mensch ist.
»Kannst du nicht für einen Augenblick mit hinaus kommen, auf einen Kaffee oder so?«
»Bist du noch bei Trost! Jetzt schon werd ich eine Stunde länger hier zu

hocken haben, bis ich mit allen fertig geworden bin. Vielleicht nach der Arbeit, wenn du ...«
»Dann werde ich nicht mehr in Riga sein, ich fahre aufs Land, wollte nur sagen, daß du dir keine Sorgen machen sollst.«
»Was ist das für ein Mann?«
Nein, in Natalias Gesicht ist keine Spur von Erstaunen, also hat Miu-Miu bereits Meldung gemacht.
»Ich werde dir schreiben. Du bist so barbarisch sachlich, daß ich nicht reden kann.«
Die Mutter hat lange, schöne Arme. Umarme mich, will Nina schreien, aber, wie so oft, küßt sie selber Natalia auf die Wange. Sie duftet nach Äther.
»Sei nicht böse. Ich bin nicht schuld.«
Einen Augenblick lang scheint es, als würde die Mutter Arztmütze und Kittel herunterreißen und sich die Hand der Tochter schnappen, sie würden über die langen Gänge der Poliklinik fortrennen, die fünf Treppen wie Spatzen hinabfliegen, an ein geheimes, sicheres Plätzchen flattern, Eiscreme essen, und Natalia wird nicht sagen, daß es sich in Ninas Alter nicht gehört, bei der Mama auf dem Schoß zu sitzen.
»Du wirst doch nach Vater kommen«, kann die Mutter nur noch vieldeutig schlußfolgern, bevor Nina sich von der langen Sitta verabschiedet.
»Warte!«
Bereits zum zweiten Mal ist die Stimme der Mutter drohend, gebieterisch, sie erinnert sich nicht, jemals so von ihr angesprochen worden zu sein. Natalia erreicht das, was sie will, gewöhnlich durch unermüdliche Langmut und eine unheimliche Ruhe.
»Hier, und mach keine Dummheiten.« Als schäme sie sich, stopft die Mutter ihr Geldscheine in die Hosentasche.
An der Tür, sprungbereit, der gespannte Großbusen.
»Einen Moment, einen Moment«, wehrt die Stimme der Mutter dessen Näherrücken scharf und unduldsam ab.
Nina zögert einen Augenblick und setzt sich neben den wehwehleidigen Jüngling.
»Verzeihung, könnten Sie mir vielleicht einen Gefallen tun?«

»Was? Ich bin ein sehr kranker Mensch«, holt der Junge Luft, als wäre er bereit, sein physiologisches Erleben und Erleiden vor ihr auszubreiten, aber Nina schmiedet das heiße Eisen.
»Wenn Sie dran sind, richten Sie der Frau Doktor aus, daß Nina sie sehr liebhat. Versprochen?«
»Was ist schon dabei, ist gut«, erklärt sich der Schwermütling einverstanden und kapselt sich in sein Selbstmitleid ein.

Nina beobachtet die Hungerleider, die für ein kostenloses Mittagessen vor dem Hare-Krishna-Haus in der Krišjāṇa-Barona-iela in einer endlos langen Schlange anstehen. Listig Lauernde und wahrhaft Unglückliche, Ältliche und Verwaiste, Arbeitslose und Saufschwestern. Auch Ninas Platz wird hier sein. Ganz hinten in der Schlange gewahrt die Frau bereits von weitem einen Mann mit einem zu drei Zöpfen geflochtenen Bart, kahlem Scheitel und Mäuseschwänzchen am Hinterkopf. Der Mensch zappelt ungeduldig herum und dreht sich nach allen Seiten wie eine Wetterfahne. Unter dem Arm eine abgewetzte Mappe. Nina erkennt ihn trotzdem, obwohl seinem Aussehen nach zu urteilen mindestens zwanzig Jahre vergangen sein müßten. Sie tastet nach dem Geld von Natalia. Dreißig Lat, nein, alles kann sie nicht hergeben.
»Verschwinde, du, verschwinde, so schnell du kannst, verschwinde!« sagt Nina, sieht dem scheuen Mann fest ins Gesicht und steckt ihm einen Fünfer zu.
Der Sergeant erkennt sie nicht. Erinnert sich nicht. Sein Blick macht keinen Sturzflug, eher schwimmt er zwischen Nina und dem vor ihm Stehenden hin und her. Als die Frau sich zum Gehen wendet, hebt der Sergeant trotzdem die schmutzige, kreidefleckige Hand, streckt zwei Finger empor und zwinkert Nina zu.

Als Nina die Tür aufschließt, hört sie im Zimmer das Telefon läuten. Dita. Eine ausgewogene, feste Stimme, dekoriert mit dem Hohlsaum der Höflichkeit. Nein, Haldor ist noch nicht da.

»Er kann plötzlich für Wochen spurlos verschwinden, zieh das in Betracht. Haldor ist ein Mann, auf den man aufpassen und achtgeben muß.«
Nina hüstelt und weiß nicht, was sie antworten soll. Irgend etwas stimmt hier nicht, spinnt sich schief, verdreht und Hals über Kopf.
»Er scheint mir nicht im Kindergartenalter zu sein«, entgegnet Nina trotzdem.
»Du kennst ihn ja nicht, manchmal wirkt es, als ob er sich aus einem anderen Jahrhundert hierher verirrt hat.«
»Auf solche darf man noch weniger aufpassen und achtgeben.«
»Du bist eben eine Romantikerin, aber wenn eine Frau einigermaßen gut leben will, dann bleibt ihr nichts anderes übrig.«
»Nicht nur Frauen wollen leben.«
»Immer wird den Männern mehr erlaubt sein, da ist nichts zu machen. Und wenn du den Augenblick des Handelns verpaßt, ist das ganze Leben im Schlick und kaputt.«
»Sprichst du von dir?«
»Nicht so wichtig, ich meine prinzipiell. Ich wünsche dir nichts Schlechtes. Wenn ich nach Hause komme, werdet ihr schon auf halbem Wege zuckeln, deshalb wünsche ich dir viel Erfolg. Und nimm das Bauernpack nicht zu ernst. Wenn du mich brauchst, weißt du, wo ich zu finden bin. Viel Glück!«
»Danke, aber du verstehst da irgend etwas vollkommen falsch«, will Nina erklären, aber Dita hat bereits aufgelegt.

Ihr Blick verweilt auf dem Aquarell mit den Trockenblumen. Bei Tageslicht wirkt der zarte, zerbrechlich bebende Strauß noch toter, der Schatten jedoch lebendiger als ein Menschenantlitz. Die dünne Seide des Staubs auf dem Glas scheidet die Welt des Gemäldes unangenehm demonstrativ, fast boshaft vom Leben. Sie sucht einen Lappen und nimmt das Bild von der Wand. Auf der Rückseite steht in schlanken Blockbuchstaben:

PSALM

Niemand knetet uns wieder aus Erde und Lehm,
niemand bespricht unsern Staub.
Niemand.

Gelobt seist du, Niemand.
Dir zulieb wollen
wir blühn.
Dir
entgegen.

Ein Nichts
waren wir, sind wir, werden
wir bleiben, blühend:
die Nichts- die
Niemandsrose.

Mit
dem Griffel seelenhell,
dem Staubfaden himmelwüst,
der Krone rot
vom Purpurwort, das wir sangen
über, o über
dem Dorn.
       (Paul Celan)

Hannelore

Nachdem sie flink den Staub abgewischt und das Glas poliert hat,
nimmt die Frau auch das andere Aquarell ab. Sie hat das Gefühl, etwas
Verbotenes zu tun, es überläuft sie heiß vor Scham, gleich reißt es Nina
in ein unwegsames, gieriges Lianendickicht hinein, doch die Neugier ist

stärker als die Angst. Zu ihrer Enttäuschung findet die Frau auf der Rückseite der Schwertlilien lediglich Unterschrift und Jahreszahl: Hannelore 1991.
Nachdem sie die Arbeiten wieder an die Wand gehängt hat, begibt sie sich zur noch halbvollen Frühstücksthermoskanne. Erst jetzt bemerkt sie, daß es haargenau die gleiche ist wie bei ihnen in der Tirgoņu iela: schwarz mit weißen Quadraten.

Samstagmorgen bringt Raul zusammen mit einem Tablett und der schwarzweißen Thermoskanne auch Pfirsich herein. An einem der Wochenendtage nimmt er den Jungen immer zu sich. Sigrid hat nichts dagegen.
Pfirsich ist ein Bärenjunge von sechs Jahren, der sich ausreichend, aber nicht übermäßig für das Leben der Erwachsenen interessiert. Dessen man ebenso überdrüssig wird wie der Eintönigkeit von Comics und Zeichentrickfilmen, wenn man allein zu Hause bleiben muß.
»Hallo«, sagt er und nähert sich mit hingehaltener Wange dem Bett. Die Frau seines Vaters gibt ihm gewöhnlich einen liebevollen Kuß.
»Bist du krank?« Er nimmt Ninas Hand und schlenkert sie, da die Frau auf sein Eintreten nicht reagiert und sich nicht einmal bewegt hat.
»Ich habe es dir doch schon gesagt, mein Sohn, aber es ist nichts Ansteckendes. Nina, Schatz, setz dich auf und trink Kaffee.«
Raul stopft seiner Frau einen Haufen Kissen in den Rücken, aber Nina schiebt ihren Pfleger beiseite, springt aus dem Bett und schließt sich im Badezimmer ein. Raul hält sie nicht ab.
»Dann wird sie auch nicht mit mir spielen heute. Ist Nina böse?«
»Nein.«
»Warum sagt sie dann nichts?«
»Einfach so.«
»Mama sagt nichts, wenn sie böse auf Imants ist. Wenn er eine Fahne hat.«
»Komm, gehen wir ins Wohnzimmer und lassen Nina in Ruhe.«
»Mama hat neulich gesagt, daß Nina eine Nonne ist. Was bedeutet das?«

»Da mußt du sie fragen. Aber es ist kein schönes Wort, und Mama hat nicht recht.«
»Hat sie wohl. Mama hat immer recht, das hat sie selbst gesagt.«
»Willst du ein Eis?«
Das Weitere hört Nina nicht, sie kann sich jedoch Pfirsichs eifriges Kopfnicken leicht vorstellen.
Wasser ist heilsam, für einen Augenblick gibt die Frau sich hin, dann dreht sie das kalte Wasser auf und duscht bis zur Gänsehaut.

Als Nina sechs Jahre alt ist, schleppen Vater und Mutter sie wie ein Känguruhjunges überallhin mit. Sie muß nur die Augen leicht zukneifen, schon wird der ruhige Strand von Buḷḷi für sie sichtbar, das hellblaue, riesige Quadrat des Strandtuchs, der Picknickkorb, der braunglänzende, wasserperlchenübersäte Rücken des Vaters und Mutters sanfter, gleichmäßiger Schlafatem. Natalia pflegt am Strand stets einzuschlummern, und Vater sagt dann, wie um sich zu rechtfertigen, stets dasselbe: »Prinz Bumpo ist wieder neu geboren.« Was geschieht, als sie acht, zehn und dreizehn Jahre alt ist, daran erinnert sich Nina nicht. Jedenfalls weder Meer noch Korb noch sie – zu dritt.
Mutter arbeitet »wie ein Pferd«, knurrt Flausch, daß Vater es hört, Vater hockt in Bibliotheken, schreibt und quält sich mit Kopfschmerzen ab »wie so'n Frollein« – das knurrt Flausch wenigstens so, daß Vater es nicht hört. Flausch beginnt, Nina samstags mit in die Kirche zu nehmen. Es gefällt ihr überhaupt nicht. Dort friert man immer, die Tanten singen mit alten, zittrigen Stimmchen, die wenigen Männer hingegen, die sich überhaupt herverirrt haben, halten den Mund geschlossen wie ihren Geldbeutel. Und just in der Kirche beschwören ihre Augen allein durch leichtes Zusammenkneifen den warmen, braunen Rücken des Vaters herauf.
»Willst du dem Kind das ganze Leben zerstören?« attackiert der Vater Flausch zornig und wahrhaft böse, nachdem er auf der Schule hat vorstellig werden müssen.

»Und du möchtest vielleicht, daß sie von der Schulbank weg in die Partei eintritt, was?«
Damals sind Flauschs gutmütige, weiche Trüffelaugen in schwarze Teufelinnen verwandelt, grünlich schillernd vor Zorn.
»Es reicht schon, daß Natalia mit deinem Stempel auf der Stirn herumlaufen muß«, hat Vater gesagt.
Vater übertreibt maßlos, das passiert ihm selten, und an diesem Tag riecht es im Haus nach Baldrian und Löwenschwanzkraut wie in einer Katerkaschemme. Die großen Wolken ballen sich für Vater plötzlich und, wie man sagt, aus heiterem Himmel zusammen. Und dann kann er es nicht ertragen, kann es nicht aushalten, er schämt sich, daß Flausch nach Sibirien deportiert wurde, daß Natalia dort geboren ist, ihre Kindheit in den Urwäldern verloren hat. Beide jedoch, Mutter und Tochter, sind ringend mit dem Schicksal fertig geworden und haben ihm genau auf den Giftzahn getreten. Und beide empfinden sogar Stolz, daß ihnen niemand dieses Spielchen entzweireißen konnte, indessen er und seine Eltern sich hier in der Heimat herausgewunden haben – zwischen Verrat und Schicksalsfalle. Aber Vater kann es nicht hinnehmen, er kann nicht wie Flausch den Mund zukneifen, die Spitznase reiben, das Haar zurückstreichen und tun, was zu tun ist. Es gibt auch ein anderes Leben. Irgendwo. Will Prinz Bumpo überhaupt nichts davon wissen und sich mit dem Karriererrreppchen einer Therapeutin von der Stange begnügen, wohlwissend, daß man so ein Wildtier ohnehin nicht höher aufsteigen läßt?
»Vergiß nicht, Kindchen, du bist anders«, sagt Vater oft, sehr oft zu Nina.
Mutter ebenfalls, aber mit anderen Worten. Und allmählich wächst Ninas Andersartigkeit wie ein Baumschwamm, breitet sich aus, Falte um Falte, Terrasse um Terrasse.
Dann verläßt Vater Lettland mit den Worten, daß seine Tochter ein erwachsener Mensch ist und er ihr vielleicht in der freien Welt nützlicher sein kann. Mutter, die eben niemals begriffene, verschließt sich hinter tausendundeinem Schloß, und Nina in ihrer Andersartigkeit ist draußen geblieben. Hinter einer Glaswand. Von der einen und der anderen Seite. Nirgendwo ist sie innen.

»Komm, Pfirsich, spielen wir Schwarzer Peter«, öffnet Nina lächelnd die Wohnzimmertür einen Spalt weit. Im Handumdrehen ist das gemütliche Pfirsichbäckchen auf den Beinen und läßt den Vater mit einem Bilderbuch auf dem Sofa zurück.
»Dann bist du also nicht mehr böse?«
»Auf dich bin ich nie böse«, sagt die Frau und küßt das vom Eis klebrige, freudige Gesicht.
Aus dem Augenwinkel sieht Nina ihren Gatten düster dräuend vor sich hinstarren, aber sie tut, als sei der Mann bestenfalls ein Zimmerkaktus.
»Und, wie geht es so, Pfirsich?«
»Ganz gut. Der Kindergarten ist zu, wegen Infektionsgefahr, und ich langweile mich ein bißchen.«
»Komm, wir krabbeln ins Bett, du mischst.«
Als beiden der dritte schwarze Schnurrbart aufgepinselt ist, hören sie auf.
»Hast du nicht Lust, zum Strand zu fahren, Pfirsich?«
»Ja! Ja! Papa! Fahren wir!«
Raul hat sie schon eine ganze Weile beobachtet, gegen den Türrahmen gelehnt. Er ist so lang, daß er bei starkem Wind in der Mitte durchbrechen könnte, stellt Nina fest.
»Nein, Nina ist noch geschwächt, sie kann nicht hinaus.«
»Hör nicht auf ihn, Pfirsich, dein Papi phantasiert immer. Wenn er nicht mag, dann fahren wir eben zu zweit.«
Unzufrieden und sichtlich enttäuscht sieht der Junge den Vater an.
»Was? Du kommst nicht mit?«
»Und du auch nicht! Ich bin für dich verantwortlich, und ich will zuhause bleiben.«
»Biiiitteeee!« fängt Pfirsich ein Gejammer an, von dem beide wissen, daß es sich mindestens eine halbe Stunde lang hinziehen wird. Der Mann ist schrecklich erzürnt, er schreit das Kind an, als hätte es seine Dissertation ins Kaminfeuer geworfen, Raul droht, Pfirsich augenblicklich zu seiner Mutter zu bringen und niemals mehr zu sich zu holen.
»Ich bedeute dir überhaupt nichts«, sagt der Junge, als würde er irgendwo aufgeschnappte Worte wiederholen, und bricht in wütende Tränen aus.

Gegen Abend, als Sigrids Auto unten hupt und Pfirsich zu Nina kommt, um sich zu verabschieden, flüstert ihm die Frau ins Ohr:
»Sag Mama, daß sie kommen und mich retten soll. Ernsthaft.«
Der Junge starrt und starrt die Frau an, er hat den graugrünen Röhrenblick seines Vaters, Pfirsich will verstehen, versteht aber nicht, was ihn wütend macht, grimmig gibt er der Frau seines Vaters ein Bussi und kollert allein die Treppe hinunter. Raul begleitet den Sohn nicht einmal.
»Schauspielerin!«
Nur darauf hat ihr Mann den ganzen Tag lang gewartet: dieses Wort wie einen giftigen Skorpion ausspucken zu können.
Aber Nina dreht sich in dem breiten Bett auf die Seite und fährt fort, in der Bibel zu lesen. Er reißt ihr das Buch weg, feuert es irgendwo in die Ecke des Zimmers und starrt sie an. Die Frau jedoch erforscht die Muster der dunkelgrünen Überdecke, die sich in unzähligen komplizierten Lilienblütenstilisierungen winden und verwickeln. Vielleicht wird er die Frau jetzt erschlagen.
»Ophelia!« fällt ein weiterer, kleinerer Skorpion auf Ninas Stirn.

In der Nacht hört sie den Mann weinen. Nachdem sie sich einen Moment überzeugt hat, nicht zu träumen, täuscht sie vor, sich im Schlaf zu bewegen, murmelt unzusammenhängende Phrasen, kuschelt sich bei Raul ein und preßt ihr Gesicht gegen seine Brust. Das Herz des Mannes schlägt im Baß, das Schluchzen jedoch hat er unterdrückt, und aus Angst, daß Nina etwas bemerkt haben könnte, atmet er fast nicht.

»Huhu, wo fliegst du? Aufwachen! He, kennst du mich nicht mehr?«
Frisch und lächelnd steht Haldor mitten in der Küche.
»Huch, ich war ganz in Gedanken. Na? Alles klar?«
»Ja, und bei dir?«
Sein Blick ist fest und ernst, keine Spur von Wirbeln, Blütenpollen, kleinen Flammen.

»Hier, ich habe fünfundzwanzig Lat bekommen. Wenigstens etwas.«
»Hast du die Pantoffeln verkauft?«
»Nein, den Trotz«, lacht Nina. In der Nähe dieses Mannes verschwindet der schwarze Nachtmahrbärlapp wie das Viehzeuggetümmel in Omi Mierchens Möhrenbeet.
»Dita hat dich angerufen.«
»Mich? Nicht dich? Was wollte sie?«
»Sie sagte, du kommst aus einem anderen Jahrhundert.«
»Ah, sie hat diese langen und langweiligen Theorien über Männer.«
»Das hat sicher seine Gründe.«
»Gieß mir bitte auch einen ein.« Haldor schiebt eine Tasse in Richtung Thermoskanne und macht keine Anstalten, das Thema fortzusetzen.
»Essen wir unterwegs etwas. Bist du mit allem fertig?«
»Was soll schon fertig sein? Eine Torte für deine Verwandten habe ich nicht gebacken, und auf das Niederlegen von Rosen beim Freiheitsdenkmal zum Abschied kann ich verzichten.«
»Deine Zunge ist aber gut geölt heute.«
»Sieht nicht so aus, als wäre deine eingerostet.«
Nina und Haldor lachen, als würde alte und muffige, gewaltsam eingesperrte Luft aus den Lungen entweichen.
Als sie im Begriff sind aufzubrechen, stellt sich Haldor in die Zimmertür, überlegt etwas, ist still geworden, schaut nochmals erst das eine, dann das andere Aquarell von Hannelore an und sagt schließlich, während die Wohnungstür ins Schloß fällt:
»Ich habe immer gedacht, daß die Bilder andersherum hängen, erst die Schwertlilien und dann die Trockenblumen, aber ... da siehst du mal, was für eine komische Sache das Gedächtnis ist, meine liebe Kritikerin!«

Als sie schon hinter Tukums sind, beginnt Nina zu reden.
»Vielleicht erzählst du mir trotzdem, wohin wir fahren? Was für Leute dort wohnen? Was du ihnen sagen wirst? Ich bin doch nicht dein Schatten.«
Haldor betrachtet ernst die Frau mit den Haarhörnchen auf den Wangen und brummt, daß er niemals lebende Schatten gehabt hat und nie-

mals haben wird. Nach einem weiteren Augenblick, als sich das bockige Gesicht entspannt hat – vermutlich weil Nina ihm nicht genügend Aufmerksamkeit widmet –, fährt er fort: »In die Gegend von Sabile. Ans Ufer der Abava. Mama, mein Bruder, seine Frau, zwei Kinder, Hund, Katze, Kuh und Gänse. Was noch? Du wirst in der *klēts*[1] wohnen, das ist mein Territorium, ich selber schlafe im Sommer im Heu.«
»Aber du regelst, daß ich wenigstens auf dem Feld mitarbeite oder im Haus, ich kann mich ihnen doch nicht einfach so aufhalsen und mir einen schönen Lenz machen.«
»Kann man eine wie dich denn an die Arbeit lassen?«
Der Mann guckt schief und verbirgt ungeschickt die munteren Wurfpfeile in den Augenwinkeln. Aber Nina ignoriert sie.
»Du denkst, daß ich nur schlafe, weine und mir über die Unsterblichkeit der Seele den Kopf zerbreche?«
»Du siehst wie so eine träge Puderquaste aus, der plötzlich ein Unglück zugestoßen ist.«
»Sieh an, so simpel! Aber du: ein schweres Los, eine ernste, für die Gesellschaft bedeutsame Arbeit, tiefes Verständnis für das Leben, wie es sich für einen gehört, der aus dem Kuhstall kommt, und natürlich ein stark ausgeprägter Gerechtigkeitssinn«, sagt die Frau bitter, aber ohne Groll.
Wenn auf ihrem Gesicht sogar Seelenkrämpfe unsichtbar bleiben – sollte das Jahr mit Raul und ohne materielle Sorgen tatsächlich vermocht haben, die Silhouette einer Puderquaste hineinzuziehen?
»Nimm nicht alles ernst, was ich sage. Du forderst irgendwie dazu heraus, daß man dich auf den Arm, aufs Korn und auf die Schippe nimmt.«
»Ja, einer konnte sogar eine ganze Woche lang nicht damit aufhören.«
»Sieh mal, ein Gasthaus! Halten wir an und essen etwas.«

---

1 klēts (deutschbaltisch ›die Klete‹): Ein kleines, freistehendes Vorratshäuschen, wo neben Getreide und anderen Lebensmitteln auch die Aussteuer eines Mädchens u. a. wertvolle Dinge aufbewahrt werden; auf einer Art überdachte Veranda werden Arbeitsgeräte abgestellt, auf dem Dachboden der klēts befindet sich häufig der Heuboden.

Themen wechselt Haldor willkürlich, ohne auf die Etikette Rücksicht zu nehmen. Dita hat wahrscheinlich recht: immer wird den Männern mehr erlaubt sein.

San-San klappert schon seit halb acht in der Küche herum. Wo ist Raul? Wann ist er verschwunden? Die Frau ist überzeugt, daß sie die ganze Nacht wachgelegen, dem Herzklopfen ihres Mannes gelauscht hat. Gelauscht hat und geglaubt, daß der Sonntag mit Rauls früherem Gesicht kommen würde, mit Lachen, mit Morgengymnastik im Bett, mit Bedauern über das idiotische Experiment, aber sie hat sich wieder einmal geirrt.
Nachdem sie Wasser in die Wanne eingelassen hat, sucht Nina Rauls Rasierklingen, Nadel und Faden und den hellblauen Baumwollpulli. Schließt sich sorgfältig ein. Vorsichtig zerbricht sie die Klingen der Länge nach und näht sie in die Innenseiten der Ärmel. Eine Weile wird der dicke Faden halten. Ungeduldig ruft sie die Dienerin.
»Was trödelst du herum? Hörst du nicht, daß ich auf bin? Ich werde im Wohnzimmer essen.«
Die Vietnamesin sieht aus wie eine von einer Dampfwalze überfahrene Taube – grau und platt.
»Fühle mich nicht gut«, tschilpt sie zur Entschuldigung, schnallt die Gattin ihres Herrn fest und stürzt zur Toilette. Weder Wohnungsschlüssel noch das blaue Bändchen baumeln auf ihrer Brust.
»Du solltest im Bett liegen und gesund werden, anstatt für einen Schwachkopf den Sklaven zu spielen«, sagt Nina, als San-San zurückgekehrt ist.
»Garrik konnte heute nicht an meiner Stelle. Vielleicht morgen, wenn mir nicht besser wird.«
»Was denn schon wieder für ein Garrik? Welcher Garrik?«
»Das ist mein Mann, ich habe doch erzählt, er ist ein *grustschik*[1] des Herrn.«

---

[1] grustschik: Packer, Hilfsarbeiter (russ.)

»Großer Gott, und wie viele deiner Verwandten sind noch in Riga?«
»In einem Monat kommt vielleicht Garriks Schwester aus Tulla, aber ihr habt schlechte Gesetze.«
»Wohl wahr, die Gesetze sind weniger wert als Hundescheiße.«
Als San-San ein Tablett mit belegten Brötchen hereinträgt, verlangt Nina den Bildband über Norwegen. Beim Aufschlagen gleitet eine Fotografie zu Boden.
»Gib her!«
Das ist sie selbst im blaugrauen Kittelkleid, vollgehängt mit selbstgeschmiedetem Schmuck: Halsringen, Ohrgehängen, Armreifen und Gürteln. In den Augen der Frau liegt ein scheues, verschrecktes Lächeln, Nina kann sich überhaupt nicht mehr vorstellen, so gewesen zu sein. Und der Mann mit dem lächelnden, gutmütigen, offenen Gesicht, der sie mit dem rechten Arm leicht umfaßt hält, ist Erland. Hinter ihren Rücken spiegelt sich in der Tiefe ein dunkelblauer, unbeweglicher Fjord. Fünf Jahre lang hat Nina diese Fotografie nicht aus ihrem Tagebuch genommen. Genau so viel Zeit ist vergangen, seit sie aus Norwegen zurückgekehrt ist. Diese Kladde hat die Frau nicht beendet, sie begann eine neue. Gleich neben ihr im Bücherregal steht die von Erland geblasene rauchige Glasfrau, in deren Gestalt, wer weiß, mit welchen Mitteln dort hineingelockt, Bernsteinstückchen funkeln.
Ich sehe, daß der Frau gleichsam der Boden unter den Füßen weggezogen ist, mit dem Gesicht in Schlamm, Wegfurchen, Motorenöl gestürzt. Nina wird finster wie eine Novembernacht, ich habe Angst um sie, sie wirkt wild, bestialisch, primitiv, mir scheint, genau so sehen Frauen aus, die töten.
»Wirst du einmal verschwinden und mich allein lassen?«, schreit sie die Vietnamesin an.
Nachdem das Winzwesen Nina wieder festgeschnallt hat, trippelt es gehorsam fort.
Die Rasierklingen gegen die Lederriemen zu reiben, ist nicht so einfach, wie Nina sich vorgestellt hat. Die Ärmel rutschen hoch, die Klingen kratzen, es tut niederträchtig weh. Mit den Zähnen zieht die Frau die Ärmel wieder nach unten und beginnt von vorne.

»Frau Nina, haben Sie nicht ein Medikament gegen Durchfall?«
»Die blauen Tabletten im dritten Hängeschrank in der Küche, gleich obenauf«, antwortet die Hausherrin zu freundlich und zu schnell.
Als Jeans-Minirock und der von einer Kunststoffspange gekrönte Hinterkopf mit einem verzweifelten Satz zum vierten Mal in der Toilette verschwunden sind, reißt Nina sich los.

»Woran denkst du die ganze Zeit?« fragt Haldor und wischt sich den Mund ab.
»Und du?« fragt Nina lachend.
»Ich denke an zwei Dinge. Mir geht durch den Kopf, was ein einheimischer Philosoph geschrieben hat: daß der Lauf von Welt und Menschheit ein tragisches Drama mit einem tiefen positiven Sinn ist. Und die zweite Sache, die sogar im Zusammenhang mit der ersten stehen könnte, ist die, daß ich noch eine Woche frei habe und versuchen werde, dich zu zerstreuen.«
»Schaffst du das?« neckt Nina, denn die Nebelaffen sind wieder durch Dickicht und Gebüsch gestreift.
»Du wirst bestimmt nicht zögern, es mir zu sagen. Na los, fahren wir!«
»Danke, schrecklich lecker. Wirklich eine Sünde, beim Essen einer echten Land-Karbonade an Diebe und Schnüffler zu denken.«
»Hast du also doch mit welchen zu tun gehabt?«
»Wie sich herausstellt, ja. Zumindest mit einem. In der Schule gab es natürlich in jeder Klasse Schnüffler, in meiner Schule hatten sie sogar eine Kartei, aber das ist etwas anderes, als wenn ein Nahestehender heimlich in der Seele herumspioniert.«
»Du meinst Tagebücher, Briefe?«
»Ja. Schrecklich.«
»Aber noch schrecklicher ist es, wenn das Tagebuch der einzige Gesprächspartner ist, dem du vollkommen vertraust.«
»Ja, für mich ist es das. Und für dich?«
»Nein, geschrieben habe ich nie, ich schlendere lieber durch den Wald oder am Meer entlang.«

»Und der Polizistenberuf erlaubt solchen Luxus jedesmal, wenn du Anwandlungen hast?«
»Ich wurde doch nicht als Polizist geboren, ich bin erst seit drei Jahren dabei.«
»Was du über das tragische Drama gesagt hast – das wäre mir soweit klar, aber bist du überzeugt, was den tiefen positiven Sinn betrifft?«
»In manchen, sehr seltenen Momenten, ja.«
»Warum kann man dieses Gefühl nicht öfter haben?«
»Es erfordert schon Mühe, so zu denken.«
»Nein, mit Gewalt geht es nicht, dann hat es gar keinen Sinn.«
»Nicht mit Gewalt, aber man muß sich doch zum Denken zwingen.«
»Quatsch! Ich denke sogar in meinen Träumen.«
»Das sind andere Gedanken. Es gibt Gedanken und Gedanken.«
»Bravo! Aristoteles.«
»Wußtest du, daß sich deine Augenbrauen kräuseln?«
In diesem Augenblick verstummen ihre Lachspritzer, die Frau ist verblüfft. Es kommt mir vor, als würde sie erröten. Sie reden doch über etwas vollkommen anderes.

Die Leichtigkeit, mit der Nina sich auf einen unbekannten Weg zu unbekannten Leuten begibt, überrascht mich nicht. Sie spürt fast niemals Grenzen – jedenfalls nicht diejenigen, die als Risikozonen betrachtet werden. Hindernisse, Barrieren erzeugen in der Frau nur den banalen Wunsch, sie zu überschreiten, um auf die unbekannte, fremde: auf die andere Seite zu gelangen. Aber sie weiß auch, daß die wahren Grenzen im Menschen selber liegen und nicht die Gestalt eines Wachtturms auf einem toten, stacheldrahtbewehrten Streifen Land haben.
Als Nina anfängt zu glauben, daß sie anders ist, übt sie das Spazieren auf Feuerlinien, zunächst, indem sie vorsichtig auf abgelegenen, verwachsenen Übergängen herumschleicht.
Da Natalia Lärm, laute Stimmen und das Dröhnen von Autos, Straßenbahnen und Zügen nicht ertragen kann, lernt Nina, aus vollem Halse zu

lachen und so laut wie möglich Musik zu hören, zu laufen, zu rennen, Gegenstände umherzuschieben, Türen und Klappen zu schließen. Es gefällt ihr, im Rahmen einer ernsten Schelte als Wirbel, Durchzug und Riesentumult bezeichnet zu werden. Gelegentlich läßt Nina absichtlich einen Becher, einen Teller oder eine Besteckschublade aus den Händen gleiten, damit Mutter, zu Tode erschrocken wie von einer Atombombenexplosion, selber einen Schrei ausstößt, die Beherrschung und heilige Ruhe verliert und brüllt: »Alles hat seine Grenzen!«

Ninas Zimmerchen, das aus der Mädchenkammer und einem umgebauten Teil des Korridors besteht, staffiert Vater eifrig mit, wie er meint, guten Büchern aus. »Meine Tochter wird keine blöde Gans«, murmelt er grimmig frohlockend, und kreuzt mit einem Bleistift die tiefsinnigsten und wesentlichsten Stellen an, über die sie besonders ernsthaft nachdenken soll. Nina liebt Bücher, aber als sie an einer Zimmerwand bis zur Decke emporgeklommen sind, geht sie immer häufiger abends tanzen, kehrt spät heim und fällt ohne eine gute Gutenachtgeschichte in den Schlaf.

Flausch organisiert Freundinnen aus ordentlichen Familien, lädt zu Namens-, Geburts- und Festtagen ein oder einfach so und bäckt Mohnkringel, damit aus Nina etwas Ordentliches wird und sie sich eines Tages in eine geschickte und kultivierte Hausfrau verwandelt. Die eingeladenen Mädchen kommen, sitzen um den runden Holztisch, die Kniechen fest zusammengepreßt, alle haben sie rötliche oder hellblaue Kleider an und gute Noten. Gegen Abend werden sie von ihren Eltern abgeholt.

Als Nina vierzehn ist, verzichtet sie auf die netten, bezopften Freundinnen, verschwindet über Nacht von zu Hause und verkündet nach ihrer Rückkehr kühn, sie habe eine andere Clique. Die Mutter sitzt an jenem Abend lange am Bett der Tochter, schnuppert unauffällig in die Luft, erzählt von Turgenjews Frauen und fragt schüchtern, ob sie auch nicht jemand »irgendwie anders« ausgenutzt habe. Nina hört nicht zu, sie befindet sich jenseits der Grenze.

Das ist die »*Shanghai*-Kommune«. Abend- und Internatsschüler, Waisen, Treber, Alkoholikerkinder, Drogensüchtige, liederliche Gören

und städtische Raufbolde sowie in undefinierbaren Wassern Driftende. Sie kommen und gehen. In Ritvars großer Wohnung kann man sich ausbreiten: drei leere Zimmer und die Mutter langfristig abwesend, da sie wegen eines chronischen Nervenleidens in Behandlung ist.
Im *Shanghai* ist Nina in Sicherheit, denn Ritvar, den das Mädchen bei der Stripperin vor der Oper[1] kennengelernt hat, ist ihr Beschützer. Ritvars Name riecht in Riga durchaus nach Blut, falls es jemand verdient haben sollte. Ninas Andersartigkeit stört niemanden, die Tür steht ihr zu jeder Tages- und Nachtzeit offen, und wer weiß, wer heute noch sagen könnte, wodurch sie sich diese Ehre verdient hat. Die Jungs, die nicht selten ihre Fäuste schwingen lassen, um die Eifersuchtskarteien neu zu ordnen, die andere Mädchen wie Tortenstücke untereinander aufteilen und auf der Stelle hinter irgend einem Möbelstück vernaschen, reden Nina mit »Sie« an. Sie lauscht Geschichten über idiotisch korrekte Eltern, über unkorrekte, die im Suff zum x-ten Mal jemanden zusammengeschlagen haben (einmal wird ein vierjähriges, grün- und blaugeprügeltes Mädchen ins *Shanghai* gebracht), prägt sich die Vorzüge und Schattenseiten verschiedener Selbstmordpraktiken ein und hört sich ehrfürchtig Rezepte für Psychopharmaka-Cocktails an.
Im *Shanghai* trifft Nina Puschel, den Kometen der Abschlußklasse ihrer Schule. Er ist ein bissiger und hitzköpfiger Haudegen, der Pillen schluckt, einen Monat in der Klapsmühle war und soeben mit einer Gruppe Studenten Kerzen am Freiheitsdenkmal aufgestellt hat.
»Was suchst du denn hier mit deinen Kräuselbrauen? Rumspitzeln, was?« fragt Puschel, wofür er beinahe Ritvars großen Haken verpaßt bekommt, doch da er den Heldenstatus respektiert, begnügt sich Ninas Beschützer mit schlagkräftigen Drohungen.
Puschel ist im Begriff, wegen der Kerzen von der Schule zu fliegen. In der großen Vollversammlung, in der die apolitische Kurzsichtigkeit und das Rowdytum des Absolventen öffentlich getadelt werden müssen, erhebt sich Nina zu ihrem eigenen Erstaunen, geht nach vorn, läßt die

---

1 Stripperin: Der Nymphenbrunnen (1887) des Bildhauers August Voltz vor der Rigaer Oper

Augen über das Präsidium schweifen, zu dem sich Klassensprecher, Schulleitung und der Direktor persönlich wie verschlafene, stumpfsinnige Tauben zusammengehockt haben, und sagt ruhig:
»Ich habe mich doch entschlossen, es zu gestehen: Am 18. November bin ich mit Puschel – ich wollte sagen, mit Andris Andrejson – am Strand von Pumpuri spazierengegangen. Ich bin erst gegen Morgen nach Hause zurückgekehrt, daher wird sich Ihr Informant geirrt haben. Puschel kann es nicht gewesen sein.«
Andris Andrejson und die übrigen Platzhirsche der oberen Klassen rasseln damals lediglich mit den Geweihen und staunen, Puschel, der jetzt Kellner im *Spendrups* ist, staunt noch heute, aber schlußletztendlich kann der Junge trotzdem auf der Schule bleiben.
Natalia und Vater jedoch statten den Alten von Andrejson einen Besuch ab. Nicht mit Rosen und Champagner, wie man sich denken kann. »Alles hat seine Grenzen«, seufzt Vater, indem er traurig den schmerzenden Kopf wiegt.
Und obgleich sie am 18. November, dem Jahrestag des einstmals freien Lettland, friedlich bei Punsch und Keksen im *Shanghai* zusammengesessen haben, wird Nina zum Gynäkologen gebracht.
Ein knappes Jahr später gibt es das *Shanghai* nicht mehr: einige kommen in die Kolonie[1], andere in die Tripperbar[2] oder die Apothekenstraße[3].
Nina wäre Klassenbeste gewesen, hätte sie nicht in Russisch eine Fünf nach der anderen mit nach Hause gebracht. Nicht in den übelsten Alpträumen kommt ihr in den Sinn, daß dies in einem ideologischen Zusammenhang mit dem Morgen des Kommunismus und ihrem persönlichen Verhältnis gegenüber der Nation der Kultur- und Freiheitsbringer stehen könnte. Als Vater in der Schule über Flauschs und Natalias dunkle Vergangenheit und deren Einfluß auf die sich entwickelnde Persönlichkeit verhört wird, verspürt Nina die Schauer eines Grenzverletzers. Auch die sind erregend, aber vollkommen anders.

---

1 Kolonie: Gefängnisartige Jugendverwahranstalt
2 Tripperbar: Geschlossene Abteilung für Geschlechtskrankheiten
3 Apothekenstraße: Nervenheilanstalt

Die Verwandten spintisieren, daß Arzt und Jurist unter jeder Macht und Regierung nützliche Berufe sind. Da bereitet sich Nina hurtig für die Oberschule für Angewandte Kunst vor. Dort, und auch später auf der Akademie vergeht ihr das Jucken des Grenzüberschreitens, denn beide Anstalten sind vollgestopft mit solchen, die genau wie sie geglaubt haben, anders zu sein.
Ja, und dann kommt der Fluchtbazillus. Die Kategorie Flüchtling war und ist zeitlos. Millionen von Menschen flüchten sich alljährlich im Sommer aus ihrem Zuhause, um Schulter an Schulter mit ihresgleichen an den Gestaden fremder Länder dahinzuschmelzen. Macht nichts, daß vor ihrer Nase Städte bombardiert, Kinder ermordet, Frauen vergewaltigt werden. Der Weg der Flüchtigen kreuzt niemals die panische, verzweifelte Grenzüberschreitung von Flüchtlingen im Schatten mordlüsterner Flugzeuge. Nina freilich ist ein fliehender Tourist, ein Flüchtiger. Sie glaubt, daß eine andere Umgebung das Dritte Auge öffnet, daß man zum entferntesten, polaren Punkt gelangen muß, um den Raum vor der eigenen Nasenspitze zu begreifen. Nein, nein, nach Jugoslawien, wo die Gewalt – ungehindert von den hellen Mächten dieser Welt – seit vier Jahren die Tamburine schlägt, fährt Nina nicht.

»Willst du nicht aussteigen?« fragt Haldor, während er den Wagen auf einem waldigen Seitenweg zum Stehen bringt.
»Weshalb?«
»Ich zumindest werde das Revier markieren gehen. Du bleibst drin?«
Verwirrt, in Gedanken verheddert, gibt Nina keine Antwort. Weshalb sieht der Mann sie so aufmerksam an, als wollte er tiefer gelangen, in einen Bereich, von dem die Frau selber nicht weiß, was sich dort befindet?

Kann ein Mensch zugleich innen, auf der Grenze und ihr Übertreter sein? Ist ein flüchtender Mensch irgendwo drinnen? Und hat ein Andersartiger ein anderes Innen als ein Artiger?
Wenn sie das Leben wie einen Rosenkranz abbetet, wird der Frau klar, daß Flausch die letzten Jahre vor ihrem Tod das Innen gewesen ist.

Nina liebt die Berührungen von Frauen nicht, doch bei Flausch ist das etwas anderes. Flausch riecht nicht nach alten Leuten, sabbert nicht tränig, der Großmutter rasseln nicht die Knochen, wenn sie die Enkeltochter umarmt und streichelt. Sie ist durch und durch warm wie der Urbauch, in den man sich verkriechen kann. Nicht nur, als sie klein ist – mit einem aufgeschlagenen Knie, beim Lügen ertappt oder mit plötzlicher Angst in der Nacht. Auch als Erwachsene, Zwanzigjährige streichelt Flausch sie wie einen Welpen, ein Küken, ein Lamm, letztendlich wie ein Kind, und niemals wie ein bockiges, launisches Fräulein, das angesichts der Unmittelbarkeit des Lebens für einen Augenblick den Schwanz eingezogen hat und daher bestenfalls einen mütterlichen Klaps auf den Hinterkopf oder Rücken verdient. Flausch war das Innen. Flausch war das Leben.
Es hat noch ein anderes Innen gegeben, aber dorthin zurückzukehren erfüllt sie mit Schmerz, ja mit Scham. Der Ekel vor plattem Patriotengeplapper hält die Frau zurück, aber wenn man behutsam, sachte und mit nur wenigen Blicken herangeht, dann wird das Original vielleicht nicht verdorben.
Innen, das ist der Januar 1991 in Riga, die Barrikaden am Domplatz. Panzer und russische Militärs machen einen Bogen um diese Untiefe des Lebens, das noch nicht gefallene, stinkende Babel knackt mit den würgegierigen Fingern, Nina jedoch und alle – Fremde und Freunde, Stadt- und Landvolk, Männer und Burschen, Mütter und Schülerinnen – alle Spitznasen sind innen. Dieses Bewußtsein und die vulkanischen Spasmen der Gefühle erschüttern die Frau durch und durch, eine Gefängnismauer ist niedergerissen, selbst das Lüftungsfensterchen zum geheimsten Tresor der Seele, eine Grabkammer fast, steht offen. Und obgleich vor aller Augen in Vilnius Panzer rasen, die es bereits geschafft haben, wehrlose Menschen zu verschlingen, lebt in Nina alles.
Wenn sie mit Fremden spricht, den düsteren Verteidigern auf den Brücken Essen bringt, im Dom zwischen den in mutiger Herausforderung aufgestellten Rot-Kreuz-Bahren und den Ärztebrigaden umherspaziert, fühlt sie sich wie ein riesiger, gewaltiger, über die Ufer getretener, unaufhaltsamer Fluß.

Ich bemerkte damals eine Frau in einer schwarzen, dicken Windjacke und Springerstiefeln. Ich bemerkte sie deshalb, weil ihr Gesicht außergewöhnlich war, ja, anders – glücklich, fast vergeistigt und zugleich so, daß, wenn es an ihr sein wird, die Hand zu heben, niemand heil davonkommen wird. Selbst der Tod wird fallen.
Nina freundet sich damals mit Maiga vom *Kolonna* an, das zu jener Zeit lediglich eine Galerie in Kinderschuhen ist und nicht der Hintergrund für lebende Paradekonterfeis. Die rundliche Vierzigjährige, deren Vater Armenier ist, kocht dort jede Nacht Tee und schmort und schmiert. Zuhause schlafen vier Minderjährige, und sie sagt zornig, mit Tränen in den schwarzen Wimpern: »Was werde ich denn diesen Kindern später sagen, wenn ich nicht hiergewesen bin? Daß ich im Fernsehen zugeschaut habe, wie das Volk abgeschlachtet wurde?«
Außerdem erinnert sich Nina an die Graue Barrikade. Viele erinnern sich an sie. Die in einen dunklen Uniformmantel gewickelte Frau von siebzig Jahren mit bloßem Haupt, langem, grauem Haar und einem zerfurchten Gesicht wie Kiefernborke. Bewegungslos sitzt sie mit den Alten an den strategischen Punkten, starrt ins Feuer, raucht wie alle anderen ununterbrochen, spricht so gut wie kein Wort, scheucht die halb Eingeschlafenen nach Hause, aber selber schläft sie vermutlich nie. Geht auch nirgendwo hinein, um sich aufzuwärmen, sie paßt auf, wacht. Reißt keine Henkerswitze. Nina reicht der Alten ihre Strickmütze, die Graue Barrikade nimmt sie überraschenderweise an und fragt, ob das junge Fräulein keine Angst habe. Sie selber habe große. Es ist eine leise, fast kindliche Stimme.
Nein, die Frau kann sich nicht leisten, sich an alles zu erinnern, sonst ist sie ein ganzes Jahrhundert beschäftigt. Sie will sich auch nicht den pompös-sentimentalen Gedenkveranstaltungen zugesellen, den nostalgischen Teekränzchen und dem Glanz reanimierter Blutnähe in den Augen der sich Erinnernden. Damals hat die Anwesenheit des Todes das Leben mit Sinn erfüllt. Für jeden ist Platz, niemand ist überflüssig, jeder ist innen, wenn er es nur will. Die Grenze ist ferner als das Leben, aber jetzt, nach vier Jahren, erinnert sie das kollektive Anrufen der Todesnähe an die Rituale von Wilden oder das senil-krank-

hafte Jubeln der Sieger des vorläufig letzten Weltkrieges an ihren Jahrestagen.
Nina weiß nicht, niemand weiß, wohin sich die promiskuitiven Pärchen in den Treppenhäusern des Domplatzes verzogen hätten, die Grogschlucker, die Schauspielerinnen (Suppenköchinnen) und Dramatiker (Anfeuerer der Massen), wenn das »kleine« Gemetzel am Basteiberg zu einem großen ausgeufert wäre. Trotzdem geschah alles auf eine Weise, daß es sich ins Notizbuch der Historie als recht schauerliches, ansonsten aber doch schönes, sangbares Geschichtchen eintrug. Nachdem das von der alten Staatsordnung festgelegte Quantum Blut getrunken ist, befiehlt die patriotische lettische Regierung, die Barrikaden abzureißen, und das Leben geht weiter wie bisher. Die Mörder, weder wirklich gesucht noch gefunden, schlachten die Menschen in gewogeneren Jagdgründen, hingegen ist es nun üblich, sein intimes Verhältnis zum Vaterland ohne jede Scham und ganz geradeheraus zum Ausdruck zu bringen. Die Herrscher werden immer zufriedener, stimmen ihr »Es lebe hoch« zum fünften Jahrestag von Lettlands Unabhängigkeit an, und Nina weiß schon lange nichts mehr mit all dem anzufangen. So wie viele andere auch. Vielleicht wurde die Frau in jenen Januarnächten zwar lebendiger als das Leben, starb jedoch zugleich?
»Was wäre dir denn lieber gewesen? Daß wieder Tausende erschossen werden, daß wieder nach Norden deportiert wird? Vielleicht wolltest du sehen, wie schnell wasserfeste amerikanische Pflaster für die Verwundeten zur Stelle sind? Oder hast du gehofft, Bush würde den Kreml mit einem Laser durchbohren wie irgendein Objekt in Kuwait? Dann wärst du nicht enttäuscht gewesen? Blutrünstige Judith!«
So redet Raul, der seine Frau nicht begreift, als sie sich nach einer Feier, da sie etwas mehr Wein getrunken haben, jenes einzige Mal der Erinnerung an ihren jeweiligen Januar hinzugeben erlauben.
»Ich will innen sein«, sagt Nina.
»Ich auch«, pflichtet der Mann bei und schiebt Nina ungeduldig in Richtung Schlafzimmer.

»Wie geht es dir, schweigsamer Reisegefährte?« Haldor ist zurückgekehrt und knüpft das Gespräch wieder an.
»Ich werde scheinbar alt und verharre in Erinnerungen«, lacht die Frau unwillig. Der Januar ermüdet sie stets, gießt ihr den Mund voll Blei.
»Nicht traurig sein. Und Erinnerungen haben ihren Platz, also sollen sie sich benehmen!«
»Wo hast du deine eingepackt?«
»Ich trage sie im allgemeinen nicht mit mir herum. Soweit es geht.«
»Eintagsflieger?«
»Du hast wieder deine Krallen ausgefahren, ich sage gar nichts mehr.«
Tatsächlich verstummt der Mann, das Gesicht ist innerhalb einer Sekunde starr wie das eines Pantomimen, mit einer Schicht getrockneten Leims überzogen.
»Bist du so unendlich empfindlich?« setzt Nina fort.
Haldor gibt keine Antwort. Umklammert vielleicht das Lenkrad fester als nötig.
Ich will einen Steg zwischen sie hinwerfen, weiß aber nicht, aus welchem Material er beschaffen sein muß. Vielleicht einfach für jeden einzeln Rettungsring und Schwimmweste? Aber mir bleibt keine Zeit zum Handeln, der Wagen biegt in einen Landweg ab.

Vom Weg her ist ganz oben auf dem Dachboden eines Hügels ein stolz sich gegen den Himmel erhebender Blockbau mit in der Sonne flimmerndem Schindeldach zu sehen. Der Staketenzaun ist von Kletterrosen umrankt, und in ein Holzbrettchen, das an Ketten unter dem Dachvorsprung schaukelt, ist der Name *Röschen* eingekerbt.
Haldor fährt einen Bogen um den Paradeeingang und rollt von der Seite, durch eine schattige Eschenallee, mitten in den Hof. Dort steht wie der Nabel der Welt der Ziehbrunnen mit seinem Schwengel gleich einem drohend erhobenen Arm, auf daß Streuner und Herumtreiber diesen Ort nicht mit einem Fluch beladen. Eine blühende Eberesche und ein vor Freude trunkener und rasender Schäferhund.

Verdattert läßt Nina ihre Augen wie Zirkel im ganzen Radius kreisen. Ein wenig abseits vom Haus eine in rosigweiße Pfingstrosen gezauste *klēts*, etwas weiter Scheune und Stall, weiterhin ein Schuppen, ein Gemüsegarten, schließlich die *pirts*. Hinter dieser kollert der Hügel hinab und endet, nachdem er im Eichenhain auf einer niederen Terrasse flauschiges, dichtgewachsenes Gras hinterlassen hat, in buttergelbem Sand unmittelbar am Ufer der Abava. Jenseits des Flusses räkelt sich eine bucklige, ungemähte Wiese, läuft in ein Haseltal hinab und ins Wasser hinein.
»Das kann doch nicht wahr sein«, murmelt Nina mit einem Blick auf Haldor.
»Steig doch aus, wir sind da«, treibt er sie ungeduldig an.
Der große Hund wirft die Frau fast um, wendet sich jedoch Haldor zu, als er ihn entdeckt. Das Winseln, Brummeln, Springen, Ohrenanlegen, die Kraft, mit der das Tier spricht, und der Ausdruck, mit dem der Mensch all dies entgegennimmt, hat Nina stets ein wenig schamhaft verlegen gemacht, es schien ihr etwas Intimes zu sein, nicht für die Blicke anderer bestimmt. Und gegen ihren eigenen Willen stellt sie sich dann immer das Gesicht des Menschen in Augenblicken der Nähe vor. Sie sieht den Mann nicht an, sondern hört nur:
»Aus, Dauka! Ist ja gut, aus jetzt!«
Haldor nimmt die Frau bei der Hand und führt sie zum Haus. Unter den Fittichen der gehäkelten, krausenbesetzten Vorhänge protzen rote und rosa Geranien.
»Und jetzt kommt deine Mutter in Volkstracht und einer *kokle*[1] in den Händen heraus, ja?« versucht Nina zu necken und macht sich zugleich von der Hand des Mannes los. Die ihr zugewiesene groteske Rolle und das unglaubliche, unmögliche Freilichtmuseum, das doch tatsächlich kein Modell ist, ärgern sie.
Aus der Tür ist eine etwa siebzigjährige, Nina möchte sagen: Bohnenstange in gepunktetem Sommerkleid und flachsblütenblauer Schürze getreten. Grauer, dauergewellter Kopf, gebräuntes, faltiges Gesicht,

---

1 kokle: Traditionelles, zitherähnliches Zupfinstrument (verwandt mit der finn. Kantele)

spitze Nase und stechende, durchdringende Augen. ›Tante‹ wird man so eine wohl kaum nennen.
»Guten Tag.«
Mit fast aufdringlicher, unhöflicher Beharrlichkeit blickt Haldors Mutter die Frau an und besinnt sich nicht einmal, etwas zu erwidern. »Was kiekst du mich an wie eine Räuberbraut«, »Dein Söhnchen werde ich schon nicht auffressen« oder etwas ähnlich Triviales reizt es Nina, der alten Frau zuzurufen, so unangenehm, so unendlich dämlich ist ihr Auftauchen.
Die Mutter atmet lange und tief ein, dann aus, bemerkt gar nicht, daß der Sohn sie küßt, atmet nochmals ein, als wolle sie sich auf Unterwasserjagd begeben, und fragt:
»Wo hast du dieses Mädchen gefunden, Haldor?«
Der Mann lacht, er wird doch seiner Mutter nicht erzählen, in einer Höhle, oder?
»Ich heiße Nina.« Die Frau macht einen ungeschickten Knicks. Das ist eine ihrer merkwürdigen Schrullen, wenn sie aufgeregt ist.
»Jutta«, reicht ihr die Mutter die Hand und lächelt, die schürzenblauen Augen zu schmalen, freundlichen Spindelchen zusammengekniffen. Ihre Stimme ist kindlich, man könnte meinen, hinter ihrem Rücken stünde ein junges und behendes Mädelchen.
»Wenn du gekommen bist, um deine Mütze abzuholen – die gebe ich dir nicht. Ich habe dir schon längst eine andere gestrickt.«
Nina gerät völlig durcheinander, schaut zu Haldor, möchte ihm eine Ohrfeige verpassen, daß er mit keiner Silbe, keiner Bewegung hilft, diesem Auf-der-Stelle-Treten und Gestotter ein Ende zu machen. Was glotzen sie wie abnormal? Beiden geht etwas anderes durch den Kopf, aber …
Endlich gelingt es mir, ihr einen Stoß in den Rücken zu versetzen.
»Die Graue Barrikade!« flüstert Nina, und dann umarmt sie die alte Frau.
Dauka drängt sich grummelnd und winselnd zwischen sie, Haldor hingegen schreibt das gesamte weibliche Geschlecht als verrückt und unvollkommen ab – eben aus Adams Rippe gemacht.

Schon spät am Abend, nachdem Nina die nahegelegenen Wiesen und die Windungen der Abava erforscht hat, zur Lachsfurt und wieder zurück gewatet ist, sind auch Haldors Bruder und seine Frau heimgekehrt. Jānis und Sonne arbeiten in Sabile, seit zwei Jahren haben sie einen Laden.

Dann sitzen sie an dem langen Tisch, essen Kartoffelpuffer mit Räucherfleisch und frischem Salat, und Jutta droht, daß es solange jeden Tag Puffer geben wird, bis die alten Kartoffeln aufgegessen sind.

Sonne ist wie die Sonne in Kinderbüchern – ein Planet, keine Frau: rund, jung, geschwätzig und laut. Nina pflegt mit Erstaunen solche an Kinnen, Henkeln und Schenkeln überreichen Frauen zu betrachten, die doch mit irgend etwas ihre Männer geködert haben müssen, wenn sie verheiratet sind.

»Weil ich halt Schwestern in allen Ecken von Lettland hab – in Rūjiena, Krāslava, Engure und Skrīveri, vergeht für die Kinder der halbe Sommer, bis sämtliche Tanten und Onkel sie der Reihe nach fertiggeherzt und betuddelt haben. Sie werden erst zu *Jāņi*[1] wieder hier sein«, erklärt Sonne, während sie Nina mit unverhohlenem Interesse mustert.

Es ist offensichtlich, daß Jānis für seinen kleinen Bruder keine großen Fuhren verpfänden würde. Ob Polizist oder nicht, man sieht ihm den Intelligenzbolzen und Windwickler an. Jānis hingegen ist von Kopf bis Fuß in diesen kurländischen Bauernhof einkomponiert: breitschultrig, wortkarg, dräustirnig. Braungebrannt wie eine gebratene Leber, die hellen Augen funkeln aus unerreichbaren Tiefen. Könnte Flausch ihn sehen, dann würde sie sicherlich sagen, er sei »ein Mann wie Flint«. Nina kommen solche Kerle wie irgendwo in den Winkeln von Großfarmen ehemaliger Kolchosen oder vor den Toren von Schlosserwerkstätten, gemäß wissenschaftlichen Erkenntnissen, gestanzt vor. Das Werk der Zuchtwahl wurde bereits in der Klassik der lettischen Literatur geleistet, daher muß nur noch eine bestimmte Anzahl für den jewei-

---

1 Jāņi: Johanni, der 24. Juni, die Sommersonnenwende, zugleich Namenstag eines jeden Jānis, das wichtigste Jahresfest der Letten (gefolgt von Ostern bzw. der Tag- und Nachtgleiche und Weihnachten, der Wintersonnenwende)

ligen Bezirk ausgestanzt werden. Der Zweck? Wenn du zufällig einem solchen Mannsbild begegnest, ihn bei seiner Arbeit beobachtest, dann wirst du so optimistisch urteilen, wie man es von dir erwartet – daß a) trotz allem Land und Leute sich durchschlagen werden; b) der Lette eben doch ein rechter Bauer ist; und c) die Scholle nicht zugrunde geht, sie liegt in guten Händen. Hinter dem Rücken eines solchen Jānis sind nur schwerlich die Bezirkssäuferhundertschaften auszumachen und die verblödeten Melkerinnen mit ihren Scharen analphabetischer Kinder. Jānis ist wie der Korken, der den verrückten Geist nicht aus der Flasche läßt.
Aber Jutta ist verändert. Nicht nur, weil vor fünf Jahren ihr Haar glatt und offen auf den Uniformmantel fällt, sondern weil damals kein Schimmer von Alltagsfeuer auf ihrem Gesicht liegt. Nina kann sich nicht vorstellen, daß die Graue Barrikade eine Kuh melkt, den Stall ausmistet und den Herd einheizt. Damals sah sie aus wie ein einsamer kinderloser Soldat.
»Angelst du auch, Jutta?« fragt Nina nach einer Weile.
»Na sicher. Das haben die Frauen vom Flußufer immer getan. Jetzt kommt die Heuernte, keine Muße, ich lege nur Nachthaken aus.«
Ich sehe, wie Sonne und Jānis einander erstaunt anschauen. Sowohl das ›Du‹ als auch das ›Jutta‹ kommt ihnen sonderbar und läppisch vor. Haldor hingegen schenkt Nina nicht die geringste Beachtung, sondern findet ein heimliches Vergnügen daran, wie die Frau sich durch das Kreuzfeuer seiner Verwandten schlägt. Als hätte sie sich selber hierher eingeladen.
Der Estrich flackert im Herdfeuer, der Bohnenkaffee mit einem Schuß Eicheln dampft, der rostrote Kater Samuel schnurrt wie eine Mühle in Ninas Schoß und läßt die Krallen spielen, Jānis wirft von Zeit zu Zeit ungläubige Blicke auf die Stadtgöre, dann weist er die Arbeiten zu. Haldor muß bis *Jāņi* die Hauswiese mähen. Und das Gatter für die Gänse ausbessern, die klecksen die ganze Gegend voll, barfuß könne man keinen Schritt mehr tun.
»Und du, Prinzeßchen, wirst die Erdbeeren jäten, was?« wendet sich Jānis an Nina.

»Wenn du hier der Boß bist, dann werde ich tun, was du mir aufträgst. Und keine Angst, ich bin nicht hergekommen, um in der Sonne zu liegen.«
»Jānis! Am ersten Tag! Wie ein Zigeuner mit seiner Wahrsagerei«, schilt Jutta ihren Sohn.
»Hör auf, herumzukommandieren. Nina muß man keine Beine machen, und außerdem ist sie mit mir hier. Wenn ich mich recht entsinne, dann habt ihr mich aus der *klēts* noch nicht ausgeräuchert. Arbeitszuweiser! Ihr handelt in Sabile mit Kaugummi und kommt alleine nicht zurande!« attackiert Haldor Jānis aufgebracht.
Nina hüstelt, wirft Samuel aus ihrem Schoß, bezwingt die Tränen, sagt »danke« und stürzt hinaus. Die scharfen Schüsse dieses Bauernpacks sind ihr zuviel. An der Tür wendet sie sich dennoch um.
»Den Abwasch übernehme ich, lieber Hausherr.«
Die Frau flitzt geradewegs zum Fluß hinab, der unter liebevollem Gemurmel zärtlich die aus dem Wasser ragenden Steine tätschelt. Dies hier ist ein wohltuendes Geräusch, hier verdächtigt sie niemand, hier wird sie nicht angestarrt wie eine Bardame mit pantheistischen Neigungen.
Mir ist klar, daß Jānis ihr gänzlich gegen den Strich geht, die Kantigen sind in der Stadt dann schon besser zu ertragen, da kann man sie mit ein paar Sätzen auf Nimmerwiedersehen abwimmeln, aber dieses Herrensöhnchen glaubt, daß ohne ihn das ganze Universum zusammenbricht. Sonne wiederum ist nur ein Provinzfünkchen am finsteren Himmel der Ewigkeit. Eine kinderlose Frau streicht sie umstandslos aus ihrem Gesichtsfeld. Dann gibt es ja schließlich nichts zu bereden. Jutta jedoch ... wenn sie nur nicht schon ein Museumsexponat ist? Jutta ist nicht übermäßig heiter, was im Grunde genommen nichts Untypisches für dieses Völkchen wäre, aber die Frau hat einen dunklen Schleier vor ihrem Herzen. Und Haldor? Er fordert Nina heraus. Wenn er sie nicht vor dem Zugrundegehen retten, wenn er nicht trösten muß, dann fordert er heraus, spielt, forscht und macht sonst etwas aus sich. Das Nesthäkchen.
»Nina!«
Haldor und Dauka. Der Mann hat Badehosen an und geht hinter der Biegung, wo es tiefer ist, schwimmen.

»Wenn du sie dir derart zu Herzen nimmst, dann werde ich dir wohl die Hölle bereitet haben. Erwidere doch etwas! Ich dachte, nein, ich denke noch immer, daß du anders bist. Willst du nicht mitkommen?«
»Sag, Haldor, warum bin ich anders?« fragt Nina, indem sie sich von dem Stein erhebt, auf dem sie gesessen hat.
»In dir steckt so viel Leben.«

Warum bezeichnet Vater Nina als ›anders‹? Meint er damit: nicht so wie Flausch, anders als Natalia? Aber er hat doch seinen Prinz Bumpo geliebt, kam es Nina vor. Wie es sich für Prinzen gehört, jammerte Bumpo ununterbrochen über das Geld. Und Vater verstand sich nicht aufs Verdienen. Mutter und Tochter konnten das besser: als Vertriebene, Durchtriebene hatten sie gelernt, auf der Kopeke zu reiten. Ob Geld Vater und Mutter vor der Gefräßigkeit gerettet hätte, vor dem gegenseitigen Verwandeln in Abfall?
Die Frau glaubt, daß Natalia weder Innen noch Außen hat. Jeden Tag wächst Mutter gleichsam von neuem heran wie ein senkrecht aufschießender Bambus. Nein, es ist keine Leichtfertigkeit – sie gebiert ihr altes Wesen jeden Morgen von neuem. Wie das geschieht, weiß Nina nicht, ist ein Innen mit anderem Kaliber, ein Innen, das weit entfernt ist von alltäglichem Gestreichel, Liebkosen und heißen, Natalias Meinung nach geschmacklosen Eintagsemotionen. Nina kann sich nicht vorstellen, wie die Mutter sie als Säugling gewickelt und gebadet hat. Sollten tatsächlich Vater und Flausch das erledigt haben?
»Du bist anders, Ninchen«, sagt Vater verträumt, als er die Tochter zum Schlittschuhfahren ins Dynamo-Stadion bringt.
»Nenn mich nicht so, das klingt nach Kaninchen!«
»Du bist anders, denn Mutter und ich, wir sind, jeder für sich, vollkommen anders«, grübelt er, da er guter Laune ist und der frolleinhafte Kopf nicht schmerzt.
Oft sagt Vater: »Wenn du ein Junge wärst …«, und dann folgen alle Herrlichkeiten dieser Welt: dann würde ich dich zum Reaktor mitnehmen, dann würden wir ein Radio basteln, dann würden wir zum

Angeln fahren, dann würde ich dir jetzt schon ›Krieg und Frieden‹ vorlesen und so weiter, mit der abschließenden Bemerkung:
»Aber du, Ninchen, bist ein Mädel, ich kann mit dir nicht umgehen.«
Sie ist der Ansicht, daß kein Mann wirklich mit Mädchen, mit Frauen umgehen kann. Seit Jahren. Vielleicht sogar noch immer.
»Die sich mit Frauen abgeben, das sind doch nur solche Trottel«, plauscht Flausch mit Mutter.
»Ein rechter Mann ist hart wie Flint«, fügt sie stets hinzu, falls Vater zufällig in der Nähe ist.
Damals weiß Nina weder mit Trotteln noch mit einem Flint etwas anzufangen.
Natalia spricht anders über Ninas Andersartigkeit, sie vergleicht immer mit sich selbst.
»Meine Tochter wird die Wahl haben und nicht wie ein Pferd mit Scheuklappen herumlaufen, sie wird anders leben.«
Dann widerspricht Flausch, und zwar überaus unschön. Dann möchte Nina von Zuhause ausreißen, und einzig die Neugier zwingt sie zu bleiben.
Flausch habe Vater und Natalia nicht ihren Segen gegeben, die junge Frau Doktor sei selber für drei Nächte in den Studentenwohnheimen versackt ... Mindestens zehn, fünfzehn Minuten in dieser Tonart. Natalia wird es müde, sie will das Thema beenden:
»Ich bin keine Rabenmutter.«
Aber hat sie einmal Wind in die Haare bekommen, gibt Flausch erst Ruhe, wenn alles um- und niedergerissen ist.
»Aber wie eine Elster auf glänzende Federn und einen nackten Hintern reingefallen. Platsch.«
Seltsam, daß Flausch Nina gegenüber ein vollkommen anderer Mensch ist.

Auch in New York wird Nina als ›anders‹ bezeichnet. Von Tante Helens versnobten amerikanischen Freundinnen und deren Söhnen.
»Glamourous! Glamourous!« kreischt Liza, eine Galeristin aus Greenwichvillage.

So anders, so andersartig! Nicht wie all jene, die vordem aus Lettland angereist kamen, so grau, sauertöpfisch und ungeschickt, die eigentlich nichts sagen, nichts fragen, sich nur über die Armut beklagen, aber um fast noch neuwertige Schuhe zischend einen Bogen machen. Aus denen könne man nichts Vernünftiges herausbekommen, die müßte man geradewegs in einen Kurort mit Thermalquellen schicken. Nein, Nina ist etwas Besonderes.

»Glamourous! Glamourous!« kreischt Liza, wobei sie Nina mindestens dreimal umarmt, bei den Händen faßt und ansieht wie ein nie dagewesenes, exotisches Gewand.

»Wir müssen sie George und Mike zeigen, Helen! Das ist unglaublich! Nach allem, was du uns bisher hast sehen lassen. Dein armes Heimatland und so eine Frau! Glamourous!«

Was leckst du eigentlich Liza? Die Eitelkeitsorgane der Mitmenschen oder eine andere Stelle? will Nina schreien, die sich an ihrem inneren Zorn verschmoren fühlt von solchen Schmeicheleien, doch irgend etwas in all diesem Gekreische verschafft auch Genugtuung. Demnach trägt sie nicht den Stempel des *homo sovieticus* auf der Stirn. Ob es einen anderen, ob es den Stempel einer Lettin gab und gibt – zweifelhaft. Und ist denn der Stempel das wichtigste? Für den, der nicht gezeichnet ist, bedeutet er eine leere Formalität, diejenigen jedoch, denen er mit Gewalt und unauslöschlich eingebrannt ist, denken selbstverständlich anders.

Im Vorraum spaltet sich die *klēts* wie eine Schote in zwei gleiche Teile. Auf der rechten Seite, wo Nina wohnen soll, gibt es ein Holzbett mit Strohmatratze, einen dunklen, bemalten Schrank mit Lebensbaum und bunten Vögeln auf den Türfüllungen, eine dunkelrote Kommode mit vorgestrecktem Bauch, einen schwarzgewordenen Spiegel im Röschenrahmen, Flickenteppiche auf spiräengelbem Dielenboden, Bündchen frischen Frauenmantel- und Walderdbeertees an den Vorhangsschnüren und einen geflochtenen Schaukelstuhl mit kreuzstichbestickten Kissen.

»In so etwas werde ich mich wohl kaum zu benehmen wissen«, stößt Nina einen Pfiff aus, als sie das solide Museumsinterieur erblickt. Die linke Seite hingegen ist geweißt, auf dem Boden ein orangefarbener Teppich, Fernseher, Tonband, an den Wänden Gemälde, ja, von Hannelore natürlich, jetzt erkennt Nina die Handschrift bereits; Bücherregale, Schreibtisch, eine Stehlampe mit violetten Seidentroddeln und Marmorfuß, eine breite Lagerstatt, eine Staffelei, unter der Decke über die ganze Länge des Raumes Regale, vollgestellt mit Farbkästen und Flaschen verschiedener Farben und Formen. Fehlt nur noch eine Portraitfotografie der Meisterin im goldenen Rahmen. Ich weiß nicht, weshalb Nina Haldors sämtlichen Frauen zürnt. Dies ist also das Sommeratelier der Künstlerin, reizt es sie herausfordernd-ironisch zu fragen, aber Haldor ist so sachlich und beschäftigt zu zeigen, wo was zu finden oder hinzustellen ist, daß die Frau sich beherrscht.

»Die *pirts* wird freitags eingeheizt. An den übrigen Tagen kann man sich aber auch einfach so dort waschen.«

»Und du wirst tatsächlich dein Lager auf dem Heuboden aufschlagen?«

»Sicher, wer wird denn schon in der Stube hocken? Jānis hat gerade eine frische Lage eingebracht. Wenn du willst, kannst du ja auch dort schlafen.«

»Nein, nein, ich werde in diesem artigen Zimmerchen bleiben, das gefällt mir sehr gut. Vielleicht hat es ja Einfluß auf den Charakter.«

»Na ja, dann wirst du hier im Vorratshäuschen eben brav den ganzen Sommer verschlafen wie eine wissenschaftliche Mitarbeiterin.«

»Hör auf zu lästern. Außerdem hoffe ich, mich zur Ehre einer Landarbeiterin hochzudienen. Mensch, ich habe doch versprochen, das Geschirr ...«

»Red keinen Unsinn.«

»Jetzt mal ernsthaft – ist alles in Ordnung? Tut es dir nicht schon leid?«

»Keineswegs. Machen wir morgen eine Flußtour?«

»Du mußt doch mähen und die Gänse im Zaum halten.«

»Ich weiß selber, was ich zu tun hab, sollen sie doch ... Wir verdrücken uns, hinter Renda gibt es ganze Felder von Pfifferlingen. Ja?«

Der Mann hat Ninas Hand genommen und reibt sie, als ob sie steifgefroren wäre.
»Das kann trotzdem nicht wahr sein.«
»Ist es aber«, lächelt er und verschwindet im Dunkel. Dauka begleitet den Mann.

Die Frau ist in die Welt der Männer hinabgestiegen, da sie vernommen hat, man könne dort mit Klugheit, Gewandtheit und dem Dritten Auge zum Tal des Friedens hingelangen, wo das Herz sich läutere im Mondenglanz.
Wiesen und Hügel sind hier von Tieren dicht bevölkert, derer es gar mehr als Männer gibt, alle jedoch, sowohl Wild als auch Hausrind, weiden ohne Haut – die ganze Landschaft wogt in rotvioletten Muskelpaketen. Die Männer ziehen den Tieren lebendigen Leibes das Fell ab und tragen selbst im Sommer Ziegenlederschurze, Wildschweinwesten und Rehspiegeldreispitze. Im Sommer jagen die Männer weder Wild noch Hausrind, sondern schlachten Fische: silbrige, glitzernde, zählebige und robbengroße. Sie blicken allein tief ins Wasser mit aller Sinne Kraft, und die Fische kommen wie Kunstspringer ans Ufer geflogen, wo sie sich geschmeidig zu Füßen der Männer an die Erde schmiegen.
Um sich bei den Zöllnern einzuschmeicheln und, sei es auch nur für einen winzigen Augenblick, ins Tal des Friedens eingelassen zu werden, häutet Nina eine Ziege, die wie ein Geschenk zur großen Waage zu tragen ist. Es ist kein schweres Unterfangen, das langhaarige Fell springt gleich einer Kastanienschale ab, verständnisvoll blökend läßt das Tier es geschehen, das sie nun, unter den Arm geklemmt, zu den strengen Männern schleppt. Da, ehe man es sich versieht, verwandelt sich die Ziege in ein weiches, flauschiges, weißes Gewebe, das die Frau einhüllt wie eine Braut. Dies erheitert zwar die strengen Zöllner, läßt sie die Fremde zugleich jedoch umso mißtrauischer betrachten.
»Wenn du je geschlachteten Fisch gegessen hast, so wirst früher oder später auch du im Tal des Friedens geschlachtet werden. Entscheide nun selber, ob du gehst oder nicht gehst.«

Jäh springt Nina aus dem Bett und prallt gegen den Röschenspiegel, der dröhnend, als wäre er aus Blech, noch einen Augenblick lang ältlich vor- und zurückwankt. Nachdem sie sich beruhigt hat, erblickt die Frau die zarte Junimorgenröte und freut sich, daß sie vorläufig lebendiger ist als das Leben selbst. Nichts rührt sich draußen. Eine Uhr hat sie nicht. Ebensowenig wie Nachthemd und Badeanzug.
In ein Laken gewickelt stiehlt sich Nina zum Fluß hinunter. Die Morgensonne bescheint die Biegung nicht, sie ist dunkel und trübe, wo doch noch gestern abend Steine und ins Nirgendwo eilende Flußalgen wie in einem Aquarium zu erkennen waren. Erbebend und mit angehaltener Luft legt sie sich der Länge nach ins Wasser. Der Strom gurgelt, da er ein so großes Hindernis in seinem Fließen bemerkt, gierig schwirren die Frühstücksmücken, in der Ferne muhen Kühe, also wird es schon gegen sechs sein, soviel sie von Omi Mierchens Lehren noch in Erinnerung hat. Jemand mäht ganz in der Nähe oder am anderen Ufer, die Vögel ... Die Vögel haben noch bis *Jāņi* Zeit für ihr tolles Treiben, sie verschlafen nicht die ganze Nacht, sondern leben in vollen Zügen. Für mich sieht es so aus, als sei auch die Frau bereit, zumindest in diesem Augenblick, in vollen Zügen zu leben, denn hier, auf dieser Erde, in dieser Welt ist es tausendmal besser als in der Hölle bei den tölpelhaften Männern, was auch immer für Friedenstäler sich dort erstrecken und silberne Herzen im Busen schlagen mögen.
Wieder in das Laken gewickelt, klettert die Frau zur *pirts* hinauf. Das Sensengeschlurre kommt näher. Mit ein paar Hasensprüngen ist die Frau um die Ecke des Häuschens verschwunden und verbirgt sich in den großen Kletten.
Auf dem Hang eines Hügels mäht Haldor, indem er in bizarren Bögen einen Kreis abschreitet. Er wirkt wie ein großer, erwachsener Mann, dem es anstehen würde, seine eigenen und die Schwiegereltern, drei Kinder und vielleicht auch noch vier bis fünf Tanten in der Stadt zu ernähren. Auf dem Land sieht der Mann nicht nach einem Tanzbodenraufbold aus, und schon gar nicht wie ein Polizist. Leicht gebräunter, erhitzter Körper, die Haare hüpfen wie kleine Peitschenriemen auf der Stirn. Wer ist er eigentlich?

Dauka hat die Frau gewittert und zertrampelt bellend und schwanzwedelnd die Kletten.

»Verräter«, zischt Nina und krault ein wenig böse die Wolfsohren.

»Was machst du denn da?« Überrascht und lächelnd kommt Haldor näher.

»Guten Morgen!« sagt Nina mit Nachdruck, um auf seine bäurische Unhöflichkeit hinzuweisen.

»Guten Morgen, guten Morgen, mir hat es ein wenig die Sprache verschlagen beim Anblick einer griechischen Göttin im frühen Morgenlicht.«

»Besser griechisch als heidnisch, oder?«

»Gut geschlafen?«

»Nichts als Alpträume. Hast du eine zweite Sense? Ich will auch. Kann man barfuß?«

»Ja. Nur Papa Jānis nicht, der tritt in Gänsekleckse, wo er auch geht.«

»Bin gleich wieder da.«

Einen Augenblick später kommt die Frau in Ditas Bluse und Shorts aus der *klēts* zurück.

»Wozu die Bögen?«

»Weil ich weiß, was da vorne lauert.«

»Das Tor zur Hölle?«

»Vielleicht.«

Nach einer halben Stunde grimmigen, verbissenen Hintereinanderhermähens, erblickt Nina einen schlanken, klaren Teich mit Wasserrosen.

»Das ist was für dich. Stimmt's? Vorerst genug gemäht, ich werde nur noch ein paar Bahnen bis zum Wasser ziehen.«

Die Frau schweigt. Die weißen und gelben Wasserrosen fächeln den betörenden Odem des Gewässers herauf, sie will die Augen schließen und gemeinsam mit der Sonne auf dem glatten Wasserspiegel dahinschmelzen.

»Tief?«

»Ungefähr drei Meter.«

»Und wenn nun ein Unwissender die Wiese hinuntergesaust wäre?«

»Dann würde er in die Hölle fahren, hast du doch selber gesagt.«

»Hast du viele solcher Fallen in der Gegend aufgestellt?«
»Aber, Nina, das weiß doch jeder, daß es neben einer *pirts* einen Teich geben muß!«
»Wenn er ihn aber nicht sieht?!«
»Glaubst du etwa, es existiert nur das, was du siehst?«
»Am frühen Morgen, Haldor ...«
»Verzeihung. Ich schwöre, daß ich während der Flußtour mit keinem Sterbenswörtchen das Wasser erwähnen werde, in das man nicht zweimal steigen kann, und den Fluß als das Leben des Menschen auch nicht.«
»Sag mal, hast du nicht irgendwo noch einen Narziß versteckt, der sich nachmittags hier spiegeln kommt?«
»Der bin ich natürlich selbst.«
»Quatsch, so einer bist du nun wirklich nicht.«
»Aber die weißen Rosen habe ich tatsächlich gepflanzt. Drei Jahre lang habe ich sie in Körbe gesetzt, bis sie aufgegeben und Wurzeln geschlagen haben.«
»Schau an! Ein Wassergärtner! Und die gelben?«
»Die kommen doch von alleine hinterher.«
»Stimmt, ich hatte auch mit so einer zu tun.« Nina schüttelt sich, da sie sich in einem gänzlich unpassenden Moment an San-San erinnert.
»Du redest ja selber am frühen Morgen in Rätseln.«
»Das sind noch die Alpträume.«
»Man müßte den Teich mal ausprobieren, was meinst du?« ermuntert Haldor, während er mit Gras das Sensenblatt säubert.
»Ich kann keinen Staat machen. Deine Freundinnen borgen mir um nichts in der Welt einen Badeanzug.«
»Gut, ich gehe da drüben noch eine Bahn abmähen, da kannst du in aller Herrgottsruhe wie eine Klostervorsteherin herumplanschen«, sagt er und verschwindet im ungemähten Gras.
Das Wasser des Teichs ist vollkommen anders, es wirkt, als würde die Frau es unterwerfen, als sie es mit langsamen, großen Zügen teilt. Die Blätter der Wasserrosen knurksen bei jeder Berührung, prüde springen Frösche vom ungemähten Ufer ins Wasser und schließlich wohl der

Froschkönig persönlich mit einem ehrwürdigen, schweren Platsch. Nein, es ist Haldor.
»Wo kommst du denn plötzlich her? Wie groß ist dieser Teich eigentlich?« ruft Nina, als sie den Mann um die fünfzehn Meter entfernt wie aus der Wiese herausschwimmen sieht.
»Er ist in drei großen Bögen gegraben. Wir haben erst den ersten freigemäht«, ruft er zurück und verschwindet unter Wasser.
Nina versteht es nicht. Einen so riesigen Teich müßte man doch sogar in einer zugewachsenen Wiese sehen können. Das Wahrscheinliche – das für das Auge nicht Sichtbare? Eine verwunschene Gegend. Und genau das scheint Haldor zu gefallen. Soll die Frau sich nur wundern.
Auch Dauka paddelt mit angelegten Ohren und in die Luft erhobener Schnauze auf Nina zu. Nein danke, von Hunden im Wasser bekommt man höchstens Kratzer, sie hat schon genug an ihren letzten Verletzungen. Die Frau schwimmt zurück, der Hund jedoch setzt ihr immer energischer nach. Das Tier kann nicht glauben, daß es abgewiesen wird – handelt es sich doch um eine der bedeutsamsten Bewährungsproben der Freundschaft. Sie klettern gleichzeitig ans Ufer. Zur Strafe schüttelt Dauka sich über Ninas trockenen Kleidern.
»Na, du Bandit! Guck nicht so, du bist wohl im letzten Leben Sultan gewesen, was?«

Nach dem Frühstück packen sie das Boot voll und verschwinden, lediglich Jutta kündigen sie ihre Rückkehr für den Abend des folgenden Tages an. Jutta hat weder etwas einzuwenden noch runzelt sie die Stirn, vielmehr stopft sie einen Sack mit Eßsachen voll. Trotzdem ist ihr Herz wie in ein dunkles, dichtes Taschentuch gewickelt, denkt Nina. Was macht die Mutter traurig? Daß der Sohn ein Schlingel ist? Nein, so sieht es nicht aus. Ob sie irgend etwas schmerzt? Und weshalb liegt Jutta nicht mit Jānis und Sonne auf derselben Wellenlänge?
Dauka steht bis zum Bauch im Wasser und bellt wütend. Sein Platz ist besetzt. Eine durch und durch üble Frau hat Herrchen da mitgebracht.
»Ich hab dir Sonnes Sportschuhe stibitzt, im Wald geht es barfuß nicht.«

»Sie werden sauer sein, daß du nicht weitermähst ...«
»Sie sind immer sauer. Ich habe das leichte Leben, sie das schwere. So pflegt man ja die Menschen einzuteilen.«
»Und wie ist dein wahres Leben?«
»Unterschiedlich, aber wenn es ein unerträgliches Joch wäre, würde ich ins Wasser gehen und Schluß. Wozu sich dann quälen?«
Nein, nein, dem hat die Frau absolut nichts hinzuzufügen. Also bitte, Nina! Und hör auf, ununterbrochen in Erinnerungen zu schwelgen.
»Mama hat gestern erzählt, daß sie dich aus der Barrikadenzeit kennt. Was für ein Zufall.«
»Ja. Aber alles hat sich so sehr verändert ... Auch Jutta. Ich habe sie nicht gleich erkannt.«
»Na, damals war sie nicht normal, ich dachte wirklich, daß sie abdreht. Verschwindet, läßt Kühe und Gänse im Stich, bleibt eine ganze Woche lang weg und tut, als würde sie mich nicht kennen, als ich sie finde.«
»Ich habe dich gar nicht bemerkt.«
»Wer kann sich denn all die Tausende merken. Ich hatte es mir zur Aufgabe gemacht, eine junge und unvorsichtige ausländische Journalistin zu begleiten, und machte dort meine Runden.«
»Als Schildknappe?«
»So ungefähr.«
»Und?«
»Ich habe sie geheiratet.«
»Hoho! Barrikadenromantik. Das war Hannelore?«
»Ja. Eine Deutsche aus Amsterdam.«
»Journalistin – und dann malen? Die Bilder, die ich bei Dita gesehen habe, deuten nicht darauf hin, daß da eine eilige Dame einmal monatlich in ihrer Freizeit am Werk war. Kannst du mir noch andere Bilder zeigen?«
»Wenn es dich interessiert ...«
»Ja, ich sehe gern, wie Banalitäten neuen Atem bekommen und aufhören, Banalitäten zu sein. Malt sie nur hier auf dem Land?«
»Nein, immer, wenn sich Zeit und Gelegenheit bieten. Sieh mal, auf dem Berg da, in diese Häuser haben sich gerade Letten aus Australien

eingenistet. Reprivatisiertes Eigentum. Als ich klein war, stand der ganze Hang voller Eichen, ein ganzer Wald. Die Kolchose hat sie weggesprengt, um Ackerfläche zu gewinnen. Wo früher der Wald ihres Urgroßvaters stand, wollen sie jetzt Wein anbauen.«

»Ja, Wein, so grün ... Laß mich mal rudern, keine Ahnung, wann ich das zum letzten Mal gemacht habe.«

»Gut, und ich werde ein wenig spinnangeln, obwohl es nicht die richtige Stunde ist. Wir dürfen uns nämlich erst an den Proviantsack machen, wenn wir selber etwas aus dem Wasser gezogen haben.«

»Der Fang des Maddis[1]«, lacht Nina.

Im stehenden Wasser der kleinen Ufereinbuchtungen glimmt gelber Wasserhuflattich, etwas abseits, wie hochwohlgeborene Töchter im Konfirmationsalter, weiße Wasserlilien. Ab und an von den Ufern gestürzte, für Biberbaue vorbereitete Balken.

»Ob das verrückte Gelärm der Vögel die Fische nicht stört? Kennen die denn die menschliche Stimme so genau, daß die Angler sich derart über Schwätzer aufregen?« fragt Nina.

»Ich bin keine Leuchte in Fischpsychologie, aber die Forscher behaupten, daß Fische sich an den Duft ihres Geburtsortes erinnern, an den Wassergeschmack des Flusses ihrer Kindheit.«

»Das wird sich ein lettischer Patriot ausgedacht haben.«

»Nein, nein, das war, wenn ich nicht irre, ein Amerikaner.«

»Ganz schön feinsinnig! So fein bin ich nicht. Düfte, ja, an die kann ich mich zu Tausenden entsinnen, aber der Geschmack von Wasser ...«

»Nimm es nicht schwer, du bist ja auch kein Fischlein.«

»Manchmal weiß ich wirklich nicht, was ich bin.«

»Laß mich raten ...«

»Na?«

»Pst, warte mal ...« Sein Körper spannt sich, er beißt wie ein Kind in die Unterlippe und holt vorsichtig die Schnur ein.

»Siehst du!!! Nina! Siehst du? Mit dem ersten Wurf! Und so ein Hum-

---

1 Der Fang des Maddis: In dem Gedicht »Salgales Mada loms« von Vilis Plūdons zieht ein Vater die Leiche seines Sohnes aus dem Fluß.

mer!« Jubelnd wirft Haldor ihr einen ansehnlichen, quicklebendigen Barsch vor die Füße. Die Frau kreischt auf, als sie die kalte, glitschige Berührung an den Beinen spürt, und läßt beide Paddel aus den Händen fahren. Das eine bleibt etwas weiter im Uferschilf stecken, das andere tänzelt lustig mit der Strömung davon.
Einen Augenblick lang sieht Haldor verlegen aus, überrascht, er betrachtet Nina, als sähe er sie zum ersten Mal, dann springt er ins Wasser.
»Mach den Fisch fertig«, befiehlt er.
Die Beine auf das Gummibord gestützt, betrachtet Nina den wegschwimmenden Mann, den unbändig zappelnden Fisch und den im Wasser liegenden Baum mit seinen spitzen Ästen, der sich rasch dem Schlauchboot nähert, das die Frau gerade noch rechtzeitig in die Strömung zurückmanövrieren kann, indem sie sich mit aller Kraft von dem Baum abstößt. Der Barsch scheint immer höher zu springen. Ein fliegender Fisch? Unter den krampfhaft nach Luft schnappenden Kiemen ist grellrotes Fleisch zu sehen. Mit der Kasserole? Dem Campingbeil? Dann wird sie doch das Boot aufschlitzen und mit Hab und Gut zugrundegehen. Und weshalb sollte sie den Fisch schlachten? Das ist Männerarbeit!
Haldor kämpft mit aller Kraft gegen die Strömung. Das Boot ist auf einer Sandbank zum Stillstand gekommen. Er sieht zornig aus. Die unter die Arme geklemmten Paddel wie kleine Flügelchen. Nina fühlt ein Lachen aufsteigen. Muß es sich aber verkneifen.
»Kalt?« wagt Nina ängstlich zu fragen, als er mit triefenden Shorts zurück ins Boot geklettert ist.
»Nein, heiß.«
»Ich wollte wirklich nicht ...«
»Konntest du den Fisch nicht kaltmachen?«
»Nein, konnte ich nicht«, versetzt Nina, nun bereits gereizt.
Die Frau wendet sich ab und hört ein schnelles, nasses Klatschen.
»Er wird schlecht sein bis zum Essen, wir hätten ihn im Netz mitschwimmen lassen sollen«, belehrt Nina freundlich. Ihr ist nach einer Stichelei.

»Hast du Angst vor Fischen?« fragt Haldor verwundert, als hätte er nicht gehört, was die Frau gesagt hat.
»Ja, falls es von ihnen abhängt, ob ich ins Tal des Friedens gelange oder nicht.«
Haldor seufzt, schüttelt den Kopf und rudert, die Paddel diesmal in die Dollen gelegt, mit energischen Zügen wieder in die Strömung.

Schweigend, wie hypnotisiert fluten sie mit dem Wasser, und die ruhigen Ruderschläge dienen nur dazu, das Boot in der Hauptströmung zu halten. Die Augen sind geblendet vom Sonnengeflirre auf dem Wasser, die Reflexe kreisen wie flinke, kleine Karusselle um die eigene Achse, werden jedoch sonderbarerweise ebenfalls mitgetragen wie das Boot. Eilen die Reflexe dem Wasser nach oder hat das Wasser sie gefangengenommen?
Von Zeit zu Zeit springt ein Fisch, einsame Männer auf Anglerstegen sagen den Bootlern lautlos guten Tag, an den flachen Ufern weiden Kühe, am Waldsaum sind purpurne Wasserminze, Zwergeichen, Rainfarn und samtig dunkle Veilchen auszumachen. Überall Baldrian, ganze Plantagen, manchmal stürzt er wie aufgeschäumte Eiweißklumpen ins Wasser, und die Frau kommt zu dem Schluß, daß bei den Leuten an der Abava mit den Nerven alles in Ordnung sein müßte.
Die Bewegungen des Mannes sind monoton und behaglich zugleich, er genießt den mechanischen Rhythmus des Ziehens und Hebens der Ruder, ohne dessen überdrüssig zu werden. Sollte das tatsächlich daran liegen, daß es jedesmal anderes Wasser ist, das er teilt?
Hätte Vater ein Hologramm von Haldor angefertigt, es fragmentiert und dann lediglich eine Hand des Mannes gezeigt – sie würde dennoch den ganzen Mann erblicken. Der absolute Haldor steckt in jedem Punkt seines Fleisches. So wie sie, wenn nötig, ganz blitzgescheite Füße oder gespitzte Ohren ist. Warum war das Vater so packend erschienen, so wichtig?
Eine der Aufgaben während des Examens in griechischer und römischer Kunst auf der Akademie ist es, anhand eines Details – eines Fußes, einer Gewandfalte oder Frisur – die entsprechende Skulptur zu erkennen.

Nina kommt ohne große Mühe durch, Haldors Hand auf dem Ruderschaft jedoch beschwört nicht den ganzen Haldor herauf. Was verrät die große Hand von der jungenhaften Stirn, den veränderlichen Augen und dem Lauf der Launen?
Was verraten ein fallender Tannenzapfen und das rieselnde Gestöber der Apfelblüten von der Vernichtung, vom Tod? Hat ein herbstliches Blatt nur ein einziges Leben, die Mission zu faulen, Garant zu sein für den Rosenzauber des kommenden Frühlings? Wenn Nina das Blatt jedoch zwischen Buchseiten preßt wie Rosenblütenblättchen, Wicken und Stiefmütterchen: Wird sie dem Blatt dann ein weiteres Leben gegeben haben? Oder bleibt nur sein Schatten erhalten? Ist das nicht derselbe Gedanke wie derjenige Hannelores hinsichtlich der Trockenblumen?
Verrät das Wunder des Rauschens in der Muschel alles über das Meer, aus dem sie stammt? Die Farben des Sonnenuntergangs sind nicht in diesem Rauschen, auch der Grad der Seidigkeit des Sandes ist nicht spürbar. Nein, Nina hat nicht genug an der Muschel, sie braucht das Meer im ganzen.
Anders verhält es sich mit dem Eichenhain dort am Ufer. An dem hat sie genug, um alle Eichen dieser Welt zu erspüren. Ein einzelner Mensch hingegen reicht keineswegs, sich die Menschheit vorzustellen, und erst recht nicht, sie zu begreifen. Dazu reichen nicht einmal all jene Menschen, denen man im Laufe eines ganzen Lebens begegnet. Tragisch und verzweifelt scheint Nina die nach einer Idee des spanischen Küntlers Sentella gefertigte, computerisierte *Gioconda sapiens*: Zehntausend Paßfotos, aus aller Welt freiwillig eingesandt, bilden die große Menschheitsstudie. Jeder Zentimeter des Gesichts der Mona Lisa ein Teil der Menschheit, doch aus der Entfernung verschmelzen die Individuen zur Gestalt des altbewährten Meisterwerks. So wie Zivilisationen im Universum. Der Schatten der Gioconda ist sie selbst, das rätselhafte Wesen, Leonardos Gemälde hingegen ihr Leben, das, nachdem es sogar das Schwitzzeitalter als Dekor auf Sporthemden und Litfaßsäulen durchlaufen hat, nun mit dem düster angespannten Pathos des Jahrtausendendes ins Menschheitsmuseum gelangt ist.

Es gibt Augenblicke, ja Monate, da die Frau die Natur als einen harmonischen Gottesgarten sieht und demütige Dankbarkeit empfindet, daß ihr vergönnt ist, all dessen unfaßbare, vielgestaltige Herrlichkeiten zu erblicken, die Mächtigkeit, den Überreichtum an Erfindungen, daß ihr vergönnt ist zu fühlen, daß die Morgenamsel scheinbar genau und nur für sie singt, daß die Sonne einzig und allein ihr Gesicht liebkost und das Wasser just ihren Körper erquickt. Im Gottesgarten gibt es keine Einsamkeit.
Und es gibt andere Augenblicke, da sich die Natur als barbarisches, gnadenloses Schlachtfeld offenbart, indem sie voller Triumph die Nützlichkeit des Todes demonstriert, den moralisierenden Sinn des Existenzkampfes der Planzen, Tiere und Insekten.
Zwei Sichtweisen werfen die Frau hin und her wie auf einer Schaukel, zwischen beide Möglichkeiten jedoch, zwischen beide Realitäten legt sie noch eine dritte – ihr intimes Begreifen, daß es keinen Unterschied gibt zwischen einem in Agonie verfallenen Menschen in Sarajewo und einer trauernden Katze in Jelgava, deren Junge ertränkt wurden. Die Frau fürchtet sich vor diesem Gleichheitszeichen, aber dennoch empfindet sie genau so die Gleichberechtigung des Lebens.
Nur dem Menschen ist das Privileg verliehen, die Last der Nachkommenschaft anzunehmen oder nicht anzunehmen, ihre Rhythmen, die Fügung, in eine unbekannte Richtung fortzuschreiten. Nina hat sich noch nicht entschieden, denn sie befindet sich, wie schon gesagt, auf einer Schaukel. Momentan ist die Frau erleichtert, daß sie keine Kinder hat. Mit Raul.
Nina hat im Prinzip keine Privilegien, keine Wahl. Es gibt die vom Himmel gefallene, geschenkte Zeit: auf dem Wasser, im Wald, in einem Bauernhaus, auf einem unbekannten, verlockenden Weg. In der Natur schwindet die Notwendigkeit zur Selbstbestätigung, die wie ein Ekzem die Städter befällt, wenn sie von den einen Leuten zu den anderen hecheln, von einem Auf- und Zutagetreten zum nächsten, und in kribbelnder Fiebrigkeit hoffen, auf den Aussichtsturm einer illusorischen Karriere emporzuklimmen, um sich dann, wenn sie nach dem lebenslangen Marathon der Selbstbestätigung ermattet zu sich kommen, ein-

samer als einsam wiederzufinden. Ist es ein Wunder, daß in Lettland Tag für Tag drei Menschen Selbstmord begehen?
Nein, in der Natur gibt es keine Einsamkeit, die Natur vermag zu beruhigen, daß das Wort ›Vernichtung‹ nur ein leerer Klang ist, obgleich die Natur selbst eine Friedhofskultur ist. Und auch in der Kunst setzt die Einsamkeit Nina weder nach noch zu. Auf andere Art. Jede Arbeit ist eine Chiffre, ein Rätsel, wie der Künstler die Welt, das Mysterium des Daseins begriffen hat, wie er in ihr umhergestreift und -geirrt ist. In der Kunst kann man viele Freunde finden, mit denen man keine Erwägungen über Währungskurse, die Rotation von Diplomaten und den Ausbau von Sommerhäusern auszutauschen hat.
Würde Natalia gezwungen, auch nur eine einzige Landschaft zu zeichnen, so käme Nina hinter das Geheimnis ihrer Mutter. Davon ist sie überzeugt.
Raul ist ein unverfälschter Technokrat und kann die Natur nicht ertragen, macht jedoch Nina zuliebe manchmal Ausflüge ans Meer oder an einen See. Und sitzt dann im Schatten, liest historische Romane oder hört über Kopfhörer Musik.
»Ich kann es nicht ertragen, daß die Natur so aufdringlich ist. Fliegen, Mücken, Wespen, Ameisen, Marienkäfer, Bremsen, Sand! Und die Sonne ebenfalls. Ich brauche einen freien Raum für mich.«
Kunst stört Raul nicht, weil sie nicht seine Privatterritorien erobert, sie bleibt, wo sie vorgefunden wird – an Museumswänden, in farbigen Bildbänden. Blätterfall jedoch, Sturm, klebrige Frühlingsknospen: das ist zu brutal, zu unverfeinert. Die Natur muß man durch die Kunst lieben. Kein Wunder, daß Raul altmodisch von Cézanne begeistert ist, der allerdings behauptete, daß jeder die Natur so wahrnehmen müsse, wie niemand sie je gesehen hat, doch das Gesagte interessiert ihn nicht, er hat genug an der Vereinigung von Auge und Intellekt in den Werken des Meisters. Raul selbst schickt sich nicht an, Entdeckungen zu machen, es muß irgendwelche gemeinsame Formeln geben, Grundlagen, auf die man sich stützen kann, andernfalls müsse man doch die gesamte Menschheitsgeschichte zu Fuß ablaufen. Nein, er hält sich an die Theorien Darwins und das System der Astrologin Irina aus Moskau.

Aber Nina will alles selber entdecken. Und sei es von der Steinzeit an – nur nicht sich anschließen.
Und Haldor? Woran hält er sich? Warum macht er eine Flußtour mit einer fremden Frau? Wo ist Hannelore? Wird seine Frau zu *Jāṇi* kommen? Aber hat Dita über die Bilder nicht in der Vergangenheitsform gesprochen?
»Mir ist heiß, Haldor, ich möchte baden. Such mal ein vor neugierigen Blicken geschütztes Fleckchen.«
»Wo warst du die ganze Zeit, Nina?«
»Hier. Ich verschmelze mit der Natur. Und du?«
»Ich denke über dich nach.«
»Also gut, ich denke auch ein bißchen über dich nach.«
»Warum tauschen wir dann diese Gedanken nicht aus?«
»Spitznasen machen das nicht. Sie stauen in sich an, soviel es geht. Auch Mieses, Abfall, sie werden boshaft, mürrisch, giftig und neidisch. Die Nordländer brüsten sich doch sogar mit ihrem blöden introvertierten Charakter.«
»Deine Nase ist gar nicht besonders spitz, und trotzdem erzählst du nichts.«
»Du etwa? Dann muß man sich formulieren. Das ist harte, beinahe gnadenlose Arbeit. Sich im Seidenkokon zu halten, ist doch viel cooler.«
»Na, siehst du! Was wirfst du dann anderen vor?«
»Ich werfe es auch mir vor, denn das wahre Leben verläuft nicht in einem Kokon, es ist ein sehr direktes und unverblümtes Leben. Aber da braucht man eine Prise Vertrauen.«
»Und das hast du überhaupt nicht gewonnen?«
»Ich weiß nicht, wer du bist.«
»Das weißt du wohl, aber du bummelst um Begleitumstände herum, das ist sicherer, dann muß man nicht über das Wesentliche nachdenken.«
»Es sieht so aus, als ob dir immer alles klarer ist als den anderen. Bist du nicht zufällig ein dialektischer Materialist?«
»Hast du keinen Hunger? Nach dem Bad könnten wir diesen abgemurksten Fisch kochen und den Inhalt des Rucksacks untersuchen, da müßte genug für eine ganze Woche drin sein.«

»Du beantwortest Fragen niemals ganz.«
»Ganz geht gar nicht. Ich bin diesmal an dem Wort ›Materialist‹ hängengeblieben, und das assoziiere ich mit essen. Fix, pack den Busch da und zieh uns ans Ufer!«

»Irgendwie habe ich keine Lust auf diesen Fisch«, sagt Haldor, nachdem sie mit der Mittagessengerätschaft bei einer Gruppe kleiner, struppiger Tannen an Land gegangen sind.
»Aus einer Rippe allein kriegt man ja auch nichts zustande. Eine Fischsuppe macht Sinn, wenn es eine dreifache russische ist.«
»Noch nie gehört, ich kenne nur dreifache russische Flüche.«
»Das geht so: Man kocht eine Bouillon und hängt die Fische an einem Draht über den Topf. Wenn drei Gefädelte gedünstet und in die Bouillon gefallen sind, ist sie fertig. Dieses Gebräu läßt dir die Zunge am Gaumen kleben.«
»Wo hast du eigentlich gelebt – auf einer Wiese, im Wald, im Ozean, einem Dorf oder in einer Villa von Kahlköpfigen?«
»Überall, Haldor, überall, ich bin eine Herumtreiberin.«
»Und auf dem Land hast du sicher auch gewohnt, wenn du so die Sense schwirren läßt.«
»Ja, in den Schulferien, später während der Sommermonate. Aber das ist eine ziemlich traurige Geschichte. Omi Mierchen, meine Großmutter, ist fast am selben Tag mit dem Altgatt auf den Friedhof gekommen. Blieb das Gehöft. Wie sich herausstellte, konnte keiner etwas damit anfangen. Mein Vater war schon in Deutschland und gestikulierte erhaben, daß er es nicht verdient habe, Mutter bekommt auf dem Land Heuschnupfen und Allergie, und ich war vor zwei Jahren eine große Schauspielerin. Hatte sogar ein Freisemester genommen. Jetzt wohnt dort Casino-Tālis vom Domplatz. Über meine Phloxbeete laufen betonierte Wege, und der Teich ist gefliest.«
»Das ist wirklich traurig. Und dein Mann?«
»Damals hatte ich keinen Mann. Aber ihm wird schlecht vom Land. Omi Mierchen brummelte immer: Nina wird den ›Engeln‹, so hieß das Gehöft, schon noch die Fittiche kämmen. Da siehst du mal.«

»Und wieder fühlst du dich schuldig.«
»Na klar. Ich habe Mierchens ganzes Leben weggewischt. Zu Kolchoszeiten hat sie sich nach der Arbeit mit gebeugtem Rücken nach Hause geschleppt und mit der Taschenlampe um den Hals im Dunkeln die Margeriten gejätet.«
»Aber du lebst doch dein eigenes Leben. Sie durfte nicht wollen, daß du das ihre automatisch fortsetzt.«
»Wenn alle so denken, dann wird das platte Land fürwahr zugrundegehen.«
»Sie wußte doch, daß du Kunst, und nicht Landwirtschaft studierst.«
»Schon, aber ...«
»Dieses Liedchen kenne ich zur Genüge. Aber ich kann einfach nichts machen, wenn ich keine Lust dazu habe. Es klappt einfach nicht. Ein Jahr lang habe ich brav Tiermedizin studiert. Umsonst.«
»Mierchens Sohn, mein Vater, hat genau dasselbe gesagt, und Großmutter hat dann über den Sohn gemeckert, daß sich die Lust bei ihm an der falschen Stelle konzentriert hat und er ein Sklave seiner Gelüste ist.«
»Gelüste sind etwas anderes. Mich gelüstet zum Beispiel, diese Würste hier zu braten. Ich werde ein wenig Holz sammeln und Spieße spitzen.«
Der Mann nimmt das Beil und verschwindet in den Tannen. Die Frau bleibt mit den ›Engeln‹, Omi Mierchen und dem Altgatt zurück.

Als noch der rechte Mann am Leben ist, da wirtschaften sie, trotz der Kolchoszeiten, daß der Goldstaub nur so stiebt. Das erzählt jedenfalls Mierchen. Und kaum, daß Arthur, Ninas Vater, sprechen kann, lispelt er schon, daß er Bauer wird. Aber er wird erwachsen, verschwindet in der Stadt, in der Universität, heiratet ein Stück Eis, der rechte Mann stirbt, und Schluß. Die Tür ist zu. Jahre später knobelt Mierchen mit einer Margerite »Er liebt mich« aus und entriegelt endlich die Tür für den Altgatt. Der Altgatt ist ein übergutmütiger Tischler mit schwarzem, spitzem Ziegenbärtchen und großer Lust am Singen. Wenn sich Mierchen jedoch an schwarzen Novemberabenden dazusetzt, um mitzusingen, dann klingt es so kläglich und traurig, daß der Tischler seine Frau ermuntert, sich bettfertig zu machen. Und so zaubert, da zwei Uhus

zusammen uhuhen, der Blick ins Kommende weder plätschernde Karpfenteiche noch Pferdeställe voller glänzender Rücken noch versüßte Paradiesapfelgärten herauf. Aber Nina wird schon nicht zulassen, daß die ›Engel‹ verschwinden. Die anderen sind ja nur halbe Portionen. Aber Nina – das ist etwas anderes!
»Kommt doch und fangt an, jetzt, wo alles erlaubt ist! Warum will denn keiner ordentlich leben?«
Aber Mierchen hat zu allem ihre eigene Ansicht.
»Warum malst du deine Augen an, Mädel? Du siehst dann genau wie meine Kuh aus mit ihren großen Stauneaugen. Der Mensch ist doch gemacht, daß er wie ein Mensch aussieht.«
Mierchen selber ist eher ein Menschlein als ein Mensch: reicht Nina knapp bis zur Brust, die Schulterblätter bohren sich sogar durch die wattierte Jacke, die Wimpern jedoch sind lang und weiß wie bereift, als ob sie verheult durch klirrenden Frost gelaufen wäre. Aber der Altgatt und, wie es heißt, auch der richtge Mann: jeder ein Goliath. Es gibt ja solch typische Pärchen – und Omi Mierchen hat eine Art getreulich wiederholt. Nina gehen bei deren Anblick schelmische Gedanken durch den Kopf, auch wenn es die eigene Oma ist. Wie die Flöhe auf der Matratze hopsen und so.
Nina breitet ein gelb-rotes, geblümtes Tischtuch aus und schneidet Brot. Was weiß sie, ob dieser Haldor es mit Butter ißt oder trocken knabbert? Und wenn sie an die sauren Gurken Schmand gibt, fliegen sie ihr dann vielleicht um die Ohren? Schneidet er die Würstchen kreuz- oder treppchenweise ein?
Löslicher Kaffee und eine weiße Zuckerdose mit Affen, wahrscheinlich aus den Jahren der Ersten Republik gerettet, als darin irgendein exotisches Gewürz aufbewahrt wurde. Ja, die Röschenmutter gibt kein Blechgeschirr auf eine Flußtour mit, sondern große, graue Tontassen. Und Kartoffelpuffer, in Silberfolie eingewickelt. Und außerdem noch eine Tüte mit eingemachten Preiselbeeren, Räucherfleisch, Käse und Tomaten.
»Hör mal, Jutta denkt wohl, daß wir Holzfällen gefahren sind«, sagt Nina, als Haldor zurückgekehrt ist und Späne zum Feuermachen abspaltet.

»So ist sie eben.«
»Wie hat sie es geschafft, sich vor der Deportation zu retten?«
»Hat sie gar nicht. Mama wurde '49 mit ihrem ersten Mann von *Röschen* verschleppt. Er ist im Lager gestorben. Jānis' Vater ist auch in Sibirien gestorben, im letzten Jahr, als Jānis gerade geboren war.«
»Dann seid ihr nur Halbbrüder?« fragt Nina fast erfreut.
»Das spielt überhaupt keine Rolle. Wir sind zwar recht verschieden, aber ... Als Mama zurückkam, stand *Röschen* wie zum Wunder leer. Sie ging den Kolchosenältesten anbetteln. Bat und bat, bis sie das ihre erreichte. Aber der Alte schwatzte jahrelang an jeder Ecke herum, daß er es mit der stolzen Jutta überall in ihrem ganzen Haus getrieben hat. Mama hielt es fast nicht aus und wollte nach Riga verschwinden, aber dann stieß sie zufällig auf meinen Vater, der sich kategorisch verbeten haben soll, daß sie dem marantischen Gejammer eines alten Parteibullen Gehör schenkt.«
»Und wo ist dein Vater?«
»Irgendwo wird er wohl noch sein. Machte sich aus dem Staub, kurz nachdem ich zur Welt gekommen war. Mama erzählt nicht viel, sie ist auch, wie du sagen würdest, eine Spitznase. Spieß auf, über der Glut kann man schon versuchen, vorsichtig zu braten.«
»Ich weiß, ich weiß – *nicht in die Flammen, du mußt Geduld haben, bis sich Glut gebildet hat*«, lacht Nina.
»Verstehe ich nicht.«
»In den letzten Tagen belehrst du gerne Frauen darüber, wie man auf offenem Feuer Fleisch brät.«
Er schweigt. Typisch.
»Ich werde jetzt diesen Fisch säubern. Mir gefällt nicht, daß du ihn umsonst geschlachtet haben solltest. Ich werde ihn selber braten und aufessen, wenn du nicht magst.«
Er schweigt weiterhin, aber in den Augen steht Verwunderung, vielleicht sogar Bewunderung.

Es ist ein flacher Wieseneinschlag in einem Durchbruch des Tannenwaldes, wo sie zum Übernachten anlegen. Dämmrige Kühle läßt die

sonnenverbrannte Haut erschauern, und Haldor zieht den Nina zugedachten hellgrauen Pullover mit weißen Hirschen hervor. Ein Norwegerpullover, erkennt Nina.
»Mamas letztes Werk, sie hat das Stricken aufgegeben«, erklärt der Mann im selben Moment. Das Werk reicht ihr fast bis zu den Knien.
»Komm mit, zu zweit schaffen wir mehr Brennholz heran.«
Das Feuer geht knisternd geradewegs hinauf zum Himmelsvater, überall umher wispert, knispert, raschelt und zischelt es, doch diesem warmen Nabel der Welt wagt kein Raubtier nahezukommen, sie befinden sich im Schutz ihres Lichts. Die Abava trubelt ausgelassen, wahrscheinlich gibt es Stromschnellen in der Nähe, der Tee kocht und Juttas Pfannkuchen werden warm, ein Armeezelt erhebt sich, und Haldor zieht Ebereschenwein aus dem Gepäck.
»Vielleicht willst du ihn warm?«
Nein, sie trinkt ihn kalt. Aus einem silbernen Jagdbecher.
»Du bist doch nicht etwa auch noch Jäger?«
»Nein, aber mein Vater soll angeblich einer gewesen sein. Das ist sein Becher. Hübsches Ding. Er ist mir nichts, dir nichts verschwunden, ohne irgend etwas mitzunehmen.«
»Wenn er vor dir wie vor einer Krankheit weggerannt ist, dann ist es wohl ziemlich schwer weiterzuleben«, sagt Nina nachdenklich, ohne sich darüber im klaren zu sein, ob sie den Mann aushorchen soll oder ob er von sich aus reden wird.
»Bei dir ist es wohl andersrum. Bist selber abgehauen, oder?«
»Wovon du dich offensichtlich überzeugen konntest«, gibt die Frau brummend zurück.
Sie will sich an nichts erinnern, will nicht wissen, was irgendwann einmal, vor tausend Jahren, geschehen ist, sie will den Wald atmen und den Fluß, den Eulen lauschen, das Feuer hypnotisieren. Einfach sein in diesem einzigen Augenblick. Wird wirklich nach einer Weile von all dem nichts mehr übrigbleiben? Und niemals wiederkehren?
»Warum ist dein Vater in Deutschland?« fragt Haldor, während er Wein in den Silberbecher schenkt.
»Na, er ist auch geflohen. Vor Mama. So kommt es mir jedenfalls vor.

Er ist Physiker, hält Vorlesungen in Heidelberg. Wir beide sind Kinder von flüchtigen Väter. Aus denen wird nie etwas Rechtes.«
»Ich kritisiere nur mich selbst.«
»Oft?« stichelt Nina, wieder gefällt ihr irgend etwas nicht.
»Schwer zu sagen, ob oft oder nicht. Ich hasse es, in meiner Natur gefangen zu sein. Und ich mag es nicht, mit Gewalt gegen diese Natur vorzugehen – aber das muß ich.«
»Und was geschieht, wenn du es nicht tust?«
»Dann müßte ich in der Wüste leben oder Mönch werden.«
»Kein schlechter Karrieresprung. Ich weiß, was du meinst. Aber ich will meine Natur prinzipiell nicht überwinden. Früher oder später wird das Unterdrückte hervorbrechen und eine Katastrophe verursachen.«
»Deine Theorie ist zwar ungeheuer überzeugend, aber ich habe den Verdacht, daß du Angst hast, danach zu leben. Du weißt nur, wie du es machen müßtest.«
»Es gefällt dir, mich anzugreifen und herauszufordern. Glaubst du, daß Männer und Frauen ununterbrochen gegeneinander kämpfen? Sogar wenn sie schweigen?«
»Du zeigst das mit jeder Geste, ich verteidige mich bloß«, lacht der Mann und reicht ihr den abermals gefüllten Becher. Aber die Augen wirbeln nicht, in den Augen ist tiefer Kummer.
Die Frau wird grimmig den zähflüssigen, herben Wein trinken und nichts sagen. Sie gibt sich Mühe, aber in ihrem Herzen ist nicht ein Splitterchen von Grimm, sie hat sich längst der Nacht ergeben, dem Fluß, dem Himmel und dem Feuer, dem Frieden, den Sonnenschauern und der Frischluftmüdigkeit. Sollte Haldor ebenfalls Bestandteil dieses Gottesgartens sein, dann empfindet die Frau auch ihm gegenüber dankbare Ehrfurcht, daß der Garten einzig und allein für sie blüht, daß die Wärme gekommen ist, einzig und allein sie zu umarmen.

Sie ist allein auf dem schmalen, durchnäßten Lindenholzfloß. Die Große Flut ist vorüber und versiegt, Milliarden sind ertrunken, der Himmel über dem kleinen Planeten ist zu gleichmäßigem Grau verrußt, und eine langsame, ruhige, nahezu unmerkliche und unhörbare Strömung

trägt Nina auf die Kirchtürme zu, die sich wie prächtig ausgeschmückte Zelte über die Wasser des den ganzen Planeten überziehenden Ozeans erheben.
Während sie sich den Türmen nähert, erkennt die Frau, daß diese nicht aus Stein, sondern aus Millionen von Blüten errichtet sind. Ihr Floß gleitet stumm, ohne Plätschern, durch die Fenster der Türme, manche der Versunkenen erkennt sie: Chartres, Wiens Stephan, die Kathedralen von Worms und Canterbury, Mailand ... Die Intensität der Düfte ist so berauschend, daß sie nicht festzustellen vermag, ob Roms Peter aus Akazien oder Kaiserlilien besteht, sie gleitet weiter, weiter durch unbekannte Türme der Romanik, Gotik und Renaissance, durch Blumenkathedralen, bis sie unter einer Barockkuppel anlegt. An den Lotosgewölben haben riesige Boote festgemacht, und auf dem Wasser wandelt Raul in einem langen grauen Hemd. In den Booten sind Levkojen von der Farbe dicker Sahne, violette Lavendelkörbe und Hyazinthen, Bunde weißen Flieders sowie ovale Schalen mit Narzissen, Tulpen und Orchideen.
»Was machst du hier?« flüstert Nina, und ihre Stimme hallt millionenfach aus dem Mund einer jeden Blume wider.
»Ich bessere aus. Stellenweise sind die Wände verwelkt«, antwortet der in seiner Arbeit gestörte Raul unwillig.
»Was ist das für eine Kirche?«
»Die Maria-Magdalenen-Kirche.«
»Die 1612 von den Schweden zerstört wurde?«
»Ja, genau die.«
»An deren Wiederaufbau sich später dein Urururururgroßvater beteiligte?«
»Genau die.«
»Aber jetzt ist das eine katholische Kirche.«
»Ja, eine katholische.«
Raul nimmt aufmerksam einen um den anderen Hibiskuszweig zur Hand, um den schönsten von ihnen in den Kuppelfirst einzuflechten. Er steigt über für Nina unsichtbare Treppen und verschwindet aus ihrem Gesichtsfeld.

Die Strömung trägt weiter, auf dem Wasser treiben unzählige rosigweiße und gelbe, zitternde Rosenblätter, und direkt vor ihr, scheint es, winkt von der Turmspitze des Rigaer Doms, die sich in eine riesige Pyramide von Heidekraut verwandelt hat, Erland. Er lächelt, obgleich sein Gesicht durchsichtig ist, als wäre es aus Seidenpapier ausgeschnitten. Er bedeutet Nina, näher heran zu rudern.
»Weshalb bist du hier?« fragt die Frau.
»Niemand holt mich ab.«
»Komm, fahren wir gemeinsam, ich habe Angst allein.«
»Nein, ich muß anderswohin, ich kann nicht.«
»Ich werde mich ertränken.«
»Du bist nicht schuld, Nina. Du bist nicht schuld.«
»Ich bin nicht schuld, ich bin nicht schuld!« schreit die Frau lauthals und merkt nicht, daß Haldor erwacht ist, sie mit beiden Armen umfaßt und mitsamt ihrem Schlafsack an sich zieht. Nina verstummt. Für einen Augenblick, während sie unterwegs ist zum nächsten Traumplaneten.

Die Frau erwacht von unbändigem Vogelgetriller. Es ist so ungestüm heiter, daß sie mitlächeln muß. Die zehn stattlichsten Hähne könnten beim Gemeindewecken nicht mit diesen Kleinvögelchen mithalten. Worüber freuen sie sich in Wirklichkeit, was lobpreisen sie? Doch nicht den Junimorgen, den Tau, die Sonne und das Gras. Wo ist ihre Angst vor dem Tod? Hab ein Ei gelegt, hab ein Ei gelegt! Würde Nina zu Frieden und Glückseligkeit gelangen, wenn sie ein Ei gelegt hätte?
Der Mann neben ihr gleicht einer unbeweglichen Schatztruhe, nicht einmal sein Atem ist zu hören. Rudern ist eben nicht Scheibenschießen oder Gendarmenspielchen mit Pistolen.
Sie kriecht aus dem Zelt, schnappt sich ein nach Rauch duftendes Handtuch und geht zum Fluß. Der Morgen ist flaumig bewölkt, aber warm und weich wie ein Mäusenest, sogar die nächtlichen Stromschnellen zischen nicht schneidend, sondern fördern mit glucksender Sorglosigkeit das gemütliche, träge Rieseln des Flusses.
Das kühle Wasser durchstichelt ihr von der gestrigen Sonne und der Nacht geschwollenes Gesicht, zwickt lebenslustig den Körper durch

und wirft die Frau ungeduldig ans Ufer zurück. Der Rentierpullover auf der nackten Haut piekst mit winzigen Geweihen, und sie fühlt sich so übervoll mit Energie, daß sie Strom erzeugen könnte. Nina ist ein Kraftwerk. Sie holt Wasser, macht Feuer, deckt den Tisch, kocht Kaffee, schmiert Brote, wenn sie könnte, würde sie jodeln, so aber weiß sie nicht, wohin mit sich.
Sie lugt ins Zelt und sieht, daß sich die Schatztruhe quer über die ganze Breite verschoben hat und leicht sirrt. Komisch, daß ein großer Mensch ein derart zartes Gezirpe von sich geben kann, während eine einzige Heuschrecke einen ganzen Zapfenstreich herunterschmettert. Nina hockt sich hin und beobachtet. Gesichter verraten im Schlaf mehr als in Ekstase, sie mag es, Schlafende zu erforschen, doch das kommt selten vor, sie ist selber eine Siebenschläferin, in der Stadt ratzt sie bis zehn.
Vielleicht kommt Haldors Gesicht tatsächlich nicht aus diesem Jahrhundert, sollte Dita recht haben? Da ist weder das fieberhafte Kieferpressen der gegenwärtigen Epoche noch der im Schlaf eines Schwätzers bis zum Anschlag aufgerissene Mund. Aber das Gesicht strebt irgendwohin, will irgend etwas erringen, erlangen oder erreichen. Doch es ist kein Karrieretremor – vielleicht der eines Alpinisten? Sie muß ihn fragen, ob er nicht auf Berge klettert. Die Haare wie ein zerpflücktes Nest, die Wimpern zittern. Ein Schatz!
»Spielst du Theater?« fragt Nina leise.
Der Schläfer bleibt stumm. Darf man so einen durch Schütteln wecken? Wenn nun der Polizisteninstinkt funktioniert und sie in aller Frühe eins auf die Nase bekommt? Wach auf aus süßem Schlaf, komm raus und piß dich aus, so pflegte Omi Mierchen sie mit verstellter Männerstimme zu wecken, und Nina schämte sich immer, daß ihrem anständigen Großmütterchen solche Kneipensprüche über die Lippen kamen. Die Frau bohrt ihren Finger genau in die Mitte der großen, offen daliegenden Hand. Natürlich wird der Finger augenblicklich geschnappt, dann ein wenig gestreichelt und losgelassen.
»Morgen! Duftet höllisch gut. Siehst du mal, was ich für ein Faulenzer bin.«

»Komm raus. Der Morgen ist warm, und ich weiß nicht wohin vor Tatendrang.«
»Wo warst du im Traum?« fragt er verschlafen und kriecht gehorsam aus dem Schlafsack.
»Weiß nicht mehr. Irgend etwas mit einem Boot war es schon.«
»Du hast furchtbar geschrien. Daß du nicht schuld bist.«
»Hast du dich erschrocken?«
»Nein, du hast dich erschrocken. Du mußt diese Stadtschweinereien loswerden.«
»Mir scheint durchaus, ich würde als Patientin ausgezeichnete Fortschritte machen. Ich fühle mich großartig und habe weder Wissen noch Verstand von meinem letzten Leben.«
»Ich möchte es glauben, aber ... He, deine Haare sind naß, du warst schon planschen! Ich werde auch schnell hineinhüpfen.«
Während sie auf Haldor und das Frühstück wartet, legt Nina sich auf dem Bauch in die Wiese. Roter und weißer Klee, Krapp, Wildnelken und Riedgräser, Hundsgras und Färberkamille – die ganze bunte Flora dreht sich vor den Augen wie ein grün-rötliches Gewebe, aber bei genauem Hinsehen, wenn die Augen nicht blinzeln und sich nur auf einen Blickwinkel konzentrieren, kann man Menschen- ja: Menschengesichter entdecken. Mit krummen Nasen und schmachtenden Lippen, Doppelkinnige, Schnurrbärtige und Neunmalkluge, milchweiße Zimmermädchen, gelockte Junker und der Ohnmacht nahe Gräfinnen. Gott im Himmel, schon in einem Quadratmeter Wiese kann man die ganze Welt erblicken! Welche Welt? Was sind das für Menschen? Die Seelen von Verstorbenen, die sich in den Blumen versteckt haben, oder die Visionen von Ninas Phantasie? Arcimboldo kommt ihr in den Sinn, dieser merkwürdige Maler der Renaissance und des Manierismus. Sollte er seine unikalen, anthropomorphen Stilleben erblickt haben, als er sich auf einer Wiese wälzte? Was wollte er ausdrücken? Hat er das Tandem von Mikro- und Makrokosmos parodiert? Nein. Sein Portrait ›Wasser‹, gebildet aus einem Gewimmel unzähliger Meeresgeschöpfe, ist so überzeugend in seinem menschlichen Ausdruck – es kann nicht durch Meditationen des Künstlers in den Unterwassertälern eines Ozeans

entstanden sein. Auch Arcimboldo hat seine Giaconda erschaffen – nur eine viel naivere, in aristotelischer Ordnung komponierte und weniger verzweifelte als die spanische. Nein, im Augenblick ist Nina nicht wichtig, daß der Künstler ein Günstling dreier Höfe war, daß er Bälle und Feste der Herrscher inszenierte, daß er Kleider und Inneneinrichtungen entwarf, auf daß die Lobpreisung der Macht immer lauter erschalle in nah und fern. Diesmal ist das nicht wichtig, doch wenn auch die Herren von Riga zur Besinnung kommen und Künstler auf solch verfeinerte Weise schinden, dann wird sie auch in Arcimboldos Biographie die Seiten der Dienstbeflissenheit, des Dienens hassen. Arcimboldos ›Frühling‹ ist ein Frauenantlitz aus tausend Blumen, die aus der Entfernung nicht zu unterscheiden sind. Wer weiß, ob auch Vater etwas über diesen Mann wußte. Ob es ihm wichtig erschienen wäre? Er pflügt sich allerdings eher durch die Literatur, das ist der leichteste Weg, vor dem Leben zu fliehen. Leben um Leben verschlingen, indem man mithumpelt und den Abenteuern folgt, während man selber im Bett unter der Decke liegt, mit einer Tasse heißem Tee in der Hand.
»Heute wird es regnen. Und du sagst, es ist warm«, knurrt Haldor, während er naß und durchgefroren am Feuer bibbert.
Nein, die Frau friert keineswegs. Aber wenn es sein muß, kann sie Feuer in den Händen tragen und mit aufs Boot nehmen. Und was ist schon Regen?
»Zieh dir Schuhe und Strümpfe an. Und du hast doch deine Jeans mit. Ist dir denn gar nicht kalt?« Er schaut auf Ninas von oben bis unten nackte Beine.
»Vielleicht willst du zurück zu Mama?«
Haldor lacht aus vollem Hals.
»Du hältst es nur fünfzehn Minuten als sanftes Lamm aus.«
»Laß uns einen Kaffee trinken«, sagt sie und unterdrückt ein Lächeln.
Der Mann gehorcht. Bekleidet mit einem weiteren Norwegerpullover mit blauen Rentieren sieht er endlich zum Leben erwacht aus. Und schaut auf Ninas gekräuselte Augenbrauen, in ihre Perlmuttaugen, dann wieder auf die Brauen, in die Augen ... Vollkommen ruhig. Er wird doch von anderswoher sein. Er sieht aus wie jemand, der noch nie

gehört hat, daß es Sekunden gibt, Minuten, Jahre, daß die Nacht den Tag ablöst.

  Hinter Renda wird der Fluß bedrohlich verschattet, die Ufer haben sich einmütig mit den Wipfeln der dunklen Tannen aufbäumen wollen. Rote, gelbe und weiße Sandsteinfelsen wie planmäßig mit Uferschwalbenhöhlen, Dellen, Flächen, Beulen ausgebaute Wände, dann wieder wie mit der Drahtbürste poliert und ausstaffiert mit winzigen, glucksenden Quellen, dunklen Sträuchermützen oder zotteligen, ausgespülten Baumwurzeln, die sich hier und da im Wasser kühlen. Der Fluß ist in dieser Gegend undurchsichtig und zeigt nicht einmal den Anflug eines Steins in seiner Tiefe. Auch die Strömung ist gleichsam verschreckt und fast nicht wahrzunehmen, der Mann muß sich tüchtig in die Riemen legen. An den seichten Uferstellen sind im nassen Boden Hirsch- und Rehspuren zu erkennen. Tierkneipen.
»Riechst du? Was für ein Gestank!« Nina richtet sich unvermittelt auf.
»Allerdings.«
»Irgendwelche Chemikalien, diese Schwachköpfe werden wieder etwas in den Fluß geleitet haben!«
»Nein, ich glaube nicht. Da verwest etwas.«
»Pfui Teufel! Laß uns schneller rudern, das stülpt einem ja den Magen um!«
»Sieh mal!« ruft Haldor und dreht bei.
Am gegenüberliegenden Ufer dümpelt zwischen dem Wipfel einer gestürzten Tanne und der Uferwand ein halbversunkener, riesiger Leib im Wasser.
»Ein Elch«, sagt Haldor.
»Aber ohne Fell!« Nina wendet sich angewidert ab.
»Seltsam, normalerweise gehen sie nicht ins Wasser zum Sterben. Schau nur, was für ein riesiges Geweih. Er ist schon halb zersetzt.«
»Bloß weg hier!«
»Hm, hier gibt es keine richtigen Raubtiere, die ihn gerissen haben könnten, nur Luchse«, überlegt Haldor.

»Nun mach schon! Was ziehst du dich an Leichen hoch!«
»Hast du Angst?«
»Ja. Ich weiß, woher sie kommen – die ohne Fell. Jetzt rudere doch weiter, bitte!«
Der Mann gehorcht, abermals von der unverständlichen Erregung der Frau überrascht.
»Du kannst nicht einen einzigen Tag verleben ohne die Erkenntnis, daß alles enden wird«, seufzt Nina, wie um Haldor ihre Stimmung zu erklären.
»Laß mich mal paddeln, mir ist kalt und ich weiß nicht, wohin mit mir.«
»Da ist nun deine ganze morgendliche Glückseligkeit verraucht«, sagt er, nachdem sie die Plätze getauscht haben.
»Du bist daran nicht schuld. Ich bin ängstlich, du hattest recht, ich will zwar ein unmittelbares und offenes Dasein, aber es gelingt mir nicht, es gibt tausend Dinge, die vorher aus meinem Bewußtsein und Gesichtsfeld ausgelöscht werden müßten.«
»Versuch doch, einen anderen Gedanken zuzulassen. Daß der verwesende Elch dich zwingt, diesen Tag umso intensiver, umfassender zu empfinden«, sagt der Mann, während er das hektische, vehemente Rudern der Frau beobachtet.
»Das können nur Kinder. Wenn es schneit zum Beispiel. Mit welch neugieriger und fröhlicher Begeisterung strecken Tausende von Kindern die Zunge heraus, um das augenblickliche Schmelzen der Schneeflocken zu spüren! Woher diese Freude? Und worüber? Wurde in unseren sechsten Sinn einprogrammiert, daß wir selber Schneeflocken sind auf Gottes Zunge?«
»Denk weiter, Nina. Wenn ein Kind, wie wir annehmen, wahrhaftig ist, dann ist auch die Freude seines sechten Sinns wahrhaftig. Demnach ist das alles gar nicht schlimm.«
»Wie kannst du bei all dem nur so ruhig bleiben?« wundert sich Nina, obgleich ihr von den Worten des Mannes leichter geworden ist, die dunklen Schleier teilen sich.
»Das bin ich nicht immer, aber irgendwie muß man ja Halt finden auf dieser Schaukel. Gut, ich will es dir erzählen. Meine Frau wurde über-

fahren. Vor drei Jahren, nachts auf der Brīvības iela, auf dem Heimweg von irgendeinem Empfang. Zwei Jahre lang habe ich mich mit dem Gedanken gequält, daß nichts geschehen wäre, wenn ich sie abgeholt hätte. Aber mit solchen Gedanken kann man nicht leben, dann muß man sich selber an die Deckenlampe hängen.«

Die Frau ist sprachlos. Rauflustiger Polizist? Frauenfalle? Wie lächerlich ist ihr Gejammer um den umsonst geschlachteten Fisch und das im Wasser treibende Aas. Eigentlich. Sie weiß nicht, was sie sagen, wie sie sich verhalten soll. Solche Augenblicke der Leere, der Blindheit überkommen die Frau, wenn sie ihre Vitalität, Gewitztheit und scharfe Zunge einbüßt, wenn sie plump wird wie ein löcheriger Mehlsack. Ich beobachte Nina in diesen Augenblicken mit Interesse, denn mir scheint, daß gerade in diesen wüstenartigen Gefilden die Barriere verschüttet ist, die sie überspringen muß – ein für allemal.

»Ich komme dir natürlich lächerlich vor mit meiner Gefühlsduselei.«

»Keineswegs. Ich glaube, daß ich dich ganz gut verstehe. Normalerweise fühlen Männer ja weder mit toten Schmetterlingen und aus dem Nest gefallenen Vögeln noch bekreuzigen sie sich, bevor sie in einen Hähnchenflügel beißen. Ich fühle auch nicht mit, aber jetzt kann ich mir von dem ganzen eine Vorstellung machen.«

»Warum hast du mir das nicht früher gesagt? Warum hast du gefaselt, daß deine Frau auch anderswo malt, nicht nur auf dem Land?«

»Mir scheint, daß ich mit Hannelores Tod nicht prahlen muß. Scheine ich dir jetzt, da du es weißt, ein anderer zu sein?«

»Ja.«

»Schade. Dann sind dir die Begleitumstände also doch wichtiger.«

»Ja, ich habe jetzt nicht mehr das Gefühl, eine Vergnügungstour mit einem verheirateten Mann zu machen.«

»Dumm! Dadurch ändert sich doch nichts.«

»Doch. Eine ganze Menge.«

Nina knöpft sich zu. Die Farben sind anders. Das Grünlichbleiche und das lumineszierende Violett wird von blauroten, kräftigen Lichtbündeln durchbrochen, die auseinanderlaufen, zusammenfließen, wirbelnde Strudel bilden, Spiralen und geschmeidige Ellipsen. Kandinsky,

ausgeleuchtet mit einer Halogenlampe, denn die Sonnenbrunnen sind verloschen.
Die Frau hat sich dieses Dasein nicht ausgesucht, aber sie muß es tragen. Und das wird gemeinhin gar ›Freiheit‹ genannt. Nicht genug damit, daß sie es trägt – in der Hand, auf dem Rücken, in einem Karren und mit zusammengebissenen Zähnen, ihr bleibt nichts anderes übrig, als ihm auch einen Sinn zu verleihen. Nina erwartet Antworten von Vater, von Natalia, von ihren Liebhabern, von Raul, aber es kommen nicht Antworten, sondern Lawinen von Fragen, die der Frau den Atem nehmen wie ein Tropenwald, in dem du keinen Augenblick sicher bist, ob eine Giftschlange sich nicht genau in jenem Augenblick um deinen Hals schlingt, wenn du die Antwort auf der Zungenspitze liegen, die Antwort mit dem nächsten Herzschlag heranrasen fühlst. Möglich, daß du es nicht schaffst, denn die Fragen stürzen sich auf dich wie ein fangbereites Netz. Gott verrät nicht, was der Existenzsinn einer Frau ist, Er fordert Glauben, der keiner Argumente bedarf, aber damit gibt sich Nina wiederum nicht zufrieden. Die Freiheit, einen Sinn zu wählen – im Gottesgarten zu leben oder auf dem Schlachtfeld, allein zum Sterben in die Berge zu gehen oder gehorsam Kinder zu gebären ... Wieviel Zeit ist gegeben, um die Wahl zu treffen?
Raul lacht immer über diese Kontemplationen Ninas. Er verbucht sie auf das Konto spezifisch weiblicher Eigentümlichkeiten. Er ist feiger und furchtsamer als Nina, denn er weigert sich, das Vorhandensein dieses Daseinsbereichs anzuerkennen, geschweige denn, ihm einen Besuch abzustatten.
»Bald gehen wir an Land, hier beginnt das Pfifferlingsfieber«, unterbricht Haldor die Stille.
Er hat die Frau beobachtet, seit er ihr die Paddel überließ. Die faule Puderquaste ist in Wirklichkeit ein Hexenbesen. Aber jedes an diese Frau gerichtete Wort läßt gleich einem ins Wasser geworfenen Stein ihr Gesicht erbeben und in Schwingungen geraten wie eine Wasseroberfläche.

Haldor und Nina binden das Boot an dem in die Erde getriebenen Beil fest und dringen ein in den Wald. Hier und da kommen blauer Ehrenpreis, Weidenröschen und Wiesenbocksbart zum Vorschein. Die dämmrigen Gewölbe des Waldes sind duftig und warm, der aschene Schauer des Tages wird hier nicht eingelassen, so sehr er auch bittet. Schreiend fliegen Eichelhäher fort, wobei sie ihre leuchtend blauen Federn vorzeigen, die Heidelbeeren bekommen Farbe, und noch durch die Sportschuhe hindurch ist die weiche, anschmiegsame Berührung des Mooses zu spüren. Der Uferwald ist nicht überall licht, sondern stellenweise zugewachsen mit Haselbüschen, Elsbeerbäumen, Himbeersträuchern, hier und da eine krumme, verwachsene Birke und plötzlich erzitternde Espen. Nina mag keine Espen, sie fährt immer zusammen, wenn diese Bäume an sonnigen, windstillen Tagen erbeben, als ob ein lebendiger Mensch neben ihr stünde.

»Das Kreuz, an das Jesus geschlagen wurde, war aus Espenholz, deshalb zittern die Blätter«, erzählt Omi Mierchen, als sie Beeren sammeln und Nina sich mit ihrem Korb verschreckt bei der Großmama verkriecht.

»Und vorher haben die Espen nicht gezittert?« fragt sie, worüber Mierchen sehr erbost ist und keine Antwort gibt.

Pfifferlinge funkeln rechts und links, ohne aufzustehen kann man vorankriechen und sie in den Beutel sammeln. Pilzduft und Harzdunst werfen die Frau in ihre Kindheit zurück, da sie und Vater schon früh um sechs aufstehen und den Wald von Tērvete durchkämmen. Über der Schulter trägt Nina Pfeil und Bogen, die Vater angefertigt hat. Das ist seine Vorstellung von Mädchenspielzeug. Jeden Sommer entsteht ein neuer Satz glatt geschnitzter Pfeile, und Nina zielt auf die großen, roten Fliegenpilze, sie ist nicht dazu zu bewegen, auf Vögel zu schießen. Vater lacht und zählt Punkte. Sogar aus zehn Metern Entfernung bringt Nina es fertig, die falschen Könige vom Thron zu stürzen. Neun Könige am Tag, das ist gut, das Mädel könnte bei den Indianern als Praktikantin anfangen.

Die Frau erhebt sich, ihre Knie sind taub geworden, und vor den Augen kreisen gelb-violette Kringel. Das ist ja nicht Pilze sammeln, sondern abernten.

»He, Haldor, mein Beutel ist voll!«

Stille. Niemand. Kein Rascheln oder Knacksen, das davon zeugen würde, daß irgendwo in der Nähe jemand umherstreifte.
»Haldor!« ruft sie aus vollem Hals.
Es folgt nicht einmal ein Echo. Ist das möglich? Sie ruft von neuem, aber es gibt tatsächlich kein Echo. Und auch keine Antwort. Macht nichts, sie wird zum Fluß zurückkehren und dort warten, die Pfade eines Jägersohns sind sicherlich gänzlich andere als die einer abenteuerlustigen Sonntagsköchin – er verharrt nicht einfach beim erstbesten Pilzgrüppchen, sondern pflückt, indem er über Dutzende davon seine Haken schlägt, von jedem nur das schönste Exemplar.
Nein, der Fluß liegt in der entgegengesetzten Richtung, sie ist durcheinandergeraten. Natürlich, dort waren die Tannen viel niedriger, das Moos hingegen salatgrün statt rötlich verrostet. Nein, doch nicht, hier zeigt sich ja so etwas wie eine Schneise, zum Teufel, daß sie so unaufmerksam ist.
»Haldor!« schreit die Frau noch einmal, verschreckt jedoch mit ihrem Gebrüll lediglich ein Eichhörnchen, das flink in den Wipfel emporkrixelt.
Natürlich ist der Regen, den Haldor prophezeit hat, zur Stelle. Das Boot wird vollaufen, kommt ihr in den Sinn, sie haben versäumt, es mit einer Plane abzudecken. Sie bleibt stehen, versucht herauszufinden, wo Norden ist, ja, Norden ist dort, wo die Baumstämme bemoost sind, aber das bringt dich ja auch nicht weiter. Was weiß sie, in welcher Himmelsrichtung sich das Rinnsal befindet – im Osten oder im Westen? Sie kann nicht unter einer dichten Tanne hockenbleiben und warten, bis der Regen sie bis zu den Knöcheln im Boden versinken läßt und der Mann sie in drei Monaten mit Spürhunden findet.
Der Wald ist überhaupt kein warmes Gewölbe, der Wald ist ein böser, hinterlistiger Alter, der seine krummen Finger reckt und die junge Frau für alle Ewigkeit bei sich behalten will. Und beim Fangen der Regentropfen mit schmatzenden zahnlosen Mündern zischelt das Moos. Ninas Füße fliegen darüber hin, zertreten die unreifen Heidelbeeren, geraten auf glitschigen, höhnischen Baumstümpfen ins Rutschen. Jagen Luchse bei Regen? Verfolgen Luchse rennende Frauen? Und Wild-

schweine? Sauen die nicht im Juni? Nein, eher später. Überall Bombentrichter. Schon wieder. Kurlandkessel, ja; aber auch hier, an der Abava? Wo ist der Fluß? Wo das Feuer? Frieden? Wärme? Die dankbare Demut? In der Natur gibt es keine Einsamkeit? Hat die Frau das wirklich gedacht?

»Haldor!« Nun klingt ihr Ruf kläglich und flehend.

Der Pullover saugt sich langsam und geduldig mit Wasser voll, die Haare kleben am Kopf. Die Frau ist allein. Der Wirklichkeit entsprechend. Allein inmitten von Wald und Welt. Nur Haldor erzeugt das Gefühl, daß ihr zumindest ein Halstuch des Lebens gehört. Das einzige Wesen, das mitatmet in ihrem plötzlichen, veränderten Leben. Was wäre geschehen, wenn er Nina in der Höhle nicht gefunden hätte? Und was wird geschehen, wenn er sie im Wald nicht findet?

»Haldor!«

Sie bricht in Weinen aus. Das salzige Tränenwasser vermischt sich mit Regentropfen und rinnt über das Kinn, die Sportschuhe schlunzen vor Nässe, es ist finster wie in einer *rija*[1], und Nina hat Angst. Dort hinter den Bäumen lauert ein blutrünstiger Holzfäller, der sie bis zum letzten Härchen auffressen wird, zwölfköpfige Riesen werden herbeistampfen und keine Gnade haben, keine Gnade, nicht einmal eine letzte Chance werden sie ihr geben, sie stößt mit der Stirn schmerzhaft an eine Espe, die ihr einen Schwall Wasser in den Kragen schüttet, ihr Blick verschleiert sich, Spinnweben kriechen in Mund und Wimpern, das ist nur ein Traum, ein Traum, ein Traum, sie muß sich nur zwingen aufzuwachen, die Augen zu öffnen. Nein! Die Frau weint laut, wimmernd und schluchzend.

»Haldor!«

Sie weiß nicht wohin, irgendwann muß der Wald doch enden, sie wird auf das verwunschene Schloß stoßen, sich dort aufwärmen, ein Bad in der goldenen Wanne nehmen und sich an Ziegenmilch laben, und sie wird zurückentwunschen werden.

Nina läuft Haldor direkt in die Arme, er steht, nachdem er die ganze

---

1 rija: Hofgebäude zum Dreschen und Trocknen von Getreide und Obst

Gegend abgesucht und nach ihr gerufen hat, an einem Waldsaum nahe dem Ufer unter einer alten Tanne. Die Frau kann sich nicht beruhigen. Sie hat den Beutel mit Pfifferlingen zu Boden geworfen und weint, sie fühlt den durchnäßten Pullover des Mannes nicht an ihrer Wange, sie greift nach irgend etwas, rudert, krampft sich fest, sie zittert und läßt nicht ab von ihm und hört nicht, was er sagt. Rasches Herzpochen trommelt an ihre Nasenspitze, sie wird gleich, jetzt gleich zurückentwunschen, hier ist ein Herz, hier ist der Körper eines anderen Menschen, ein Paar lebendige Arme halten sie umschlossen, der Regen rinnt in breiten Strömen an ihrem Hals hinunter, sie hebt den Blick, ja, sie ist zurückgekehrt, entwunschen. Die Augen des Mannes warten in tiefer Ruhe und mit angezündeten Streichhölzern.
»Alles ist gut, Nina, du bist nicht allein. Du hast die Orientierung verloren, das passiert jedem einmal.«
Befangen entwindet sie sich Haldors Armen. Wird böse.
»Du hast mich absichtlich alleingelassen. Du magst es, wenn ich nicht weiß, wohin!«
Und sie schluchzt noch eine Weile – zornig, ohne Tränen, durchgeweicht wie eine einsame Vogelscheuche am Feldrain. Der Mann hebt abermals seine Hand, um die Frau zu umarmen, aber Nina versetzt ihr einen Schlag.
Sie bauen sich einen Unterschlupf, indem sie das Boot schräg gegen zwei Stützen lehnen und die Zeltbahn darüber ausbreiten. Haldor versucht, ein Feuer in Gang zu bringen. Der Brennspiritus, der in seinem Gepäck aufgetaucht ist, kämpft mit den feuchten Zweigen, und der verbissene, rote Feuerwirbel ist wieder in ihrer Hand. Der Mann hat die nassen Kleider ausgezogen und holt halbnackt Wasser zum Teekochen. Zurückgekehrt kramt er für Nina sein letztes trockenes Hemd hervor und schnitzt Spieße, um die nassen Kleider darüberzuhängen.
»Gut, daß wir das Boot an einer etwas abschüssigen Stelle festgemacht haben und nur die Schlafsäcke ein Bad genommen haben«, sagt er.
»Sei mir nicht böse«, flüstert Nina, die sich in Gedanken, vielleicht aber auch tatsächlich in einer anderen Welt befindet.
Sie nimmt nicht wahr, daß sie sich hier vor dem Feuer ausgezogen hat,

daß Haldor sie anschaut, ohne eine Spanne auszulassen, daß er ein wenig überrascht und verlegen ist, ihr dann jedoch, als er Ninas ferne Abwesenheit bemerkt, beim Anziehen des gestreiften Hemdes hilft.
»Trink einen Kognak, du bist ja regelrecht im Koma«, ermahnt er und zieht einen Flachmann heraus. »Ich hab mich auch ein bißchen verirrt, weißt du«, lächelt er, nachdem er sich in ihrem Unterschlupf neben sie gesetzt hat.

»Wir werden wohl noch ein Stückchen im Regen weiterpaddeln müssen, durch den Wald wären es von hier aus bestimmt zehn, zwölf Kilometer bis zur Straße«, sagt Haldor, als der Regen nach zwei Stunden noch immer nicht nachgelassen hat.
»Wirst du dich nicht erkälten?« fragt er zum wiederholten Male, indem er Nina prüfend von Kopf bis Fuß mustert.
»Glaubst du, es bringt einen weiter, wenn man hocken bleibt? Los, fahren wir!«
Als sie wieder vollkommen durchnäßt sind, stößt das Boot gegen ein Drahtnetz, das quer über den Fluß gespannt ist.
»Was ist das denn?« rufen beide wie aus einem Mund.
Haldor versucht, den Zaun mit einem Paddel anzuheben, aber er ist offensichtlich am Grund des Flusses verankert.
»Wir müssen festmachen und herausbekommen, was das für ein Quatsch ist.«
»Privatbesitz, kein Quatsch«, ertönt eine ältliche, trockene Stimme aus einem Haselgebüsch. Dann entdecken sie einen mit Regenjacke und bis zu den Hüften reichenden Fischerstiefeln gewappneten Angler.
»Wessen? Ihrer?«
»Bewahre! Hier ist noch Gottes Reich, erst vom Zaun an dreihundert Meter geradeaus – das gehört denen da oben.«
»Und wie soll man da vorbeikommen?«
»Man muß um Erlaubnis bitten. Manche sagen, daß man eine Gebühr bezahlen muß.«
»Das ist ja ... Hörst du, Nina? Eine Gebühr! Hat der den Fluß aus seinem Harn erschaffen, oder was? Privatbesitz!«

»Fragen Sie nicht mich, ich bin nur ein ganz gewöhnlicher Angler.«
»Von wegen Gottes Ländchen! Warte einen Augenblick, Nina, ich werde mich mit denen mal unterhalten. Sagen Sie bitte, wie heißt der hohe Herr denn?«
»Kenn ihn nicht persönlich, habe erst vor kurzem hier ein Haus gekauft. Ancāns oder Marcāns, vielleicht auch Nawratilow. Vor den Hunden sollten Sie sich allerdings in acht nehmen.«
Triefend und zornentbrannt rammt Haldor die Füße in die Erde wie gut gezielte Messer. Kurz darauf sind hinter den Bäumen wütendes Hundegebell – nicht zu vergleichen mit Daukas freudetrunkenem Gejubel – und laute Menschenstimmen zu vernehmen. Die lauteste gehört Haldor.
»Und? Beißen sie?« fragt Nina den Angler.
»Nicht besonders, die Fische sind hier in der Gegend ein bißchen eingeschüchtert. Die haben das Wasser ein paar Mal unter Strom gesetzt, wenn mit Gästen aus Riga gefeiert wurde. Und Fische haben ja ihren Instinkt, die meiden die Stelle. Mir behagt es nur nicht, bei diesem Wetter weiter zu gehen, also übe ich mich in Geduld.«
»Gibt es denn keine Inspektion mehr?«
»Ha, das sind doch die besten Freunde von denen da oben, wer wird denn da noch inspizieren.«
»Dann muß man die Zeitung informieren«, sagt Nina entrüstet und fast fleckig vor Zorn.
»Wer hat heutzutage schon Angst vor der Zeitung? Und wenn ein Schreiberling denen auf die Füße tritt, dann wird er selber kaltgemacht. Zeitungen ...«
»Wenn alle so denken, dann wird hier bald Baronenwillkür herrschen.«
»Was haben Sie sich denn sonst erhofft, mein Fräulein?«
»Na, zumindest, daß ich mich in meinem Land bewegen kann, wo und wie ich will.«
»Daraus wird nichts. Und Pilze sammeln Sie mal nicht einfach da, wo es Ihnen gefällt, sondern nur im Staatsforst.«
»Man könnte meinen, daß diese Besitzer die Pilze eigenhändig gepflanzt haben. Die sind doch alle nicht richtig im Kopf!« Nina wird

immer lauter in ihrer Wut und hört gar nicht mehr zu, was der Angler sagt oder nicht sagt.
»Ham Sie denn nicht selber nach Freiheit geschrien?«
»Welche Freiheit? Welche Freiheit, wenn ein Zaun durch den Fluß gezogen ist? Sind so die Gesetze?«
»Keine Ahnung, Fräulein, keine Ahnung, ich bin ein einfacher Mensch, sollen sich die Klugen zanken und streiten, sollen sie die Gesetze machen.«
»Klug?! Grundschulbildung und ein Schnellkurs in Parteigeschichte! Zum Kotzen ist das!«
»Nicht schimpfen, Fräulein, damit erreichen Sie gar nichts.«
»Womit denn sonst? Etwa, indem ich mit dem Kopf nicke, daß es so eben geht im Leben?«
Rot, die Hände zu Fäusten geballt, kommt Haldor zurück. Er springt ins Boot, der Drahtzaun öffnet sich wie eine U-Bahntür, sie rudern in die Strömung, dann schließt er sich wieder.
»Gute Reise!« ruft ihnen der Angler nach.
Haldor traktiert mit solchem Ungestüm die Paddel, daß schwallweise Flußwasser in dem ohnehin schon vollgeregneten Boot landet. Nina schöpft mit einer Kaffeetasse aus.
»Revolution, ich zettele eine Revolution an«, zischt er außer sich durch die zusammengebissenen Zähne.
»Reg dich nicht auf. Ins Grab gehen sie so oder so nackt und einsam.«
»Hör doch mit deinen Gräbern auf!« schreit Haldor. »Mein ganzes Leben, seit meinem fünften Lebensjahr mache ich hier auf diesem Fluß Fahrten, öfter noch als auf irgendeiner Straße, hier, hier ist mein Reich, dem ich angehöre, und plötzlich fordert so ein überfressenes Schwein mit Siegelring am Finger, Ohrstecker in der Nase und drei Bluthunden im Rücken fünf Lat von mir für das Passieren seines heiligen Besitzes. Seines, verstehst du, seines Besitzes! Zum Teufel!«
Sein Zorn ist derart jäh und heftig, daß Nina schweigt. So ein Sturm kann das Boot zum Kentern bringen. Bevor sich das zweite Tor hinter ihnen schließt, spuckt Haldor ins Wasser.
»Kindskopf!« Nina muß lachen.

»Schau, du regst dich darüber nicht auf, dich interessiert eher, wie man sich im postmortalen Leben einrichtet, aber mich macht es wahnsinnig, daß ich aus meinem eigenen Land vergrault werde. Und zwar von Letten, nicht von Russen, Juden oder Arabern!«

»Nur Geduld, die teilen noch die Filetstücke von Riga untereinander auf, danach werden sie sicher auch hierherkutschiert kommen«, erwidert Nina verdrossen. Sie fühlt sich weit fortgerissen von dem Mann und allein in ihrer Verstoßenheit. Und jetzt spürt sie auch den ununterbrochenen Regen, die Kälte, den nassen Hintern, die in der Stirn klebenden Haare, und wenn sie könnte, würde sie fort in den Wald rennen, ja, zurück in *diesen* Wald.

Aber einige Gesichter kommen ihr in den Sinn – jene, die im *Pelikan*-Haus wohnen, bevor es in ein Hotel umgewandelt wird. Ein Pärchen, ein Mann an Krücken und Zwillingsschwestern, Rentnerinnen. Raul hilft ihnen beim Umzug in die neuzugewiesenen Wohnungen in Pļavnieki. Die Menschen lassen still und verschreckt alles mit sich geschehen, Nina denkt, daß sie Kühen ähneln, die auf Lastwagen zum Schlachthof verfrachtet werden. Fünf Augenpaare sagen Nina damals, daß sie in diesem Haus geboren sind.

»Diese Anhänglichkeit an Orte ist doch blödsinnig. Im Westen ziehen die Leute alle paar Jahre um. Sie wechseln nicht nur die Wohnung, sondern die Stadt, das Land, sogar den Kontinent. Die altmodischen Letten müssen endlich lernen, beweglich zu werden, elastisch. Und du plärrst auch wie so ein Bauernmuttchen«, redet Raul auf Nina ein, als sie über den Mangel an Einfühlungsvermögen, über die Unmenschlichkeit und die Umsätze des neuen Hotels murrt.

»Warum mußt du dich damit abgeben? Soll doch Purviņš persönlich aus seinem Kanada kommen und mit den Menschen sprechen. Jetzt bist du der böse Geist, der alten Leuten das Leben zerstört. Speichellecker!«

»Ich sehe eben gerne, wie etwas Neues entsteht, wie es vorangeht, wie wir uns trotz allem aus diesem Bolschewikenmist herauswühlen. Man muß auf neue Art denken und auf neue Art leben. Deshalb mache ich es, Nina, deshalb gefällt es mir.«

»Ein neues Leben auf alten, zermahlenen Knochen.«

»So ist eben die Gesetzmäßigkeit der Geschichte. Die Evolution, Schätzchen. Und deine sentimentalen Alterchen aus dem *Pelikan* wohnten nicht in einem selbstgebauten Haus. Es hat dem Großvater von Purviņš gehört.«
»Du fändest es vermutlich am besten, wenn diejenigen, die sich ein Haus weder bauen noch kaufen konnten, vor die Tore der Stadt verbannt werden würden. Dort könnten Arbeitslager eingerichtet und die dorthin verbannten Rentner gleich auch von den Werktätigen verköstigt werden. Rentnerhorden mitten in der Stadt verderben der Regierung den Appetit, was?«
»Leider nicht, Schatz! Wenn es so wäre, dann gäbe es ja noch Hoffnung.«
»Wer bist du eigentlich, Raul?«
»Auf jeden Fall kein Sowjetmensch.«
»Ich glaube, daß es damit bei weitem nicht reicht«, sagt Nina, aber ihr Mann läßt sich selten auf seiner Ansicht nach unnützes Geschwätz ein.
Haldor legt an einer steinigen, von der Strömung angetragenen Landspitze an, zieht das Boot ans Ufer und hilft Nina beim Herauskrabbeln. Er läßt ihre Hand nicht los, sondern legt sie an seine nasse Wange.
»Verzeih mir. Mich überkam so eine wahnsinnige Wut, aber das hat absolut nichts mit dir zu tun. Ich kann mich nicht benehmen, ich muß in die Wüste gehen. Ich habe dir die ganze Fahrt verdorben, aber ...«
»Nein, das ist die tollste Fahrt seit der Erfindung des Wassers«, entgegnet Nina ungeschickt, verlegen von der plötzlichen Zärtlichkeit.
»Wirklich?« Er schraubt sich wieder durch die Augen der Frau, als würde er an ihre Perlmuttechtheit nicht glauben.
»Na klar!« lacht sie, noch immer konfus, und befreit langsam ihre Hand.

Als der halbbetrunkene Traktorfahrer die Kabine wie sein eigenes weites Herz aufgetan hat und sie durchgefroren und klatschnaß ins Trockene gezwängt sind, ist es schon zehn Uhr abends.

»Du fluchst vermutlich innerlich wie ein *mužik*[1], was?«
»Weshalb denn, Haldor?« Nina ist erstaunt.
»Dich müßte man auf einer Jacht mit seidenen Segeln spazierenfahren,« sagt er, und ihr ist nicht ganz klar, ob das ironisch oder ernst gemeint ist.
»Nein, auf Jachten werde ich seekrank. Das Planschen in stillen Wassern ist mir lieber.«
»Hör mal, Kumpel, hast du auch schon was von diesem privaten Flußabschnitt gehört?« wendet sich Haldor an den Fahrer.
»Wie denn nicht! Unser Fluß ist seit eh und je für jeden Sterblichen dagewesen, und jetzt kommt einer und hält die ganze Gemeinde zum Narren«, bringt das Kerlchen, offensichtlich nicht zum ersten Mal, seine Meinung über die Angelegenheit zum Ausdruck.
»Kann man da nichts unternehmen?«
»Wie willst du so einem schon beikommen? Es heißt, daß er von den Läden in Renda und Sabile schon Schutzgeld kassiert. Im Guten hilft da gar nichts, die kann man nur zertreten.«
»Tja, na ja. Vielen Dank, wir steigen hier aus und gehen den Rest zu Fuß. Gute Fahrt noch!« sagt Haldor und versucht, dem Mann Geld in die Hand zu drücken.
»Los, los, sieh zu, daß du rauskommst mit deinem Geld, sonst kriegst du noch eins auf den Blinker! Sieht aus wie'n ganz normaler Kerl, aber wer ist denn heute noch normal. Seppel, ausgemachter«, flucht der Traktorfahrer herzhaft und gibt Gas.
»Polizist holt sich von besoffnem Traktoristen einen Korb,« lacht Nina aus voller Kehle.
»Dir gefällt es wohl, wenn mir etwas nicht gelingt«, entgegnet Haldor mit einem schiefen und unwilligen Lächeln.
»Was ist dir denn eben nicht gelungen? Was wolltest du denn so sehr, und konntest es nicht ausführen?«
»Ich werd mich mit dir nicht in die Wolle kriegen, du verstehst sowieso nichts davon. Komm, gehen wir hinein, Mama wartet sicher längst auf uns.«

---

[1] mužik: vierschrötiger Mann (russ.)

Laute Stimmen füllen die große Küche bis unter die Decke. Jānis und ein Mann in mittleren Jahren sind schon rosig wie Phloxblüten, Sonne flitzt böse mit halbgebügelten Kleidungsstücken von einer Ecke zur anderen, und Jutta sitzt am Ofen und bindet Kamille zu Bunden.

»Oho, die Wasserrührer«, knurrt Jānis mit träger Stimme.

»Tag, Igeltreter. Was hat dich denn herverschlagen?«

»Ein Zyklon«, rückt sich der Angesprochene arrogant zurecht und kippt sich einen hinter die Binde.

»Er will, daß über *Röschen* auch der Zyklon hereinbricht«, sagt Sonne wie als Erklärung zu Nina.

Jutta, die bisher geschwiegen hat, bringt den Ankömmlingen Handtücher und trockene Kleidung.

»Ich dachte mir schon, daß ihr völlig durchgefroren sein werdet, und habe die *pirts* eingeheizt. Gebt mir das Gepäck, ich werde die Sachen schon trockenkriegen, geht euch nur aufwärmen.«

»Wo hast du denn dieses Sternchen aufgelesen, Haldor?« Der mit ›Igeltreter‹ Angeredete begutachtet Nina wie eine feilgebotene Stute und grinst mit Kennermiene.

»Im Planetarium«, antwortet Haldor unwirsch und schiebt Nina zur Tür.

»Hier haben wir nichts verloren, und so geht das weiter bis morgen früh. Vorwärts, vorwärts mit Gebrüll!« ruft er unbekümmert und zieht sie mit sich zur *pirts*.

»Wie das duftet«, stöhnt Nina, die sich auf der oberen Pritsche ausgestreckt hat, als Haldor den ersten Aufguß macht.

»Das ist Pfefferminz, den Geruch von Bier auf den Steinen mag ich nicht. Überhaupt den Geruch von Gegorenem«, sagt er nachdenklich und streckt sich ebenfalls irgendwo im Halbdunkel aus.

»Was ist an dem Geruch von Gegorenem auszusetzen?«

»Das frage ich mich gerade selbst. Wahrscheinlich ist just dieser Igeltreter daran schuld. Er ist in unsere Gegend gezogen, als ich etwa zehn Jahre alt war, kam aus der Stadt, um ein neues Leben anzufangen, weißt du, es gibt solche Naivlinge. Mama war immer bemüht zu helfen, Gun-

dar kam oft zu uns und fragte, was und wie. Dann hat er eine Zigeunerin aus Sabile geheiratet oder auch nicht geheiratet, weiß nicht mehr, wie das tatsächlich war, und die beiden haben angefangen, sich mit Hühnern zu beschäftigen. Als Jüngelchen wurde ich oft zu ihnen um Eier geschickt. So hat Mama sie unterstützt, wegen Gundar haben wir bis heute keine Hühner, damit er auch ein bißchen Geld in die Kasse bekommt. So war das. Er war von Anfang an ein wenig seltsam, ich entsinne mich, früher hat er sogar auf der Geige gefiedelt, bis er im Suff mit den Zähnen die Saiten zerrissen hat. Von Jahr zu Jahr wurde er übler. Einmal gehe ich hin, die Zigeunerin ist gerade dabei, den Igeln im Garten Milch zu geben – die umschwärmen ihr Haus wie die Bienen. Ich gehe hinein, in der Küche treibt Roggenbrotteig im Backtrog, aber Gundar will mir einmal zeigen, was ein richtiger Mann aushalten muß. Er bringt die Igel in die Stube, zieht Schuhe und Strümpfe aus und stellt sich mit beiden Füßen auf die Tiere. Die Zigeunerin kreischt und schreit irgend etwas, rennt dann aber in ihr Zimmer und schließt sich ein. Gundar steht schwankend wie in weichem Lehm, und die Igel bringen einen grauenvollen, ich kann nicht sagen, was für einen Klang hervor – nicht wirklich Schreien, nicht Röcheln, ich bekomme heute noch Gänsehaut, wenn ich daran denke, jedenfalls trampelt er die Igel zu Tode. Keine Ahnung, ob seine Füße zerstochen waren oder nicht, aber er rutscht auf dem Dielenboden mit den halbtoten Igeln aus, fällt der Länge nach hin, bekommt den Backtrog zu fassen, der ganze Teig kippt ihm über den Kopf, daß er keine Luft mehr bekommt, daneben die Igel, der Gestank von allem zusammen – Teig, Hefe, dem Gegorenen und dem betrunkenen Gundar – weckt ein unendliches Grauen in mir, und ich brülle so laut, so daß Mama schon unterwegs ist. Seitdem wird Gundar Igeltreter genannt, die Igel sind aus der ganzen Gegend verschwunden, als wären sie ausgerottet, und ich kann den Geruch von Gegorenem nicht ertragen. Das ist die ganze Geschichte. Willst du einen Birken- oder Eichenquast?«
»Der reinste Bauernschwank, ein Schauerstück. Ich will Eiche, habe ich noch nie probiert, wird ja wohl ordentlich klatschen. Aber für mich ist es noch zu früh, du mußt noch ein wenig Dampf machen.«

»Ich hocke doch nur deinetwegen hier im Lauwarmen herum.«
Im finsteren, verrauchten Helldunkel wirkt Haldor eher wie ein Höllenbewohner als einer, der im Gottesgarten wandelt. Würde er jetzt noch einen Schritt nach vorn machen, könnte Nina sicherlich einen Pferdefuß erkennen. Aber er ist gar nicht so furchtbar – also umso gefährlicher, auch der Satan pflegt sich in Gestalt eines unschuldigen Schönlings zu zeigen.
»Au, jetzt übertreibst du aber, da springen einem ja die Augen aus dem Kopf!« fährt Nina hoch und setzt sich auf die nächsttiefere Pritsche.
»Leg dich besser hin, du solltest dein Hirn schonen.«
»Was geschah mit der Zigeunerin?«
»Soweit ich mich an die Geschichten erinnere, die in der Gegend kursierten, kam ihr Vater mit der halben Sippe angeritten und holte seine Tochter zurück.«
»Armer Schlucker, dieser Igeltreter. Was ihn wohl dazu gebracht hat, sich so zu verrennen?«
»Irgendein Mißgeschick in der Stadt vermutlich. Soll ein feiner Herr unter Stalin gewesen sein, Ideologe oder so.«
»Warum hält Jānis zu ihm?«
»Frag ihn doch!« entgegnet Haldor unwillig. »Darf ich?«
Er steht mit dem durchgeweichten Quast vor ihr.
»Nur, wenn du versprichst, etwas von mir übrigzulassen«, sagt sie und legt sich die Arme schützend um das Haupt.
Gütiger Himmel, das Höllenwesen macht keine Witze! Er tätschelt nicht, hätschelt nicht, sondern peitscht, daß heiße Dampffontänen durch sie hindurchschießen und auf die Pritsche nageln. Barmherziger, da ist die Seele gefangen, die Seele ist gefangen im Körper, sie hängt nicht wie eine Glocke über dem Kopf, sondern ist, obgleich durchgefroren, nun hineingeglitten, hineingerannt, sich durchglühen zu lassen, warm zu werden bis in die tiefsten Tiefen, die Seele hat Zuflucht gesucht in Nina, nicht umgekehrt, nicht umgekehrt, wie sie gewohnt ist zu denken und sogar zu fühlen.
»Umdrehen«, kommandiert Haldor.
»Ich zahle es dir heim«, haucht die Frau und wälzt sich auf den Rücken.

Nein, die Vorderseite drischt er nicht auf die gleiche überzeugte Herrenmanier, die Brüste bleiben fast unberührt, lediglich heiße Dampfwirbel wedelt er über sie hin und peitscht erst energischer, als er ihre Beine packt und die Fußsohlen bearbeitet.
»Springst du in den Teich oder soll ich dich hier abspülen?«
»Erst einmal hier.«
»Dann stell dich hin.«
»Ich kann nicht, mir ist schwindelig«, lacht sie und hält sich an der Wand fest.
Mit dem kalten Wasser, das Haldor ihr gnadenlos direkt über den Kopf schüttet, fahren alle Teufel, Alpe und Gespenster, die sie in den letzten Tagen umflattert und überfallen haben, die nach ihr haschten und an ihr hingen, in den Boden hinein. Wäre es möglich, Ninas Gesicht im Halbdunkel deutlicher auszumachen, dann ließe sich beinahe mit Sicherheit behaupten, daß es kindlich, sündlos und müde ist vor Glück.
Nachdem er einen weiteren Aufguß gemacht hat, überläßt sich Haldor der Frau. Nein, für ihn ausschließlich Birkenquaste, am besten zwei zugleich, und zwar abwechselnd.
»Wer gesagt hat, daß es für den, der schlägt, am schwersten ist, der war nicht dumm«, ächzt Nina.
»Du ackerst auch, als wolltest du mit einem ganzen Kindergarten abrechnen. Von weiblicher Barmherzigkeit keine Spur«, knurrt Haldor.
»Meine Mutterinstinkte sind unterentwickelt, insbesondere gegenüber Männern«, entgegnet Nina und läßt den Quast noch boshafter schwirren.
»Und welche sind entwickelt?« fragt er und dreht sich auf den Rücken.
»Das weißt du doch. Du weißt überhaupt zu viel.«
»In der *pirts* wird nicht philosophiert«, sagt er beinahe stöhnend.
»Und auch nicht kokettiert«, gibt Nina zurück und fuchtelt mit den Blättern vor seinen Augen herum, die sich in der Hitze nicht schließen, sondern die nackte Schinderin betrachten.
Erschöpft legt sich die Frau wieder auf die Pritsche, während der Mann bei den Wasserbottichen herumplempert.

»Sag mal, wo war eigentlich Dauka vorhin?«
»Wenn Igeltreter herkommt, muß er zu Rebekka in den Stall gesperrt werden. Er ist ein lieber, braver Hund, aber Gundar könnte er zumindest die Achillesferse zerfleischen.«
»Die wird ihm schon längst zerfleischt sein. Wer ist Rebekka?«
»Na, die Kuh. Wenn sie demnächst kalbt, wird Mama überhaupt keine ruhige Minute mehr haben, denn diese Ladenbetreiber kommen nicht dazu, die Arbeiten auf dem Hof zu erledigen. Und Mama ist nicht gesund.«
»Was hat sie denn?«
»Sonne glaubt, daß es Krebs ist, und deshalb hätte es gar keinen Zweck, ihr den Bauch noch aufzuschneiden. Ich hoffe noch auf ihre eigenen Hexenkräuter. Aber du darfst nicht darüber sprechen, ja?«
Nun lassen sie jeder für sich die Quaste klatschen, und die Luft wird so heiß, daß es den Atem verschlägt.
»Komm!« Er nimmt sie bei der Hand, und sie flitzen zum Teich. »Dich darf man im Dunkeln nicht alleine lassen.«
Zum Schwimmen fehlt ihr die Kraft, sie kann nur schlaff mit den Beinen paddeln und in die dahineilenden Regenwolken schauen, durch die stellenweise der helle Juninachthimmel leuchtet.
»Mir reicht es, ich will nicht die ganze Wärme wieder hinauslassen«, ruft Nina Haldor zu und wickelt sich in den Bademantel, den Jutta ihr gegeben hat.
»Warte auf mich! Ich werde einen Plan machen, wie wir Tee und Abendessen in dein Zimmer schmuggeln können, ich habe wirklich keine Lust auf Igeltreters Gesellschaft.«

Zusammen mit Himbeerrankentee, überbackenen Käsebroten, Honig, einem Kerzenständer und Wollsocken ist auch Dauka zu Nina geschafft worden. Der Hund hat vergessen, daß es sich um dasselbe garstige Wesen handelt, wegen dem er gestern zuhause bleiben mußte, darum legt er seine kalte, nasse Schnauze in Ninas Hand als Unterpfand der Liebenswürdigkeit.
»Ist Jutta nicht beleidigt, daß wir so auf eigene Faust …?«

»Im Gegenteil! Mama schämt sich ein wenig vor dir für das, was dort vorgeht.«
»Wieso denn! Das gefällt mir aber gar nicht.«
Haldor trägt Jeans und ein weißes T-Shirt und sieht wieder wie jener Raufbold aus, den sie vor ein paar Tagen am Strand mit der Milchkanne in der Hand gesehen hat. Oder war das vor ein paar Jahren?
Sie sitzen sich, an die Enden des Bettes gelehnt, gegenüber, trinken Tee, und die Kerzenflammen werfen, pinseln Schatten auf ihre rötlichbraunen, polierten Gesichter. Ausgestreckt auf dem Flickenteppich hütet Dauka die lange Stille.
»Hier in der Gegend gibt es so gut wie keine Kornblumen. Sonst würde ich mit getrockneten Blüten dein Zimmer ausräuchern.«
»Wozu?«
»In Lettgallen[1] macht man das, damit unruhige Kinder nachts besser schlafen.«
»Was du nicht alles weißt. Wie ein richtiges Bauernweib.«
»Wäre es eher in deinem Sinne, wenn ich dir eine spiritistische Sitzung anbieten würde?«
»Du bist überaus freundlich.«
»Zu sehr? Geht es dir auf die Nerven?«
»Nein, gar nicht, aber ...«
»Träum süß«, sagt er, reibt wieder ihre Hand, als wäre sie erfroren, und beide – Herr und Hund – gehen. Für einen Augenblick hört Nina durch die geöffnete Tür Jānis und Igeltreter *Weder faulenzen noch faulen*[2] singen.

   In der Nacht erwacht Nina, sie ist aus dem Bett gefallen. Im Traum war sie schon zum hundertsten Mal Büchners Marie. Und Woyzeck stach, stach, stach, bis sich ein nasser Schal von Blut um

---

1 Lettgallen (lett. Latgale), die südöstliche der drei Provinzen Lettlands
2 »Nevis slinkojot un pūstot«: Bekanntes Lied des Ersten Nationalen Erwachens (von Alunāns aus dem Tschechischen übertragen)

ihren Hals herumwickelte. Aber diesmal trug Woyzeck nicht Viktors Züge, heute Nacht hatte Woyzeck gar kein Gesicht, und durch das flache, dünne Hautdreieck schimmerten die blaurötliche Furchung des Hirns und der breite, kräftige Kiefer mit mindestens vierundsechzig Zähnen.
Es ist kalt. Durch das geöffnete Fenster weht der Nachtwind mit Blätterrauschen und dem Duft des Flusses herein. Nina klettert ins Bett zurück und atmet langsam und tief. Das soll beruhigen. Lächerlich, oder? Tanzen, rennen, springen regt demnach an, weil der Atem flach wird? Ein Beben jagt im Galopp über ihren Körper hin, sie kuschelt sich ein und fährt fort, gewissenhaft zu atmen. *Wenn man kalt ist, so friert man nicht mehr*, sagt Woyzeck. Dann ist es doch noch nicht zuende mit ihr, dann fließt ja noch das Blut in ihren Adern. Weshalb wiederholt sich dieser Traum von Zeit zu Zeit? Die Frau gibt vor, es nicht zu verstehen. In Riga hat sie es noch verstanden.
Die Saison im *Kabata*-Theater ist ein glänzendes, aber sperriges Detail in Ninas Biographie und Marie ihre einzige Rolle. Dieses knappe Jahr ist eine süßliche Blumenboheme, ein Sträußchengrab. Als Viktor, der Woyzeck, Nina erblickt, das vom Regisseur entdeckte junge Wunderpflänzchen, das sich nicht einmal die Stanislawski-Methode angeeignet hat, gerät der Schauspieler in eine romantische Exaltiertheit. Jede Rolle müsse wie das eigene Leben ausgelebt werden, er vermöge nicht einfach das Erforderte professionell auszuführen, um dann nach Hause zu gehen, Socken zu waschen oder seiner Schwiegermutter zu begegnen. Das müsse doch begreiflich sein. Für jeden.
Ihr damals in Pārdaugava[1] gemietetes Zimmer versinkt im schwülen, berauschenden Duft von Veilchen und Fresien, wo immer Viktor auftaucht, da tauchen auch Sträußchen für Nina auf. Die Frau hat nichts dagegen einzuwenden, es ist herrlich, Männer, die keine Blumen schenken, kommen ihr wie emotionale Geizkragen vor, wie Flachköpfe, unfähig, weit auszuholen. Monatelang begleitet Viktor Nina nach Hause.

---

1 Pārdaugava: wörtl. »Über-Daugava«, das linksdünische Riga; ruhig und grün, Villen und viele Holzhäuser aus der Zeit um die Jahrhundertwende

Flüstert, gibt Winke, redet doppeldeutig, wird sich seiner immer sicherer, besteht, fordert, behauptet, fleht, aber Nina zuckt nicht mit der Wimper. Viktor schreibt zitatstrotzende Briefe, verspricht, sich von seiner Frau scheiden zu lassen, beschwört die geistige Explosion und Fruchtbarkeit der Familie zweier Schauspieler herauf, Nina aber schweigt und betrachtet das Geschehen wie die Bewegungen in einem dekorativen Aquarium. Nach der Premiere des ›Woyzeck‹ überkommt die Frau immer wieder Angst, daß Viktor sie eines Abends wirklich erstechen wird – so erregt, so verleidenschaftlicht ist ihr Verehrer. Er hat grausame, kaltblütige Augen. Wie Nadelspitzen.
Dann stürzt Viktors Frau mit zwei Kindern an der Hand herein, veranstaltet einen Skandal im Büro des Direktors, schimpft auf den Regisseur, und als sie Nina gefunden hat, zieht sie ihr eins mit ihrem grauen Wildledertäschchen über.
»Lumpensammlerin!«
»Willst du das Theater ruinieren?« krächzt der Regisseur, ein Mann in mittleren Jahren, Nina an. Er hat eine dicke, kantige Unterlippe mit Schweinetrogprofil und kann sich kein Risiko leisten. Ob Nina überhaupt wisse, wer Viktors Frau sei?!
Alle schreien. Auch Viktor schreit, daß er diese erbärmlichen Banalitäten nicht mehr ertragen könne, daß geistige Entwicklung das Wichtigste und Lettland ein provinzielles Jauchefaß sei, daß er keine Luft mehr bekomme.
An jenem Abend hängt sie sich nach der Vorstellung bei Viktor ein und schläft mit ihm in dem Zimmer in Pārdaugava. Viktor zitiert ihr einige Liebesmonologe, an die er sich aus seinen Tagen an der Schauspielschule erinnert, Nina fällt beinahe in Ohnmacht vor Langeweile, bringt ihre theatralische Sendung aber trotzdem zu Ende. Mit einem an Phantasie armen, praktisch gesehen jedoch deutlichen Punkt.
Sie läßt sich im Theater nicht mehr blicken, das Stück wird abgesetzt, die Frau verkriecht sich bei der Mutter, bis sie eine neue Wohnung auf der Kundziņsala[1] findet. Als sie Viktor ein halbes Jahr später auf der

---

1 Kundiņsala: »Fräuleinwerder«, Daugavainsel im Norden Rigas

Straße begegnet, gibt sie vor, ihn nicht zu kennen und träumt nun von Zeit zu Zeit schlecht.
Geht doch alles zum Teufel, Mann und Weib!, sagt Marie, bevor Nina endlich einschläft.

»Hat die *pirts* dich fertiggemacht? He, es ist schon elf.«
In der halboffenen Tür ist Haldors lebenslustiges, vor Energie sprühendes Gesicht zu sehen. »Geht doch alles zum Teufel, Mann und Weib!« murmelt Nina als Antwort.
»Du solltest eine Beschwörerin konsultieren. Eine gibt es noch, die kleine Milli in Kandava.«
»Guten Morgen!« Nina streckt sich und lächelt, als hätte sie das Gesagte nicht gehört.
»Komm schwimmen, jetzt ist der Teich in seiner ganzen Pracht zu sehen.«
»Bist du schon am Mähen?«
»Ja, ich kann im Sommer nicht lange im Bett schmoren.«
»Ich bitte vielmals um Entschuldigung, das Herrensöhnchen hat mir gestern keine Anweisungen gegeben, wann ich zum Melken anzutreten habe. Und einen Hahn habt ihr auch nicht«, erwidert Nina, die zu sich gekommen ist und allen Schlaf abgeschüttelt hat.
»Na, so was!«
»Tja, so was! Geh nur schwimmen, du hast es dir ja verdient.«
Als Haldor geht, ist die Frau noch einen Augenblick verdrossen, dann hüllt sie sich trotzdem in ein Laken und trippelt zum Teich.
Der späte Morgen ist grau und wird wahrscheinlich zu Regenwolken gerinnen. Die große Hangwiese ist nun stoppelig wie der rasierte, schon etwas nachgewachsene Schädel eines Alten. Dort, wo die Nase sein müßte, räkelt sich der Teich in drei schlanken, gleichmäßigen Bögen. Das Wasser ist ruhig, bezogen, genau wie der Himmel. Sind Gewässer Schatten des Himmels? Hat der Himmel überhaupt einen Schatten? Und Nebel – hat Nebel einen Schatten? Nina beugt sich über das Wasser und betrachtet ihr Spiegelbild: eine weiße Lakentoga, leicht hochgezogene Schultern, Strubbelkopf und gerade, aneinander-

geschmiegte Beine. Ja, irgendwie bekannt. Wenn Gewässer Schatten des Himmels sind, dann heißt das, daß sie sich in einem Schatten spiegelt, im Himmelsschatten. Was aber kann ein Schatten widerspiegeln? Ist es möglich, sich in durchweg allem zu spiegeln?
»Also doch!« lacht Haldor prustend, als er vom anderen Ende des Teichs herbeigeschwommen ist. Die blonden, nassen Haare liegen am Kopf wie ein Römerhelm. Nina gibt keine Antwort, wendet ihm den Rücken zu und schwimmt zum Ufer.
Auf dem Weg zurück zur *klēts* kommt ihr Jānis entgegengeschwankt. Die Augen rund und rot wie die eines Albinokaninchens, in der Hand eine Bierflasche.
»Guten Morgen, Erdbeere!«
»Guten Morgen! Freier Tag heute?«
»Und du?« knurrt er mürrisch zurück und setzt die Füße im Kreuzstich Richtung Keller.
Mieser Typ. Ein Hauspapi, der es nicht einmal fertigbringt, sich mit einem Kater zur Arbeit zu schleppen. Wie ein Poet, genau wie ein Großstadtpoet. Sonne ist allein losgezuckelt.
»Heute bin ich mit Kochen dran, Jutta«, sagt Nina, als sie, endlich angezogen und gekämmt, in der Küche auf die Mutter trifft.
»Schön. Deine eigenhändig gesammelten Pfifferlinge müssen zubereitet werden. Und abends Piroggen, heute ist doch *Zāļu vakars*[1], und morgen werden wir ein volles Haus haben. Nur dieser Jānis hat sich schon ein bißchen vorzeitig eingeschunkelt. Und du? Erholst du dich?«
»Wovon?« lacht Nina.
»Die Stadt macht doch Knoten in die Leute, ich sehe ja, wie Haldor hier ankommt. Es dauert zwei Tage, bis man vernünftig mit ihm sprechen kann, er labert und labert in einem fort. Trink einen Kaffee, aber dir wird er wohl nicht schmecken mit diesen Eicheln.«
»Wieso, schmeckt gar nicht schlecht.«
»Gieß mir auch einen ein.«
Jānis kommt mit zwei weiteren Flaschen Bier in die Küche gestakst.

---

1 Zāļu vakars: Der ›Kräuterabend‹ (22. Juni) leitet das Sonnwendfest ein

»Geh man lieber schlafen, damit du wieder ein Mensch wirst.« Es ist deutlich, daß sich Jutta abermals vor Nina schämt.
»Kommandier nicht, weiß selber, was ich zu tun habe. Und was war die Erdbeere so lange in den Federn? Schlecht geschlafen? Herzeleid? Hat der Bruder sie fertiggemacht?«
»Sowohl schlecht geschlafen als auch Herzeleid als auch vom spanischen Blut deines Bruders närrisch gemacht«, sagt Nina und zwinkert Jutta zu.
Jānis will gerade etwas antworten, als Sonne in die Küche geschossen kommt, rot wie eine Flockenblume, und ihn am Kragen packt.
»Du hast Igeltreter eine Flasche mitgegeben?« Sie schüttelt den großen Dräustirnigen, daß ihm die Unterlippe schlackert.
»Was regst du dich auf?«
»Hast du? Hast du oder nicht?«
»Du hast doch selber geknurrt, daß ich ihn loswerden soll.«
»Na, dann bist du ihn jetzt auch los! Er ist hin! Das Haus ist abgebrannt.«
»Gott, Sonne«, greift Jutta an ihr Herz und setzt sich.
Nina erwägt, daß solche Gesten nur auf der Bühne theatralisch wirken, im Leben hat sie sie sich so präzise wiederholen sehen wie Ein- und Ausatmen.
»Ja. Ein Glück, daß die Decke heruntergekommen ist, der halbe Rumpf ist übrig, der Rest – nur Knochen. Ohne die Decke wäre gar nichts mehr da zum Beerdigen.«
»Was faselst du da?« Jānis stößt seine Frau, die ihn immer noch am Kragen hält, jäh von sich.
»Faseln!! Du bist schuld, du Suffkopp! Die ganze Gemeinde wird reden. Den Herd zum Teekochen eingeschaltet und mit einer halbleeren Flasche der Länge nach umgekippt.«
»Beruhige dich, Sonnchen«, sagt Jutta mechanisch. Ihre Augen sind wie von einer dünnen Eisschicht überzogen, gefährlich, darauf zu gehen, du wirst einbrechen und in undurchdringliche Tiefen gezogen werden.
»Wer wird ihn bestatten? Er ist doch ganz allein auf weiter Flur. Was das kostet!« schreit Sonne unbeherrscht, und wenn sie Jānis zwischen ihre

roten, abgearbeiteten Finger bekommen könnte, würde sie ihn, scheint es, zu einem Ball zerknüllen und mit aller Wucht hinter die sieben Berge schießen.
»Die Gemeinde wird helfen«, sagt Jutta ruhig.
»Haldor!« ruft sie mit harter, gebietender Stimme in den Hof hinaus.
»Du fährst zurück in den Laden, Sonne, wir werden alles organisieren.« Juttas Rücken ist unvermittelt gerade aufgerichtet, die Spitznase erhoben und ihr Ton kraftvoll. Sie handelt.
»Nina hütet das Haus.«
»Brennt es?« Haldor ist in der Tür erschienen.
»Ja. Igeltreter ist verbrannt. Setz dich ans Steuer!« befiehlt Jutta, und es hört sich an, als würde sie beginnen, ein auswendig gelerntes Ritual zu vollziehen.
»Bleibst du zu Hause und nuckelst an deiner Bierflasche, Jānis?« fragt Jutta nachdrücklich und durchbohrt ihren Sohn mit Stecknadelaugen.
Nein, Jānis rappelt sich auf und kommt mit.
»Dauka wird auf dich aufpassen«, flüstert Haldor Nina zu, verwirrt von dem Geschehen.
Dann ziehen sie los – Jutta wie eine Flagge voran, dann die Brüder und schließlich die zornglühende Sonne, die immer noch nicht aufgehört hat, laut vor sich hinzufluchen. Sie läßt sich in den Wagen plumpsen, dessen Räder unter bösem Geheul durchdrehen, so daß sie den Rasen in häßlichen, schwarzen Splittern emporschleudern.

Nachdem Kartoffeln und Pfifferlingsauce zubereitet sind und der Tisch gedeckt ist, geht Nina zur *klēts*. Dauka begleitet die Frau schwanzwedelnd und pflichtbewußt, um sich auf der Schwelle des Häuschens niederzulassen.
Diesmal öffnet Nina die andere Tür, zieht ihre Schuhe aus und setzt sich auf den orangefarbenen Teppich. Ihr Blick streift die an der Wand aufgehängten Gemälde, dann die Staffelei, die Farbtuben. Sie schaltet das Tonband ein, Iren beginnen zu singen. Den Kopf gegen das niedrige Bett gelehnt, die Augen halb geschlossen, wandert sie von Gemälde zu Gemälde. Es sind Ölbilder.

Die Nahansicht einer Wiese – fast wie unter dem Mikroskop, jedoch zu arabeskenhaften, regelmäßigen Ornamenten stilisiert. Ein Rispengrashalm, der Halm und Strohhaufen zugleich ist. Wasserlilien, drei Wasserlilien und ihr Abbild auf schwarzem, teerigem Wasser. Wie du es auch drehst und wendest: Du kannst nicht sagen, was Spiegelung ist und was lebendige Natur. Nein, Hannelore ist niemandem im Kielwasser geschwommen, weder den flämischen Blumenmalern noch den Impressionisten, noch den Minimalisten. Auch die Einfältigkeit der Naiven findet sich hier nicht. Eine raffinierte, leidenschaftslose, fragende Haltung gegenüber dem eigenen heißen Atem, gegenüber einem erstickenden Erlebnis.

Das Lebendigste ist der Abstand zwischen dem warmen, pulsierenden Fleisch und dessen flachem Schatten auf einem sandigen Feldweg.

Die Nahansicht von der Oberfläche eines Steins wie ein riesiges, abstraktes Feld, eine ganze Welt, in der bei genauem Hinsehen Bodenrelief, Flußbetten, Berge und stumpfe Abgründe zu erkennen sind. Eine Art Fossil. Haben sich Vater und Mutter jemals über solche Dinge unterhalten? Worüber haben sie sich überhaupt unterhalten? Nina erinnert sich an kaum ein Gespräch, es scheint, als ob das ganze Zusammenleben der Eltern mit Gesten, Mimik, Seufzern, gesenkten und erhobenen Lidern vergangen ist und jede plötzliche, rasche Bewegung die Harmonie dieser Wasseroberfläche, dieses Teiches nur zerstören würde. Und dann schwere, laute Worte – sie klatschen wie Steine, die auf Wasser schlagen.

Das Bruchstück eines Gesprächs leuchtet dennoch im Chaos von Ninas Erinnerung auf. Es ist natürlich der Strand von Bulli, damals ist Ninchen halb eingeschlummert, nicht Prinz Bumpo, und Mutter sagt mit leiser, bedeutsamer Stimme zu Vater:

»Für mich ist die Ostsee theoretisch. Ich träume vom Ob. Noch einmal dort hinfahren. Aber frei, sattgegessen, normal.«

»Du bist eine Lettin«, antwortet Vater mit seltsamer, feierlicher Stimme. Als Flausch aus Sibirien zurückkehrt, ist Natalia schon fünfzehn. Damit die Letten das Mädchen nicht wegen seines skurrilen Akzents auslachen, steckt Flausch ihre Tochter in eine russische Schule. Ein halbes

Jahr lang halten sie sich knapp, ernähren sich beinahe ausschließlich von Kartoffeln und Haferbrei, und zu Natalia kommt eine gelehrte alte Jungfer mit Kneifer auf der Nase, die Endzelīns[1] in- und auswendig kennt. Flausch beißt die Zähne zusammen und zahlt. Natalia haßt es. Alle Freunde sind Russen, es gibt überhaupt keinen Grund, lettische Grammatik zu pauken. Doch in die Wohnung läßt Flausch keinen der Klassenkameraden.
»Hier wird sich diese Seuche nicht breitmachen.«
Ninas Mutter ist auch außen. War es zumindest. Und jetzt? Ohne ein Innengefühl kannst du dich an jedem Punkt der Erdkugel befinden und jene, die kämpfen, die verteidigen, denen die Grenzen ihres Landes heilig sind, bestaunen, belächeln, auf sie pfeifen oder sie verachten. Wer hat denn gesagt, daß Spanien so groß sein muß, wie es ist, und der Stiefelschaft Italiens nicht eine Spanne kürzer? Wie kindisch sind die Spiele der Zivilisation. Wie eine zugefaltete Zeichnung, die herumgegeben und um jeweils einen Abschnitt erweitert wird. Nur ein Innengefühl gestattet es, darüber nicht süffisant zu lächeln. Wo hat Natalia dieses Gefühl zurückgelassen? In der Taiga? Und Nina selbst? In Flauschs Streicheln und auf den Barrikaden? Wenn Raul seine Frau einsperrt – ist das ein Innen? Ein Gefängnis ist ein übertriebenes, ein Surrogat-Innen, dafür gibt es unzählige historische Beispiele. Demnach ist für ein echtes Innen ein Gefühl für Maß von Gewicht.
Hannelore hat dies alles begriffen. Wie sie wohl war? Hübsch? In welcher Sprache haben sie und Haldor sich unterhalten? War sie sexy oder ein Hausmütterchen?
»Schläfst du?« flüstert der Mann, der sich neben Nina auf den orangefarbenen Teppich gehockt hat.
»Nein, ich bin in Gedanken. Alles ist fertig«, rechtfertigt sie sich plötzlich wie ein Schulmädchen und fügt schuldbewußt hinzu: »Ich wollte unbedingt die Bilder anschauen.«
»Und?«

---

[1] Jānis Endzelīns (1873–1961), Philologe, Verfasser zahlreicher sprachwissenschaftlicher Werke und Lehrbücher, hatte entscheidenden Einfluß auf die Entwicklung der hochlettischen Grammatik und Lexik

»Ich begreife Hannelore so gut. Ich habe das Gefühl, daß sie die Welt mit meinen Augen gesehen hat. Hast du dich mit ihr verstanden?«

Haldor ist rot geworden. Er sieht die Frau mit einer seltsamen, nicht dagewesenen Eindringlichkeit an, er ist nah, sehr nah, um ihn ist ein Duft von Regen und Benzin, Nina kneift die Augen zusammen, ein durchsichtiges Laken wird von Nina zu Haldor, von Haldor zu Nina hin- und hergezogen.

»Warum antwortest du nicht?« fragt Nina unsicher, da sie das aufquellende, leidenschaftliche Intervall der Stille nicht ertragen kann.

Auch der Mann kommt zu sich, richtet sich auf.

»Wir konnten nur wenig Zeit miteinander verbringen. Sie pendelte ständig zwischen Riga und Amsterdam hin und her. Ich habe nur einen Monat in unserer dortigen Wohnung gewohnt. Richtig, die gibt es ja auch noch, ich habe mich nicht aufraffen können, sie zu verkaufen. Drüben auf dem Dachboden stehen noch mehr Bilder, falls du einmal Lust hast, sie dir anzusehen. Aber jetzt komm das Mittagessen auftischen, du hast ja ein wahres Festmahl vorbereitet.«

»Also bist du nicht böse, daß ich hier eingebrochen bin?«

»Nein. Mit welchem Recht?«

»Deinem eigenen.«

»Ein Mensch hat sehr wenig Rechte. Ist Atmen ein Recht oder ein Geschenk?«

»Igeltreter wird es nicht als Geschenk empfunden haben, und siehst du ... War es sehr schrecklich?«

»Ich habe an dich gedacht, als ich seine Überreste eingesammelt habe. An deine Angst vor den Höllenkasserolen. Es war viel schrecklicher als auf dem Bild von Bosch, du hättest das sehen sollen, danach wärst du wie ein Schmetterling geflogen, ein sehr, sehr fröhlicher Schmetterling.«

»Für ein Weilchen«, lächelt Nina schief und erhebt sich. »Hannelores Bilder müßten ausgestellt werden, das alles ist außerordentlich interessant.«

»Wer hat schon Bedarf an den Gemälden einer unbekannten Deutschen aus Amsterdam?«

»Nicht die Person ist wichtig, sondern das Werk.«

»Das ist doch eine Ente. Wo siehst du das? Allein die Person ist entscheidend.«
»Wenn jemand seine erste Ausstellung macht, dann sind es doch noch die Arbeiten selbst.«
»Aber wenn es schiefgeht, kannst du es vergessen. Und selbst beim ersten Mal eilt der Name schon voraus.«
»Meiner Ansicht nach ist Hannelore nicht mehr so empfindlich, daß sie selbst einen Flop, verzeih bitte den Ausdruck: nicht überleben würde, an den ich allerdings nicht glaube. Und ohne Risiko ist nichts Wesentliches möglich, das weißt du doch selbst.«
»Das kannst du vermutlich besser beurteilen, Nina«, murmelt der Mann rätselhaft.

Abends, als Nina ein Gebirge von Piroggen gebacken hat, nimmt Jutta Mädesüß und Baldrian ein und begibt sich zur Ruhe. Sonne und Jānis gehen in die *pirts*, und Nina grinst nur bei dem Gedanken, mit welcher Wucht das üppige Weib ihrem Mann den Rausch austreiben wird und vielleicht sogar seine gesamte Lust darauf.
»Sieht so aus, als ob niemand Igeltreter nachtrauern würde«, sagt Nina zu Haldor, während sie den Abendbrottisch abräumen.
»Hab mal mit so einem tagtäglich Mitleid. Wenn man einmal im Jahr hier zu Besuch ist, dann geht es ja noch und ist vielleicht sogar ganz interessant, mit ihm zusammenzuhocken, einen zu zwitschern und seinen Konzertgeschichten zu lauschen – aber seine kleinen, alltäglichen Gemeinheiten, ich weiß nicht, selbst Albert Schweitzer hätte das nicht ausgehalten. Stell dir vor, er hat keine Hemmungen, Mama, die ihm immer geholfen hat, Windeier anzudrehen. Und sie, mit zusammengekniffenen Lippen – kein Wort. Igeltreter kennt keinen größeren Spaß, als einen Paterfamilias oder jungen Bräutigam abzufüllen, um sich dann am Zorn der Frauen zu ergötzen. Und das natürlich nicht auf seine Kosten.«
»Über die Toten nur Gutes, Haldor.«
»Richtig, richtig. Aber wir gehen doch *jāņuzāles* pflücken, heute ist trotz allem *Zāļu vakars*. Ja?«

Die großen Wiesen, die sich hinter der hausnahen Flußbiegung erstrekken, sind ungemäht, sie gehören noch niemandem und niemandem mehr. Der Abendtau klettert bis zu den Knien empor, Nebel wiegt in schlanken, unvertreibbaren Schwaden den Horizont und umgarnt den Verstand.

Gleich, jetzt gleich werden die violetten Reiter hervorpreschen, die Wiese wird zum Bersten voll sein und der Kopf schwindelig von violettem Rauch, nein, es ist kein Lavendelviolett, es sind zerriebene Veilchen mit dem allerletzten Seufzer der verlöschenden Sonne, sie sprengen, die Reiter sprengen herbei, violette, zarte Umhänge werden wehen, ohne Laut, ohne Wind werden sie wehen, Nina wird emporschweben, sie wird fliegen – nicht liegend, nicht auf dem Bauch wie auf den Bildern von Chagall, nein, sie wird aufrecht fliegen wie im Tanz, die Reiter werden vor Verwunderung die Pferde zügeln und stumm nach riesigen Krügen voll Tau fassen, der Tau wird violett, an den Wämsen der Reiter funkeln in Amethyste verwandelte Tropfen, einen Augenblick, nur einen Augenblick lang wird das violette Wunder dauern, dann geht die Sonne auf und wischt die Zauberasche fort. Aber noch ist Abend, so bald wird die Sonne nicht kommen, das Gras steht hoch, der Tau steigt immer beharrlicher empor, Blumenstengel brechen einer nach dem anderen, einer nach dem anderen, sie können einander schon nicht mehr sehen hinter ihren Bergen von Gräsern und Feldblumen, doch der Mann und die Frau können nicht aufhören, der *Zāļu vakars* lockt wie ein Strudel, wie ein Malstrom in die Tiefe, in die Tiefe. Nein, an diesem einzigen Abend tönt, ertönt nicht das Volkslied *Ne zariņu nenolauzu*[1], Wiesen und Flußufer flehen darum, abgepflückt zu werden, es gibt kein Stöhnen, keinen Kummer, die Schicksalshaftigkeit ist prachtvoll. Der kleine Tod, der Tod der vollen Blüte besiegt seinen großen Bruder mit rotem, kristallischem Gelächter und läßt auch den Menschen in Demut und Bewunderung das Haupt neigen.

Unvermittelt ist der Mann stehengeblieben, er läßt seine *jāņuzāles*[2] zu

---

1 Ne zariņu …: »Nein, kein Zweiglein will ich brechen …«, Anfangszeile einer Daina
2 jāņuzāles: Die an Zāļu vakars gesammelten ›Johanniskräuter‹ wenden Böses ab

Boden gleiten, nimmt auch der Frau ihre Blütenlast ab, ein Schwung, dann küßt er sie. Leicht, ganz leicht, Nina wird nicht gewahr, wie viele Schmetterlinge in ihren plötzlich hingegebenen Mund hineinfliegen, ohne ihren farbigen Flügelstaub abzuschürfen, sie flattern ebenso lebendig und beweglich wieder hinaus, in ganzen Wolken fliegen weitere herbei – bläuliche und bunte, weiße und rötlichgoldene. Der Klee kitzelt in den Ohren, Rispengras sticht zwischen den Zehen, der weiße und gelbe Krapp erbebt und wird zwischen ihrer und der Brust des Mannes eingeschlossen, die blauen Glockenblumen verstummen, schließen sich, die Kräuter vergehen, die Wiese ist stumm, und selbst der Nebel tritt einen Schritt zurück von den beiden heißen Körpern, die das Gras zerwühlend einander suchen, sich für eine Sekunde verlieren, dann wiederfinden, ineinander blättern wie in den von Feuchte durchdrungenen Seiten eines Buches, ohne Scheu kennenlernen und zaghaft bitten, sich ergeben, erschrecken, erneut dort suchen, jedoch kämpferischer, ungeduldiger, ist das erlaubt, das Gras ist ebenso naß und glitschig wie ihre Leiber, die zusammenfließen wie Strömung und Gegenströmung unter wildsprühender Gischt und dann, dröhnend wie fallende, unzählige Male fallende Steine, an das Antlitz der Erde klopfen. Was sagt die Erde dazu? Mag sie diese Menschenrhythmen? Versteht sie das verlangende, verzweifelte Aufeinanderzurasen für einen fast unfaßbaren Augenblick der Ewigkeit, der, gerade eben noch existent, schon auf der betauten Haut verzischt?

»Nicht kämpfen«, vermag der Mann lediglich zu hauchen, bevor er sich wie ein regennasses Blatt über die pulsierenden, aufgeblühten Beine legt.

Die Frau wird sich nie wieder erheben. Sie wird so bleiben, bis ihr Schoß zusammen mit dem Schock gepflückter Blumen verdorrt. Diese Stelle auf der Erde gehört ihr, dieser Stelle ist sie angehörig, sie wahrt die Abdrücke ihrer Wirbelsäule, der Schulterblätter, des Hinterns, ebenso wie die des Mannes, wenn sie sich umgekehrt lieben.

»Wir inkrustieren die Erde«, flüstert die Frau und läßt ihre Hand über die Stirn des Mannes gleiten.

Die Frau hat die Parade der violetten Reiter verschlafen, die Amethyste sind zurück in Tautropfen verwandelt, die ungepflückte Wiese schillert eindringlich in regenbogigen Funken, die Sonne steht hoch, gegürtet mit diesem ganzen Garten, unten auf der Erde jedoch liegen verstreute Kleider wie in einer plötzlichen Bewegung gewaltsam zum Stillstand gebrachte Einzelwesen. Wie Unwesen, wie Eierschalen, wenn der lebendige Vogel ausgeflogen ist.

Ein schöner, nackter Mann am *Līgo*-Morgen[1] – was mag das wohl bedeuten? Gutes oder Schlechtes? Das Fleisch singt, noch ist die Weise nicht durcheinandergeraten, und sie klingt weder wie ein Marsch noch wie ein Waisenlied ...

Die Kühle des Sonnenaufgangs zwingt sie, sich der ganzen Länge nach auf den Mann zu legen, so daß er die Augen öffnet. Sie sind wie zäher Blaubeersirup, in solch dichtem Blau haben die Wirbelchen keine Kraft zu rotieren. Nicht die Augen, aber der vom Schlaf erquickte Leib ist mit einem Ruck wach, wirbelt wie ein Kreisel und reißt und rollt die Frau mit sich. Sie lieben sich mit aller Kraft, die Schmetterlinge sind fortgeflogen, heute morgen sind die Münder voller Schießpulver und die Körper voll aggressiver Lust. Der Frau kommt es vor, als würde sie dem Mann etwas brechen, als würde auch in ihr etwas brechen und knacken, knirschen und knistern, aber keine Zeit, das Leben hat sie plötzlich zu sich in den Sattel gehoben, soll dann auch alles zerbrechen und zerfallen, was dem Leben nicht paßt – da ist nur der Galopp. Sie vermögen gerade noch, in den Augen des anderen zu erstarren, als die Fontänen der Liebe das Bewußtsein überfluten, das schmerzlos, spurlos erstickt, die Seelen jedoch erheben sich wie zwei dünne Nebelfäden, um sich irgendwo über ihnen zu einem Knoten zu verschlingen, hoch über ihren Körpern, die sich noch nicht entwirrt haben.

Die Frau ist sich nicht ganz im klaren, ob die jedem geflüsterten *Bis heute abend* nacheilenden Küsse, die wie eine sanfte Serpentine ihren Leib wieder zurück in das eigene Wesen wickeln und winden, Frage sind oder Versprechen.

---

1 Līgo diena: der 23. Juni, Vortag des Johannistags; »līgot« heißt sinngemäß »schaukeln, schunkeln, schwanken, schwingen«

Mit ihren *jaņuzāles* zurückgekehrt, wecken sie lediglich Dauka auf, die Familie schläft. Auf Zehenspitzen umherschleichend heizen Haldor und Nina den Herd ein, stellen die Blumen in Vasen und Krüge und bestreuen den Boden der großen Küche mit Kalmusstücken[1].

»Ich klettere auf die Eiche[2]«, flüstert Haldor.
»Und ich werde beim Flechten helfen, obwohl dein Bruder ein Rüpel ist. Und ein Hexer dazu.«
»Das wird eher Bierzauber gewesen sein als verborgene magische Kraft. Was hat er dir denn angehext?«
»Frag ihn selbst.«
»Werde ich tun. Im Keller steht ein eingeschnürter *jaņusiers*[3], bring den mal her.«
»Und du brich auch ein paar Zweige für Rebekka ab.«
»Für den Hund nicht?«
Dann schleppen sie den großen Tisch und die langen Bänke aus der Scheune auf den Hügelfirst, und Haldor, der keine Lust mehr hat, auf das Frühstück zu warten, schlägt zwei Kasserolen gegeneinander.
Sit, Jānīti, vara bungas, līgo, līgo![4], hebt er wie ein ganzes Bariton-Quintett zu singen an, sogar Dauka kläfft ihn für diesen plötzlichen Überfall an, Jānis kommt in Unterhosen in die Küche geschossen und flucht ungehalten.
»Spinnst du? Was soll das Gebrüll? Was ist los? Brennt es schon wieder?«
»*Jānīti, brālīti*[5]«, lacht Haldor, und Nina stülpt dem Ärgerling den Kranz auf den Kopf.

---

1 Kalmusabschnitte: Traditioneller Schmuck zum Johannistag; die etwa spannenlangen Kalmusabschnitte verbreiten angenehmen Duft
2 Auf die Eiche klettern: Um belaubte Eichenzweige zum Flechten des Kranzes zu schneiden, den Jānis (wie alle seine Namensbrüder) den ganzen Tag lang tragen wird.
3 jaņusiers: Johanniskäse: Ein trockener, hausgemachter Kümmelkäse, in einem verschnürten Bündel aus feinem Mullgewebe gereift; gehört neben Piroggen und selbstgebrautem Bier zu jedem Johannisfest
4 »Hänschen, schlag die Kupfertrommeln, līgo, līgo!«, eine der vielen Tausend Jaņu-Dainas
5 »Hänschen, Brüderchen«, ebenfalls ein Daina-Zitat

»Kaffe is fäddich«, feixt Haldor.
Jānis Stimmung schlägt augenblicklich um, das gebräunte Antlitz verzieht sich zu einem Kinderlächeln, da er den gedeckten Tisch und die geschmückte Küche erblickt. Plötzlich verschämt, verschwindet er, um sich anzuziehen.
Das Frühstück ist noch nicht halb verputzt, als die ersten Gäste auf den Hof gerollt kommen. Allmählich wälzen sie sich zusammen wie längliche Staubflusen, bewegen sich von einer Ecke zur anderen, vom Fluß zum Teich, von der Küche zur Scheune, Nina kann sie nicht auseinanderhalten, Sonnes Schwestern aus Rūjiena, Krāslava, Engure und Skrīveri geraten ihr ebenso durcheinander wie die insgesamt zehn von ihnen zur Welt gebrachten Kinder, die tüchtigen, für große Dinge zurechtgemachten Männer, irgendwelche blitzartig flitzenden, flatterhaften Tanten, drei jugendliche Pärchen, eins tölpelhafter als das andere, Mitbringsel und Mohnkringel, Brote, Wurstsäcke, Bierkästen, Windjacken und Schlafsäcke, Pfingstrosensträuße und Tortenschachteln – es flimmert vor den Augen, in den Ohren winselt es wie auf dem Rigaer Zentralmarkt, und der Frau kommt es vor, als wären alle hier zusammengeströmt, um den Weltuntergang zu feiern.
Aber Gott ist bockig und läßt den Tröpfler bereits am Vormittag aufziehen. Da versammeln sich nun alle in der Mitte des Hofs, recken die Nasen gen Himmel und erörtern kennerisch, daß es, wenn es regnet, eben regnet, daß der da oben alles besser sehen kann, und sie inzwischen hier unten, während der Herrgott seinen Launen freien Lauf läßt, die *pirts* einheizen werden. Fröhliche Leute, wie vom Strick, von der Kette gelassen, denen selbst ihre angetrauten Hälften, wenn sie recht hinschauen, wie komische Geschöpfe erscheinen, die sie gleichsam zum ersten Mal erblicken. Auch werden weder die Kinder zurechtgewiesen und jeden Augenblick erzogen, wenn sie in Griffweite geraten, noch die delikaten Zwistigkeiten und Verwandtschaftsränke abgespult, bislang sind die Köpfe klar und die Räusche klein, und das ganze *Röschen*-Büschel treibt Knospen und rankt in vielfarbigem, verschwenderischem Muster.

Die Frau bringt es zuwege, unbemerkt in der *klēts* zu verschwinden. Diesmal verriegelt sie die Tür und zieht sorgfältig die geklöppelten Vorhänge zu. Die grüne Kräuternacht streckt sie nieder, doch die Süße, die sich durch die Glieder zieht, verdunkelt sogar den Schlaf. Da sie die Augen schließt, nimmt das Schwindelgefühl noch zu, es scheint, als läge sie noch immer auf dem duftenden, zerriebenen Gras, Nina hat an sich selbst zuviel. Sie schlüpft unter das Laken und versucht, langsam und tief zu atmen. Es hilft nicht, diesmal hilft es nicht. Auch die Schafe hüpfen nicht einzeln über die Hürde, sondern zu fünft, zu sechst, wie Hand in Hand. Sie muß einschlafen, sonst kommt der Johannismorgen ohne sie, sie wird irgendwo ins Spurlose dahinschwinden, zusammen mit den Käseüberresten, den Pfingstrosenblättern zerbröseln. Doch der Schlaf, der Große Retter, naht nicht im geringsten, sie wirft sich von einer Seite auf die andere und verscheucht die Gedanken, nein, schlägt auf sie ein wie auf Mücken. Schlafen! Nina fürchtet das Nichtschlafen, die Wachheit läßt sie fühlen, daß sie etwas bislang nicht gekannt hat. Etwas so Konkretes. Das macht Angst. Es ist keine Abstraktion, nicht der Mann als Prinzip, das ist und war einzig und allein er, Haldor. Nina errötet, Tau legt sich auf ihre Oberlippe, als sich auf die Leinwand der geschlossenen Lider jede Berührung zurückzaubert, jedes Flüstern, jeder Gesichtszug und Ausdruck, jede Gespanntheit, Zärtlichkeit, Heftigkeit und Ergebenheit, jede Verzweiflung der Lust. Das ist nicht geschehen. Warum nicht? Sie will nicht darüber nachdenken heute, ahnt jedoch, daß Haldor die ganze Tafel ihrer Erfahrung ausgelöscht hat, die Männer als Geschlecht, als Masse, als allgemeine Kraft, mit der und gegen die sie so oft gekämpft hat. Gekämpft, indem sie sich hingab, um sich an irgend etwas Abstraktem zu rächen, um für sich im Stillen zu triumphieren. Tabula rasa. Es gibt nur Haldor. Ist es sehr wichtig, daß er ein Mann ist, einer vom gegnerischen, fremden Kraftfeld? Sehr wichtig, ja, aber nicht so sehr, daß sie den Menschen hinter dem Geschlecht verstecken, verschwinden lassen, erniedrigen wollte. Haldor ist nicht zu vergleichen, er ist eine unvergleichbare Größe, deshalb löscht er alles übrige aus. Vielleicht lediglich ... nein, sie denkt nicht, sie muß schlafen, vor ihr liegt ein wundervoller Abend, die Nacht und der Johannis-

morgen ... Haldor unvergleichbar ... heißt das ... er ist anders ... als
was ... anders ... als Männer im allgemeinen ... anders als ... als was ...
aber so wie sie selbst ... nein, nicht wie sie selbst ... aber so sehr sie ...
wie soll man sagen ... sie grinsen höhnisch, wenn jemand sagt, daß er
liebt, sagt *Mir gefällt alles an dir* ... mir gefällt an dir alles ... wenn etwas
davon verlorengeht ... ich kann es nicht aushalten, wenn mir rundum
alles gefällt, so sehr ... ich rede falsch ... ich kann es nicht offen sagen,
sie hören alle zu ... ich komme ihnen albern vor ... aber du ... sie werden es selbst dann hören, wenn ich nur dir, einzig und ganz allein dir ...
leise, ganz leise ... dir ...
Ich erbarme mich. Es wird mir unangenehm. Soll sie schlafen – diese
schöne, glückliche Frau mit den gekräuselten Augenbrauen.

Sie erwacht schwer wie eine Bronzeglocke, nur der Klöppel ist nicht be-
redt. Blaues, tiefblaues Licht, weder Sonnenfetzen noch Regenlaken.
Feuer knistert, Frauenstimmen auf der Hügelstirn, wo sie den Tisch
decken, die dröhnenden, maulheldenhaften kommen von der *pirts*.
Nina stiehlt sich am Teich vorbei zur Flußbiegung, um ein Bad zu nehmen. Es ist zwar schade, die chaotischen Gras- und Kräuterornamente
abzuwaschen, die ihren Leib bekritzelt haben, aber sie wird doch nicht
wie ein Schlammschwein das *Līgo*-Fest begehen.
Sie seift sich ein und überläßt sich der Strömung. Mit geschlossenen
Augen, immer geradeaus. Als ihr Kopf gegen einen halb im Wasser liegenden Baum stößt, watet sie gegen die Strömung zurück. Nein, sie
wird nicht Ditas weißes, dekolletiertes Kleid mit dem Schilfmuster anziehen, auf keinen Fall. Sie wird in ihren Jeans herumhocken, denn ...
Vor der *klēts* wartet Haldor auf sie. Auch seine Lider sind leicht
geschwollen, er wird weggeratzt sein.
»Putzt du dich heraus?« fragt er, indem er seine Hand auf Ninas ge-
waschenes Haar legt.
»Klar, sonst wirst du keine Lieder auf mich singen. Hast du kein weißes
Hemd?«
»Das werde ich sicher nicht anziehen, die Mücken stürzen sich auf alles,
was weiß ist.«

»Nein, du sollst es mir borgen.«
Ihre Stimme ist unsicher, nein, sie klingt unsicher, sie summt, knistert, sprüht nicht, ein hohler, schwerer Ton hat sich in der Kehle eingenistet.
»Gut, ich hole es dir.«
Er neigt sich vor, will Nina küssen, aber die Frau entweicht, entwindet sich und flüchtet in die *klēts*.

Umarmt sitzen sie Jānis an der anderen Ecke des Tisches gegenüber, Nina weiß, daß das dem Hoferben nicht gefällt, deshalb läßt sie Haldor gewähren.
Sonne und ihre Schwestern legen mit dem Singen los wie ein ganzes Folkloreensemble, die anderen können nur noch gucken. Jeder schwatzt und schmatzt, sie sind in dieses Muster eingestrickt wie zwei bunte Wollfäden und eigentlich am rechten Fleck – ohne sie würde ein häßliches Loch in der Decke klaffen. Ein Junge und ein etwas kleineres Mädchen kommen zu Haldor.
»Hallo! Du warst weg. Wir wollten, daß du uns im Boot spazierenfährst, aber du ... hast du geschlafen?« fragt das Mädchen und läßt die Augen zwischen Hador und Nina hin- und herwandern.
»Nein, Ilse, ich war im Wald, den Farn beschwören.«
»Beschwören? Wieso?«
»Damit er heute Nacht Blüten treibt[1].«
»Die gibt es doch gar nicht, Mama sagt, daß solchen Unsinn nur Pärchen sehen, für die die Welt sowieso rosarot ist«, mischt sich der Junge ein.
»Mama sagt, Mama sagt. Du bist schon zwölf, finde es doch selber heraus.«
»Ist das deine neue Frau?« fragt der Junge ein wenig stockend.
»War die vorige denn schon alt?«
»Nein, aber ...«
»Mama hat gesagt, daß Uģis fragen soll«, erklärt Ilse klug.

---

1 Farnblüten: Verliebte Paare suchen traditionell in der Johannisnacht im Wald nach den Blüten des Farns – ein Symbol für das Wunder des Erblühens der Liebe.

»Wenn es nötig ist, werde ich es selbst sagen, da braucht man nicht Stille Post zu spielen. Flechte Nina lieber einen Kranz, Ilze, damit sie nicht wie eine Stadtmaus aussieht.«

Gehorsam nicken die Kinder und trollen sich, Haldor jedoch sucht Sonnes Augen und fängt laut an zu lachen.

»Stadtmaus, Stadtmaus, du glaubst wohl, daß du aussiehst wie Lāčplēsis[1], was?« zischelt Nina, aber Haldors Umarmung ist so knisternd, das unmerkliche Streichen der Finger über den Oberarm so angenehm, daß sie keine Lust hat abzustoßen, abzuschütteln.

»Willst du ein Bier?«

»Nein, Kognak, Bier macht müde.«

Sie schweigen, trinken gemächlich und verfließen mit den Stimmen, dem Lachen, der Geschäftigkeit der Feiernden.

Als es so dunkel ist, wie es in der Johannisnacht überhaupt dunkel werden kann, kommen die Nachbarn vom anderen Ufer der Abava mit Feldblumen, Fackeln und einem üppigen Urweib samt Akkordeon herübergewatet. Das Muttchen ist ausladend wie ein Ohrensessel, den gewaltigen Busen muß sie so fest als irgend möglich gegen den Körper drücken, um die große Harmonika auf dem Schoß halten zu können. Sie zieht und quetscht nach Kräften, und aus dem riesigen Mund mit seinem schwarzen Schnurrbärtchen kommen derart unverschämte Lieder hervor, daß Sonnes Schwestern für einen Augenblick Schwanz und Nase einziehen. Die Windsbraut persönlich ist herbeigestapft. Die Tanten walzen mit wackelnden Hintern, sie haben sich die gerade zu einem Glas gekommenen Männer geschnappt. Nein, Nina macht nicht mit, sie muß lachen, sie kann bei diesem Bruegelschen Bauerntanz nicht mithalten, sie entdeckt Jutta, die abseits sitzt – allein, in eine grüne Strickjacke gehüllt, zwar einen Kranz von Margeriten und Päonien im Haar, aber die Augen wandern über das weiße Tischtuch, in kleinen Kreisen, kleinen Kreisen. Dann drückt Jutta die Augen zu und trinkt ein Glas Schnaps.

---

1 Lāčplēsis: Der Siegfried der lettischen Sagenwelt; A. Pumpurs hat Ende des 19. Jh. verschiedene Sagenmotive zu diesem »Heldenepos« zusammengefaßt.

»Mama denkt an Igeltreter«, sagt Haldor, der Ninas Blick gefolgt ist.
»Sie hatte sich an ihn gewöhnt. Wie an einen lahmen Hund. Aber schau, meinst du, daß Jānis ausgelassen ist? Nein, er nagt und nagt an Sonnes Fluch, ich kenne ihn. Sonne ist ein Aas. Laß uns trinken, Nina. Und essen, wir haben schließlich das Mittagessen verschlafen.«
»Ich denke, du hast den Farn beschworen.«
»Aber im Halbschlaf. Du hast mich fertiggemacht.«
»Nett von dir.« Diesmal schüttelt die Frau den Arm des Mannes ab. »Vielleicht sagst du auch noch, daß ich dich verführt habe?«
Sein Arm legt sich erneut um ihre Schulter und drückt sie sanft.
»Nicht kämpfen. Das ist eine alte Rolle, die hast du schon längst ausgespielt. Kratz nicht am Gold. Und sei nicht böse, ich wollte dir etwas Nettes sagen. Zum Wohl!« Er lacht, und sie trinken eifrig, beinahe pflichtgemäß die braune, wärmende Flüssigkeit.

Als sich die von Lärm und Liedern erhitzten Leute nach und nach vom Tisch entfernen und um das Feuer versammeln, sagt Haldor:
»Ich werde dich besser ins Sonnenaufgangstheater bringen. Ich habe genug von diesem Rummel. Du auch?«
Die Frau sieht dem Mann in die Augen – für einen Augenblick, nur für einen Augenblick. Da ist *jāņugunis*[1], ja, aus Teerfässern stieben und jagen Funken, aber sind Johannisfeuer nicht leicht mit Höllenbottichen zu verwechseln?
»Und wo ist das?«
»Am Usmasee gibt es so ein Plätzchen, ein heimliches. Da kommt sie mit aller Pracht herauf, und schau, der da oben ist auch besänftigt, die liebe Sonne wird sich nicht hinter einem Vorhang zieren.«
Haldor wirft Decke, Piroggen und Kognak in den Wagen und läßt ihn

---

1 jāņugunis: Johannisfeuer, auf Hügeln auf Maste gesetzte, mit Holz und Teer gefüllte Fässer, die die ganze Nacht hindurch brennen – ein Symbol für den Höchststand der Sonne

vom Hof rollen. Dann überlegt er kurz, hält an, öffnet die Tür und stößt einen Pfiff aus.
»Du hast doch nichts dagegen?«
Kurz darauf springt Dauka mit angelegten Ohren und winselnd vor Glückseligkeit auf den Rücksitz und erstarrt zu einem Götzenbild.

Allein hätte die Frau diesen Ort nicht einmal mit einer Generalstabskarte in der Hand gefunden. Haldor kurvt über verschlungene Wege an Renda vorbei, weiter über lehmige, holprige Sandstraßen, überwucherte Kriegspfade und durch scheinbar undurchdringliches Dickicht; West, Ost, Nord, Süd, der Kranz von weißem Klee ist Nina fast bis auf die Ohren gerutscht und die Lagerfeuerwärme aus dem weißen Hemd verweht, der vormorgendliche Hauch kriecht in den Wagen, und Nina fühlt, daß etwas naht, etwas Großes, so groß, daß sie sich nicht daran vorbeizwängen kann, sie muß sich Auge in Auge stellen oder aber das Augenlicht für alle Zeiten verlieren.
Sie lassen den Wagen am Waldsaum stehen und nähern sich dem großen Binnenmeer zu Fuß. Von fernher, anderswoher, irgendwoher schwebt der eine oder andere Fetzen eines *Līgo* -Klanges herüber, da und dort glimmen in weiter Ferne Feuer wie Johanniskäfer, hier jedoch, wo sie sich vorwärtstasten, ist es dunkel und still, Dauka trabt voraus, wirft ab und an einen Blick zu ihnen zurück, und dann sind sie mit einem Schlag wie über die Nacht hinweggeschritten. Wie über ein lebendiges Wesen. Es wird hell und silbrig, und vor ihren Füßen breitet sich die Wasserfläche aus, die den hellen Sommerhimmel reflektiert.
Haldor setzt sich, den Rücken gegen den Stamm einer Tanne gelehnt, zieht Nina zu sich, plaziert sie wie einen Bobfahrer vor seiner Brust, breitet die Decke über sie aus, stellt Piroggen und Kognak in Griffweite und sagt:
»Der zweiköpfige Totem ist bereit, die Vorstellung kann beginnen. Man muß aufmerksam, sehr aufmerksam dem Lichterspiel folgen, halte die Augen offen, hier, trink einen Schluck und schau, schau genau hin, es geschieht trotzdem immer zu plötzlich, der Mensch ist nicht darauf vorbereitet, als hätte sie dort hinter dem Horizont Anlauf genom-

men, um aufzuspringen, anstatt ruhig vor sich hin zu rollen und aufzugehen.«
»Komisch, daß die Menschen so etwas sagen. In Wirklichkeit rasen wir doch auf sie zu.«
»Das weißt du nur. Theoretisch. Aber was du siehst, ist etwas vollkommen anderes.«
Er verschränkt seine Arme unter Ninas Brüsten, die Nase ist irgendwo neben den Haarhörnchen, gegen die Wirbelsäule schlägt sein, schlägt Haldors Herz, die Wasserfläche flirrt, auch Dauka schläft nicht, sondern sitzt und schaut wie die Menschen. Närrisch, na ja, klar, der närrische Dauka.

Wasserspiegel: kristallklare und wellenbewegte; von Felsen donnernde Quellen, Wasserfälle empfangende; zu ewiggrünen Smaragdtiefen erstarrte, tote. Fjorde und unbewohnte Fjelle, Tundrakiefern und asphaltschwarze, selbst für das Auge schwerlich bezwingbare Felsen, leidenschaftlich dunkle Geröllhalden und die klaren Sprenkel winziger Seen, sumpfiges Moos und zwischen den Schären schwimmende, blauweiße Schwäne, prickelnde, gläserne Luft und Silberbergwerke.
Die Frau durchstreift den Ginnungagap, eine unsichtbare Kraft führt sie über den Weltenabgrund, Trollgesichter versinken unterwürfig in der Erde, in den Steinen, ihr weiches, zottiges Haar breitet sich über den Weg hin, damit die Frau sich nicht die Beine an den Felsengraten verletzt, sie tanzt, sie tritt nicht auf die Trollköpfe, sie tanzt über die Fjorde hin, immer weiter nach Norden, auf Felsen, unbefahrbaren Bergpfaden, wo der Schnee bei Sonnenuntergang die Farbe von Götterblut annimmt, und erstarrt in ihrem Tanz beim Anblick des getöteten Urriesen Ymir. Sie fürchtet sich nicht, nein, keineswegs, in der Frau ist Silberkraft und in dem Riesen nicht, er hat sich der Welt schon hingegeben. Norwegen macht keine Angst, denn so menschlich ist dies Land, das aus Ymirs Fleisch geworden ist: das nordische Himmelsgewölbe von gedämpftem Blau aus seinem Schädel, Gewässer und Ozean aus

dem Blut, die Berge aus den Knochen, aus den Zähnen die Zinnen, und die Bäume, das sind Ymirs Haare, durch die die Frau ihre Arme flattern läßt wie durchsichtige Schleier, weil sie Wälder und Dickichte in ihre Macht einflechten will.
Noch nichts ist von irgend jemandem zerstört. Noch nichts ist geschehen. Lediglich die Welt ist erschaffen im Laufe der Scharmützel göttlicher Giganten, und ihr ist vergönnt, deren Erstmaligkeit wie eine Silberlibelle zu überfliegen – ohne Vorherbestimmung, ohne eigenes Leben.
Nina ist zweiundzwanzig Jahre alt und wohnt seit fast zwei Monaten in einem Haus auf einem Felsvorsprung, der weit in den türkisblauen, friedlichen Fjord hineinragt. Die Frau schmiedet Silberknöpfe, Halsschmuck, Ringe, Ohrgehänge und Gürtelschnallen, sie lernt in Werkstätten bei alten, im Laufe von Generationen geschulten Meistern und feinen Stadtkünstlerinnen. Sie wohnt bei einem Paar, Griselda und Erland. Nachmittags bringt Griselda Nina bei, wie man im Freiofen auf dem Hof norwegisches Brot bäckt, frühmorgens hingegen, gleich nach Sonnenaufgang, nimmt Erland sie mit auf den Fjord, um für das Frühstück einen Lachs oder Stör herauszuziehen. Griselda hat weißblondes, glattes Haar im Ponyschnitt und ein etwas rauhes, sonnengebräuntes Gesicht mit breitem Weißzahnmund. Schon ihr Ururgroßvater war Silberschmied, weshalb im ganzen Haus weder Teller noch Tassen aus Porzellan zu finden sind. Erland, ihr junger Gemahl, ist Glasbläser, der allerdings nicht Vasen oder Gläser bläst, sondern phantastische Menschenfiguren, manchmal Köpfe. Durch das tagtägliche Niedergebeugtsein über den glühenden Ofen und die feurige, farbige Glaslava haben seine Augen einen trollartigen Blick bekommen, in dem leise ein Blau von der Tiefe sieben unterirdischer Seen wogt. Nina versucht sich nicht im Glasblasen, sie schmiedet und schmiedet, lernt, schärft sich ein, ihre Hände, von der beseligenden Arbeit geschwollen, pulsieren nachts wie losgelöst von ihrem Wesen. Griselda und Erland zeigen ihr ganz Norwegen, nehmen sie mit in die Berge, wo sie Rentiere und Sonnenuntergänge betrachten, und abends am Kamin singen sie, Nina fast vergessend, eigenartige Lieder.
Nina fliegt über die Fjorde wie eine Silberlibelle, umkreist gutgelaunt rote Holz- und weiße Steinkirchen, wirft in jeden Kneipenrauchfang

eine tote Eule und scheucht zarte, rötliche, schwarzgeflügelte Eiderenten auf. Nina ist nicht Quecksilber, nein, sie ist zähes, erhitztes Silber, das gegossen werden muß.
Erland bringt Nina nach Åsgårdstrand, denn Nina liebt Edvard Munch, und dort befindet sich sein Haus und Atelier. Erland holt von einem seiner Bekannten, der im Museum als Aufseher arbeitet, die Schlüssel, und sie können sich ungestört nach Herzenslust tummeln.
Durch das Fenster sind das ultramarinblaue Meer und graubraune Steinhänge zu sehen, die sich bis in die Wassertiefen erstrecken. Auf einem Bügel, wie gerade eben ausgezogen und noch warm, der Mantel Munchs; ein kleiner Wasserkessel, auf einem Regal Toilettenartikel, ein schmales, unbequemes, just wie für Schwindsüchtlinge gebautes Bett, wie seit Generationen dürstend nach gespucktem Blut. Und schließlich die Arbeitsweste, der schicklichste, prachtvollste Gegenstand, der sich hier befindet: schwarz mit kleinen weißen Pünktchen.
»Zieh seine Weste an, Erland«, flüstert Nina.
Die Luft ist so drückend, so stickig, so geladen, daß sie der Frau geradezu in die Lungen sticht, es scheint, als könnte sie unvermittelt schreien, schreien von der Hitze des Silbers in ihr, sie wird sich in Munchs ›Schrei‹ verwandeln, wenn sie nur lebendig bleibt bis dahin, wenn ...
Der Mann knöpft die Weste zu, setzt Nina mit dem Rücken zum Fenster auf einen wackligen Stuhl und beginnt zu tanzen. Ganz komisch. Er lächelt nicht, produziert sich nicht vor ihr, sein Blick ist nach innen gerichtet. Allein, ohne Partner? Nina begreift plötzlich: Das ist ein Halling, der norwegische Männertanz. Sie schluckt und versucht, ihren flachen, trocknen, immer schneller gehenden Atem zu bezwingen, während Erland tanzt, einzig und allein für sie – in einem südnorwegischen Dorf mitten im Sommer. Munch ist bereits gestorben, die Welt jedoch noch nicht geschaffen, Ymir wird erst noch getötet werden, erst später, etwas später wird sein Blut zu Fjorden und Flüssen werden.
Das Silber stürzt aus Ohren und Mund, die Frau ist aufgestanden, sie reißt dem Mann die Weste vom Leib und sich selbst ihr blaugraues Kleid, in dem sie noch gestern zusammen mit ihm photographiert wurde, sie steht vor ihm, nackt und bereit zu sterben, wenn ...

Der Halling ist unterbrochen, Erland sagt etwas, die Stimme erstickt, er spricht norwegisch, rede doch englisch, Nina will schreien, aber der Mund ist voller Silber, ach, noch gestern hat er Nina eine gläserne Frau geschenkt mit in den Körper eingeschlossenen Bernsteinstückchen, Erland!! Er empfindet wohl Schmerz, der Mann stöhnt, nein, das ist kein menschlicher Laut, das ist das Entsetzen des im Wald Verirrten, bevor der Zauberstab sich erhoben und ihn für alle Zeiten zu Stein verwandelt hat. Nina zittert, unterdrückte, angestaute Instinkte brechen hervor, sind schon hervorgebrochen, die Frau stürzt zu Boden, und endlich bricht auch der Glasbläser, bekleidet wie er ist, in ihre Bergwerke ein. Er stöhnt nicht mehr, gibt auch keinen anderen Laut von sich, Erland hat Ninas Schläfen mit beiden Händen zusammengepreßt und den Kopf ein wenig angehoben, damit er nicht gegen den bloßen Holzboden schlägt unter seinem irren Seemannsgalopp. Innerhalb eines Augenblicks ist das Silber erstarrt, Nina will den Mann zurückstoßen, sie ruft *Das war ich, bin ich nicht*, doch er versteht nicht, er hat das andere Wesen vergessen, er duftet nach Meerwasser, dem Wasser des Meeres, der Boden ist staubig, ich will nicht, Erland, ich will nicht mehr, das war ein Wahn, ihr liebt einander, verzeih, ich habe einen Fehler begangen. Endlich endet auch der sexuelle Halling, die Augen des Mannes sind, als sie von der am Boden liegenden Frau Abschied nehmen, traurig, schuldig, zertreten, das graubraune, dichte Haar ist in die Stirn gefallen, und der Reißverschluß klemmt. Panisch klaubt die Frau ihr Kleid auf, zerrt es sich über den Kopf und rennt auf die steinerne Mole. Sie schöpft sich mit der Hand Wasser ins Gesicht, immer und immer wieder, sie weint und verbietet sich zu weinen, noch am vorigen Abend haben sie in den Bergen, dort, fast an der schwedischen Grenze, zu dritt den Sonnenuntergang betrachtet. Erland und Griselda umarmt, Nina etwas abseits, ergriffen und exaltiert hatte sie sich gesagt *Von diesem Augenblick an werde ich nie wieder an der Existenz Gottes zweifeln*. Zwischen den Beinen brennt es und ist klebrig, sie hockt sich auf die Steine, greift nach ihrem Kopf und verflucht Munch, das Blut, die Instinkte, die unterdrückte Sexualität und den unsterblichen, unaustilgbaren Einfluß der Kunst.

Zu später Nachtstunde steht Erland in ihrer Tür. Mit tiefer, knapp beherrschter Stimme stößt er voller Qual, voller übermenschlicher Qual, die Nina in der Dunkelheit geradezu sichtbar, nicht nur hörbar scheint, hervor:
»Du bist nicht schuld, Nina.«
Mehrere Male.

»Und weiter?« flüstert Haldor und drückt die Frau fester an sich.
»Sie haben ihn im Fjord gefunden. Ich bin noch vor der Beerdigung geflohen. Griselda hatte nicht die leiseste Ahnung, warum Erland es getan hatte. Nun speit der bestialische Schwindsüchtling schon seit fünf Jahren in mir. Gibt es solche Menschen wie Erland noch auf der Welt, Haldor? Das ist doch ein anderes Jahrhundert!«
»Ich glaube, ja – es gibt sie. Die, denen die seltene Kraft zu lieben gegeben ist. Hier, trink, zittere nicht, das alles ist vorbei. Er hatte recht, du bist nicht schuld. Es ist das Patriarchat. Schau, gleich, gleich kommt sie, halte beide Augen offen – siehst du?«
Ich habe nicht den Mut, in Ninas Perlmuttaugen zu schauen – es brennt, beißt, ich kann nicht sagen, was für ein Ausdruck es ist, ich würde mich gerne abwenden, mir ...
Das Gesicht des Mannes ist fast weiß, überströmt von der noch nicht glühenden Sonne, der auch die Frau ihr Antlitz zuwendet, um voller Furcht, für alle Ewigkeit zu erblinden, dem großen, blendenden, unausweichlichen Licht geradewegs entgegenzugehen.

Sie sind ein wenig später gekommen, die Neugierigeren haben sich bereits dicht um das offene Grab gequetscht und lassen sich kein Wort aus dem Mund der stattlichen Predigerin entgehen. Igeltreters Sarg ist so winzig, als würde ein Säugling beerdigt werden. Billiger für die Gemeinde, wo es ja so oder so nicht viel hineinzulegen gibt. Jutta neben ihr ist starr und steif,

in Ninas Ellenbogen gekrampft wie ein Haken. Unter einem Birkengrüppchen stehen etwas ältere Männer in grauen Anzügen und eine Frau mit schwarzem, tief in die Augen gezogenem Strohhut. Als das Dickerchen, Gottes Vertreterin auf Erden, das seine gesagt hat und Gottes Frieden beschieden ist, springt eines der beanzugten Männlein vor, hüstelt feierlich, rückt und reckt sich in seinem Jackett zurecht und sagt: »Ruhe sanft, Gundi! Wir spielen Paganini für dich, den du doch so geliebt hast. Mögest du unvergessen bleiben. Amen!«
Dann zerren die Männer Geigen aus Futteralen hervor und spielen. Drei Weiber in fast einheitlichen, schwarzen Kopftüchern rücken näher an die Städter heran.
»Das sind die Aasgeier. Lassen keine Beerdigung aus. Und wenn sie nicht zum Leichenschmaus geladen werden, zerreißt sich die ganze Gemeinde ein halbes Jahr lang das Maul über die Familie, der dann Mörder, Vergewaltiger und Dirnen als Kinder angehext werden. Auf diese Tour. Alle haben Angst vor den Todessternen da, jeder ist willfährig«, flüstert Jutta.
Als die Grube zugeschaufelt ist, fährt wie erleichtert ein Wind in die Birken, die plötzlichen Böen lassen die Frauen ihre Röcke und Kleider festhalten, der schwarze Strohhut jedoch fliegt auf den mit einigen wenigen Sträußchen bedeckten Grabhügel. Die Frau in dem schwarzen, befransten Rock stürzt ihrem Hut nach, aber der Wind trägt ihn weiter, noch weiter, bis fast vor Ninas Füße. Sie hebt ihn auf und begegnet zerriebenen, von winzigen Fältchen umhakelten Augen.
»Miu-Miu!«
»Nina!«
Für einen Augenblick scheinen die Umstehenden Igeltreter vergessen zu haben und beobachten die beiden fremden Frauen. Da sich die Pause des Schweigens jedoch hinzieht – tja, was soll man machen, Umtrunk und Imbiß sind ja nicht vorgesehen, wenn schon auf Staatskosten beerdigt wird, dann geht eben jeder seines Weges und spült bei sich zu Hause das unangenehme Ereignis mit einem ordentlichen Schluck hinunter. Einzeln, zu zweit verlassen die Menschen den Friedhof.
»Ich bin für den Komponistenverband hergekommen, er war ja immer-

hin Mitglied. Habe mich an die Geiger rangehängt«, erklärt Miu-Miu, als wollte sie sich rechtfertigen.
»Und ich.. ich habe Mama geschrieben, sie wird den Brief schon längst erhalten haben. Fährst du, fährst du mit ihnen zurück, oder ...«
»Ja, der Fahrer da tritt schon von einem Fuß auf den anderen. Wer wäre auf den Gedanken gekommen, daß du hier ...«
»Und du hier ...«, sagt Nina und küßt Miu-Miu auf die Wange. Dann faßt sie Jutta am Ellenbogen, und auch sie entfernen sich.
»Was war das denn für eine?« Jutta beäugt die flatternde, schwarzgekleidete Frau mißtrauisch.
»Ein weiteres Opfer«, antwortet Nina unwillig.
»Wessen Opfer? Was redest du da?«
»Igeltreter hat doch auch den einen oder anderen Menschen auf dem Gewissen.«
»Was kommt sie dann? Sich freuen, daß er tot ist?« Juttas Stimme ist schneidend, und Nina hört eine Note Eifersucht heraus.
»Vielleicht, um zu verzeihen. Ich weiß es nicht, Jutta.«
»Die drei Aasgeier werden jetzt jedenfalls Jānis zerpflücken. Er ist nicht gekommen, dieser Feigling, das ist ein guter Bissen, um Appetit auf Gerede zu machen.«
»Was ist das eigentlich für eine skurrile Predigerin?«
»Predigerin! Erinnerst du dich nicht mehr an die dicke Aija vom *Līgo*-Abend? Die hat doch Akkordeon gespielt! Sie spielt alle Rollen für uns, hat igendwann einmal Theater gelernt. Einen richtigen Prediger haben wir nicht und wollen wir auch nicht, wir sind es so gewohnt. Auf Hochzeiten dreht sich auch alles um sie. Beim Mummenschanz zur Wintersonnenwende gibt sie den Bären. So ist das.«
Nina erwidert nichts. Was soll sie sagen? Sünde? Lächerlich. Die Kurländer haben stets eine besondere Vorstellung von der Ordnung der Dinge gehabt.
Nachdem Jutta ausgeredet hat, zieht sie sich wieder zu einem Knäuel zusammen, und den Weg zum Hof legen sie schweigend zurück.
»Danke, daß du mitgekommen bist, allein wäre es furchtbar ungemütlich gewesen. Irgendwie werde ich mit all denen nicht richtig warm.«

»Sind sie neidisch?«
»Das ist eine lange, alte Geschichte. Neidisch auch, ja. Daß ich nach Sibirien mein Haus zurückbekommen habe, daß Jānis jetzt einen Laden hat. Du hast keine Ahnung, was es heißt, auf dem Lande zu leben.«
»Kann schon sein. Ich werde jetzt ein wenig schwimmen und dann Rebekka melken und Frieda füttern. Du ruhst dich aus«, sagt Nina, als wäre das schon längst ganz selbstverständlich.
»Na schön, ich werde einen Augenblick verschnaufen, es zieht an allen Enden.«

Frieda ist erst drei Tage alt, deshalb stiert die Kuh Nina drohend an, als die Frau sich anschickt, ihr Kälbchen zu kraulen. Dauka, der seinen Gevatterinnen ebenfalls einen Besuch abstattet, wird von Rebekka mit gesenktem Schädel und Volldampf angemuht. Aber der Hund ist kein grüner Junge mehr, er leckt Friedas glänzendes, naives Maul ab und blafft die Mutter herausfordernd an, wobei er sich trotzdem in Sprungweite von der Tür hält, falls sie nun vor lauter Freude vollkommen toll geworden sein und mit den Hörnern auf ihn losgehen sollte.
»Ich traue meinen Augen nicht! Erdbeerchen kann melken!«
In der Tür steht Jānis – auch ohne zu schnuppern ist deutlich, daß er die Beerdigung auf seine Art begangen hat, die Augen wandern jedes in seine Richtung.
»Nicht brüllen, die Milch wird sauer!«
»Wo ist Mama?«
»Verschnauft ein bißchen, ist müde, war ein gutes Stück zu laufen.«
»Warst du etwa auch da?«
»Warum hätte Jutta allein gehen sollen?« fragt Nina absichtlich provokativ.
»Ich konnte nicht, mußte Verträge abschließen. Neue Ware.«
»Was sagst du mir das? Erzähl es besser Mama.«
»Sie wird wochenlang nicht mit mir reden. Die Frau sagt, geh nicht, Mama sagt, geh – wem soll man es recht machen?« beklagt er sich.
»So gehorsam bist du also, ja? Hast nur einen eigenen Kopf, wenn's ums Schnapstrinken geht?«

»Nein doch. Der Vertreter hat Likör zum Probieren mitgebracht, irgendwas Hiesiges, du darfst auch mal kosten. Die Sache mußte feierlich begangen werden, ich bin doch Ladenbesitzer.«
»Und wo ist Sonne?«
»Im Laden, ist ja noch lange bis Abend.«
»Für dich etwa nicht?«
»Was mischst du dich ein? Erdbeerchen!«
Plötzlich zornig geworden schlägt er die Stalltür zu, und Rebekka stößt beinahe den halbvollen Melkeimer um.

Nina hat es sich am Kopfende des Bettes bequem gemacht und blättert in dem dicken Fotoalbum. Das mag sie. Nicht wichtig, wer wessen Verwandter wievielten Grades ist, in welchem Jahr verheiratet oder gestorben, von welcher in welche Sippe übergegangen, die Frau mag alle Photographien, das Knistern des Seidenpapiers, den Duft, die Prägestempel und den scharfgezackten Randschnitt. Jutta hat sich zwar angeboten zu erklären, wer wem was war und ist, aber sie will nicht. Sie will und wird selber einen Stammbaum zeichnen, sich Berufe ausdenken, Schicksale, Todesarten, die Anzahl der Kinder, und dann das ganze wieder von vorn. Waren die Groß- und Urgroßväter wirklich anders? Haben sie anders gefühlt und gedacht? Beispielsweise diese hier: Holzflößer auf der Abava, ein Mann mit Schirmmütze vor der Streichholzfabrik von Sabile, ein Junge in einer Kalkbrennerei ... Sie bezweifelt es, vermutet, daß nur der Wagemut zu fühlen, der Wagemut zu denken ein anderer war. Die Freiheit der Persönlichkeit war nicht das höchste Ziel, das war ein ebenso ferner, abstrakter Begriff wie Entstehung der Welt, Reinkarnation oder sexuelle Revolution und daher nicht der Rede wert.
Und dennoch – nein. Weder Flausch noch Omi Mierchen sind chrestomathische Frauen wie die gegen ein Klavier gelehnten auf den braunen Photographien hier. Beide Großmütter waren übervoll von Lebendigkeit und Wagemut, in ihnen brummte eine Milchzentrifuge. Auch wenn sie die neuen Technologien Europas nicht kannten, funktionierte die Zentrifuge doch ausgezeichnet: Flausch war wie frischgeschlagene Butter und Mierchen wie sämige, süße Sahne. Ein ausdauernder Motor.

Flausch wurde 1941 in einen Viehwaggon geworfen, Adam in einen anderen, und die Großmutter sah ihren Mann niemals wieder. Im Bauch schwamm die seit drei Monaten werdende Natalia, und die lange Fahrt hat Flausch nur dank eines Paares aus Lettgallen überstanden, das in der Aufregung mehrere Gläser Honig mitgenommen hatte. Auch die Stalidzāne erwartete ein Kind, und die beiden Frauen hielten bis zum Tod der Lettgallerin kurz vor der Genehmigung zur Heimkehr zusammen. Anläßlich der Taufe der beiden Neugeborenen veranstalteten sie ein Fest – mit russischem Schnaps und russischen Vorstehern, auf daß den Töchtern ein gutes Dasein winke. Mit abgewürgtem Atem tanzte Flausch das einzige Mal in ihrem Leben und trank sich einen Rausch an. Nach Adams Tod sind die Männer im Lager gestorben, denn die, die wie Flint sind, die sterben. Die restlichen sind bekanntlich Trottel und Frolleins.

Natalia, das Honigkind. Es wird drei, vier Tage her sein, daß Haldor den Brief in die Poliklinik gebracht hat. Alles, was sie der Mutter sagen wollte, erklären, sie fragen und bitten, hat Nina zerrissen und letzten Endes zwei kurze Zeilen aufs Papier gekritzelt – daß sie gesund und munter sei, sich von Raul trennen werde und das Studium geschmissen habe.

Die Photographien duften nach altem Kleister und Staub, doch jede ein wenig anders. Von Jutta gibt es so gut wie keine Bilder, aber wenn sie auftaucht, verschwinden die übrigen im Nebel. Langes, blondes Haar, das selbstverständlich nicht offen getragen werden durfte und zu einem sphärischen, lockeren Knoten geschlungen ist, gerade Schultern, wie ausgepolstert, die Beine in Vorkriegsseidenstrümpfen. Ohne die bedrohlich angeschwollenen Krampfadern, die Jutta selbst in der Mittagsglut am Ufer halten, nur im Dunkeln erlaubt sie sich, baden zu gehen, als würde es in den Büschen vor spähenden Jägern nur so wimmeln.

Über einer mit schwarzer Tusche umrahmten Photographie steht *Sommer 1943*. Ein junger, dunkelhaariger Soldat in Wehrmachtsuniform. Jutta muß verrückt sein! Wo hat sie solche Bilder versteckt gehalten? Dafür gab es ohne weitere Fragen eine Kugel in den Kopf.

Dann gleitet eine farbige Glückwunschkarte hervor, ein weißer Rosen-

stock mit Windmühle im Hintergrund. Nina dreht sie um: *Alles Gute zum Geburtstag! Hannelore.* Eine breite, gerade Handschrift. Abgestempelt in Amsterdam. An Jutta adressiert. Geht sie nichts an.
Dann kommt Haldor: als winziges, zerknittertes Baby, als Knirps mit vorgestrecktem Bauch, als geputzter Erstklässler, Grundschulausebengel, geleckter Abiturient mit frechem Blick, bereit, die Welt zu erobern, als Trauzeuge, der saure Äpfel gegessen hat, und schließlich selber als Bräutigam: mit Pferdeschwanz vor einer unbekannten Kirche, ja, es wird eine Kirche in Amsterdam sein, am Arm Hannelore im blaßgelben, seidenen Hosenanzug. Dunkler Pagenkopf, lange goldene Ohrringe und helle, vielleicht ja graue Augen. Die Künstlerin.
Nina schlägt das Album zu. Sie mag keine Photographien mehr. Blödsinniges Widerspiegeln von Ritualen. In allen Fotoalben ein und dasselbe: Taufen, Schulabschlüsse, Hochzeiten und Beerdigungen. Als wäre das das wichtigste im Leben eines Menschen. Das Wesentliche geschieht zwischen diesen Stufen. Stufen? Wohin? Hinauf oder hinab? Abstieg zur Hölle? Aufstieg in den Himmel?
Sie bringt das große Album ins Haus zurück. Der Staub ist ausgelüftet, sollen sie jetzt selber auf ihren Stammbäumen hocken und brüten. Im Hof kämpft Jānis mit dem Ziehbrunnen. Das Wasser rinnt an den Eimern vorbei, er ist schon völlig durchnäßt, aber die sechs Eimer werden und werden nicht voll. Als er Nina erblickt, ruft er ihr großkotzig zu:
»Vergossenen Wein schöpft niemand mehr ein!«

Verschreckt wie Hasen sitzen Ilse und Uģis in der Küche. Essen Butterbrote.
»Wo seid ihr denn den ganzen Tag gewesen?« forscht Nina und setzt sich zu ihnen.
»Wir mußten nach Strebeļi spielen gehen. Das ist über den Fluß.«
»Hat Mama das gesagt?«
»Mhm, und daß es ein heißer Tag wird.«
»Wo ist Oma?«
»Auf dem Dachboden.«
»Auf dem Dachboden?«

»Sie hockt manchmal da oben, dann darf niemand sie stören«, erklärt Uģis.
Als sich die Tür öffnet und Jānis mit zwei vollen Eimern hereingetorkelt kommt, verstummen die Kinder, ziehen sich zusammen und werden klein wie Mooswichtel.
»Gib her! Du läßt es überschwappen, ich habe heute morgen gewischt!« schießt Nina auf den Mann zu.
»Laß mich vorbei! Und misch dich nicht ein!«
Das sagt er hart und klar, die Lippen haspeln nicht mehr nach den rechten Worten.
»Seid ihr noch nicht im Bett?!« brüllt er, als er die Kinder erblickt.
»Im Bett? Es ist noch nicht einmal acht Uhr!« wirft sich Nina dazwischen.
»Hörst du auf, dich einzumischen? Marsch, ins Bett, sage ich!«
»Ich höre überhaupt nicht auf, mich einzumischen! Laß die Kinder in Ruhe!« brüllt Nina ebenso laut wie Jānis.
Ja, Gebrüll begreift der Erstgeborene, schlagartig ist er still geworden, wischt das verschüttete Wasser auf und geht die übrigen Eimer holen.
Die Frau bebt. Der kleine Sarg, die Mutter auf dem Dachboden, Hannelore im gelben Hosenanzug, Haldor weit weg, vielleicht bei Dita, vielleicht für immer fort, Miu-Miu mit schwarzem Strohhut, Fjorde sind tief, die Kinder beobachten sie, Nina hat Ditas dunkelrote Bluse an, die Kinder begreifen nicht, ob sie dem Vater gehorchen müssen oder weiteressen dürfen. Was hat die Frau hier zu suchen? Was mischt sie sich ein? Das Heu hat sie aufgeharkt, die Erdbeeren gejätet, für das Mittagessen ist sie zuständig, abends Rebekka ... aber ... was mischt sie sich ein?
»Mama kommt und kommt nicht«, seufzt Ilse.
»Sie wird etwas Unvorhergesehenes zu erledigen haben«, sagt Nina gedankenverloren und geht über den Hof zur *klēts* zurück.

Einmischen und reizen. Fünf Jahre lang hat Nina sich eingemischt, so viel sie konnte. Und war stets reizend gewesen, ganz reizend.
Nach Norwegen hat sie Angst, das Leben zu verpassen. Nina fährt nach

New York, in Riga mietet sie sich Wohnungen, die sie wie Taschentücher wechselt, lebt vom Schmuckverkauf, geht an die Akademie, schläft mit Männern, sooft sie Lust hat, sooft sie sich davor fürchtet, morgens nicht in einer warmen, lebendigen Umarmung zu erwachen. Sie erinnert sich nicht, ob sie einen der Männer geliebt hat, aber sie hat sie gewollt. Nina weiß, sie denken, daß die Frau vollkommen verrückt nach ihnen ist – so heißblütig, so zärtlich, so übergeschnappt. Das ist sie, so fühlt sie sich, denn mehr als alles andere begehrt sie das Erwachen gemeinsam mit einem lebendigen Körper. Ihr ist gleichgültig, was die Männer über sie gedacht haben. Es hat sie auch niemand gefragt, warum sie es tut. Eingebildete Hammel! Wenn sich einer Nina zu sehr aufdrängt und sich für länger ankletten will, dann flieht sie, wechselt Wohnungen, verschwindet. Schwieriger ist es in der Akademie, wo sie nach Stundenplan zu erwischen ist. Dann bleibt nichts anderes übrig, als *ich liebe dich nicht* zu sagen. Sextechniker, denen das gleichgültig wäre, interessieren sie nicht. Wenn entrüstete Mamis Nina aufsuchen, dann zögert sie nicht zu sagen, daß ihre Söhnchen schwul sind, Ehegattinnen jedoch teilt sie mit, daß ihre bessere Hälfte sich mit einer schlechten Krankheit angesteckt hat.
Sie mischt sich ein, sie reizt und ist so reizend. Das sagen alle, Bleichgesicht und Rotbäckchen, Landbursche und Bücherwurm. Die reizende Aufreizerin.
Raul sagt es nicht. Raul fängt die Frau in einem Netz – einem klug geknüpften, angenehmen, dekorativen, aber er übertreibt ein wenig. Durch Einsperren ist der Satan, das Raubtier, der Schwindsüchtling nicht auszutreiben, nicht zu erledigen, er läßt sich nicht erledigen, er kann nur vertrieben werden.
Nina hört das Weinen von Ilse und Uģis, dann Juttas Stimme. Jānis tobt. Na, wirst du gehen und dich einmischen? Alles hat seine Grenzen … Nein, Nina wird nicht gehen, selbst wenn er die Kinder und seine eigene Mutter verprügelt. Es reicht.

Im Traum stehen Haldor in SS-Uniform und Hannelore mit einem Korb Erdbeeren neben ihrem Bett. Der Mann hat keine Arme, er steht

wie ein schmales, unbewegliches Bücherregal, Hannelore hingegen nimmt Erdbeere um Erdbeere, zerdrückt und schmiert sie auf Ninas Gesicht, Hals und Brüste, bis der Korb leer ist und das Laken blaßrot gefärbt, übersät mit bräunlichen Samen. Haldor sieht zu, mischt sich nicht ein, läßt Hannelore gehen und sagt, daß er die Liegende beaufsichtigen wird, bis der Erdbeersaft getrocknet ist.
»Laß mich! Laß mich!« schreit Nina, als sich der uniformierte Mann in die Tür stellt und die leeren Ärmel baumeln läßt.
»Gar nichts lasse ich! Bist du aber unfreundlich«, flüstert Haldor, als die Frau ganz wach geworden ist und sich in der Umarmung des Mannes findet.
»O Gott, Polizei!«
Sie schmiegt sich leicht wie ein Schatten an, die Fluch- und Alptraumschleppe liegt irgendwo am Boden, unter dem Bett, sie ist noch ganz unerfahren, noch ganz leicht. So leicht wie Küsse, wie die Abendbrise, die durch die offenstehende Tür weht.
»Wie spät ist es?«
»Erst halb zehn. Sie haben dich vermutlich vollkommen fertiggemacht. Ich habe eine Überraschung für dich, komm, zieh dich an!«

In der Küche sitzt Jutta, trinkt Tee und unterhält sich angeregt mit ... Natalia.
»Mama? Natalia?«
Die Frau bleibt in der offenen Tür stehen und weiß nicht, ob sie eintreten oder wegrennen soll. Wie zum Hohn steht auch Haldor nicht hinter ihr.
»Komm herein, was stehst du da und schaust, als würdest du Gespensterlein sehen? Kennst du deine Mutter nicht mehr?« lacht Jutta, offensichtlich zufrieden mit dem plötzlichen Besuch.
Natalia hat den langen Pferdeschwanz abgeschnitten, die Haare sind graublond gefärbt und zu steilen Flossen aufgerichtet wie bei einer Schulgöre. Weiße Hosen, rötlichviolettes Top mit Ausschnitt, Sandalen, die Zehennägel lackiert ...
Natalia sieht ihre Tochter vorsichtig, beinahe ängstlich an, das Lächeln

ist kläglich, fast schuldbewußt ... Das ist nicht möglich. Die Frau Doktor, die unerschütterliche Frau Doktor mit dem altklugen Lächeln, eine Frau, die nichts zu überraschen vermag, die ruhige, einschläfernde Stimme ...
Nina beugt sich nieder, küßt ihre Mutter, die diesmal kein Äthergeruch umgibt, sondern der Duft nach Creme und Lippenstift. Mutter ... küßt ... sie auch ... und zieht sie neben sich auf die lange Bank ... umarmt sie.
»Was ist passiert? Wie siehst du aus?«
»Nichts ist passiert, Mädchen. Haldor hat mir deinen Brief gebracht, und wir haben verabredet, daß er mich eines Abends schnappt und mitbringt.«
Natalia? Mutter? Schnappen? Mitbringen?
»Wo ist Jānis?« fragt Nina unvermittelt, da sie nicht weiß, was sie sagen oder tun soll.
»Eingeschlafen, die Luft ist rein.« Jutta macht eine verschwörerische Kopfbewegung. »Ich werde Natalia das Bett im Hinterzimmer richten, Sie werden ja wohl nicht ins Heu wollen.«
»Doch, ich kann auch im Heu schlafen, wenn das für Sie weniger Umstände macht.«
Natalia – im Heu? Sie ist doch allergisch und bekommt Heuschnupfen! Richtig, Mierchen hat in der Tat nie daran geglaubt.
Jetzt sind sie beide alleingelassen, unter sich. Absichtlich. Nina schenkt sich ebenfalls Tee ein, sitzt im Schneidersitz auf der Bank und wartet. Soll Mutter die Schlacht eröffnen, die Litanei beginnen – sie wird weder helfen noch klären.
»Siehst du, Nina ...«
»Ich sehe gar nichts. Außer, daß du dein Image geändert hast. Ist es nicht etwas früh für dich, kapitalistische Rentnerinnen zu imitieren? Kurzes Haar, Lippenstift, Hosen ... Ein Liebhaber?«
»Nina, ich werde zu Vater nach Deutschland gehen. Er hat mir einen langen und ernsten Brief geschrieben. Vor drei oder vier Monaten. Übermorgen ... Das Ticket habe ich schon. Ich ... ich konnte es dir nicht früher sagen, ich hatte mich noch nicht entschieden, aber dann hat er angerufen, ich hörte die Stimme ... Läßt du es zu?«

Nina sieht ihre Mutter wie in einem Film. Natalias Augen sind unruhig, sie fürchten, auch nur für eine Sekunde zu verharren, sich zu vertiefen, ja, so hat sie Nina schon vor wer weiß wievielen Tagen in der Poliklinik angesehen. Ihr Gesichtsausdruck wechselt wie bei einem Pantomimen, die Haut ist blaß, zart, Mutter ist schön, das wäre ihr früher nie in den Sinn gekommen, da sprühen Kindlichkeit, Bewegtheit und weiblicher Stolz zugleich.

»Er glaubt, mir endlich ein Leben bieten zu können, wie er es sich immer vorgestellt hat. Verstehst du? Er hat die ganze Zeit über daran gedacht.«

Nina nickt. »Grüß ihn. Vergiß nicht, ihn von mir zu grüßen.«

»Ninchen, du bist doch kein kleines Kind mehr, nun schmoll nicht! Es ist doch dein Vater, nicht irgendein ... Und ich will auch endlich mein Leben.«

»Viel Glück. Hat Vater keine Kopfschmerzen mehr wie ein Frollein?«

»Wir werden dich unterstützen. Wenn du willst, holen wir dich auch rüber. Nina! Ich hatte gehofft, du würdest dich freuen ...«

»Ich freue mich.«

»Nie im Leben hätte ich gedacht, daß Arthur auch nur irgend etwas im Leben machen, entscheiden, erreichen, daß er handeln könnte ... Mir schien damals, daß er flieht, aber ...«

»Du hast ihn seit vier Jahren nicht gesehen.«

»Sogar noch länger.«

»Reizend. Romantisch. Eine Liebe per Post.«

Eine Weile trinken sie schweigend ihren Tee, Natalias Augen gleiten über die schwarzen Deckenbalken, die Ofenklappe, dann nähern sie sich der Tür.

»Warum hast du mir diesen merkwürdigen Namen gegeben?«

Erstaunt sieht Natalia ihre Tochter an, offensichtlich unzufrieden, über etwas anderes reden zu müssen. Dann bohrt sie den Blick in die Maserung der Tischplanken und sagt:

»Wir waren dort immer halb verhungert. Die Tochter von Brigadeführer Kusmitsch, sie war in meinem Alter, hat es stets fertiggebracht, dies und das zu stehlen und mir zu bringen. Kartoffeln, Brot, einmal sogar

Konfekt, ihr Vater war wohl in der Stadt gewesen. Ihr war es untersagt, mit mir befreundet zu sein, wir trafen uns heimlich. Eines Tages im Frühling waren wir auf dem Fluß Schlittschuhlaufen, sie brach ein, sie war schwerer als ich ...«
»Und? Weiter? Du?«
»Ich bekam Angst.«
»Und?«
»Bin nach Hause gerannt. Sie ist ertrunken. In der Nacht kam ein Schneegestöber und verwischte die Spuren.«
»Wie alt warst du?«
»Dreizehn. Sie hieß Njina. Ich wollte, daß es bei dir ein wenig lettischer klingt.«
Eine Mücke, die sich in die Küche verirrt hat, umkreist die Lampe und sirrt scheinbar mit Samuel um die Wette, der im Halbschlaf seinen Kopf erhaben wie eine ägyptische Sphinx balanciert und schnurrt, was er zu schnurren hat. Sirren, Schnurren, Schnurren, Sirren ...
»Wie lange bleibst du hier?«
»Ich fahre morgen früh mit Haldor«, rafft Mutter sich erleichtert zusammen. »Ich habe dir einen Koffer mitgebracht mit Kleidern und diesem und jenem, was man so braucht. Wir waren bei Raul, ich habe ihm gesagt ...«
»Was? Was mischst du dich ein? Was soll das? Ich wohne hier nicht, ich halte mich hier auf, weil ich kein Zuhause habe! Und du schleppst Koffer an! Morgen wird vielleicht noch ein Schrank geliefert und mein Kinderbettchen?!«
»Du kannst in unsere Wohnung ziehen. Wenn ich weg bin, steht sie leer. Du bist ja sogar noch dort angemeldet.«
»Danke für die Erlaubnis. Träum was Schönes.« Nina stürzt zur Tür. »Dein Athlet von Ephesus wollte zu Raul gehen, nicht ich ...«, hört sie hinter sich Mutters bekannte, sanftmütige, Skandale verachtende Stimme.

Die Frau sprintet zum Fluß hinunter, wobei sie vor Zorn beinahe nach dem freudig springenden Dauka tritt.

»Komm mir nicht zu nahe!« brüllt sie ihn an, und das Tier bleibt verdutzt mit täppisch schiefgestelltem Kopf mitten im Hof stehen.
Das fette Nachtweib hat die Wolken aufgefressen, so gierig und gefräßig ist ihr Schlund. Von den Lippen hängen noch dunkel geschmeidige Haufen und Fetzen herab, selbst das Wasser ist vor der Riesenhaftigkeit des gewaltigen Weibes zurückgewichen und irisiert nicht mehr wie ein Schatten des klaren Himmels. Der Fluß ist ein verfressener Graben, der danach trachtet hineinzuziehen und zu ertränken, hineinzuziehen und zu ertränken, um ein für allemal und auf alle Zeiten die Seele für sich zu behalten, ihr noch Steine über Steine auf das Genick zu wälzen, um niemals mehr …
»Einen Namen zu geben, ist keine Kleinigkeit. Mit ihm legt die Mutter dem Kind ja einen Teil seines Schicksals in die Hand«, sagt die Zilākalna Marta, zu der sich Nina mit ein paar Grünen verirrt hat.
Die berühmte lettische Hexe, eine vom KGB und den Dorfvorstehern verfolgte Frau, die nun bereits in anderen Sphären Zucker verzaubert und Kekse beschwört. Vielleicht spielt sie jetzt bei der Zubereitung von Ambrosia eine Rolle? Marta behauptet, daß es starke Namen und schwache Namen gibt. Stark sind solche wie Anna, Marta, Jānis und Karl, die werden von Zipperlein verschont bleiben, Migräne und andere Plagen quälen die nicht. Auch zu einer Memme wird selten einer heranwachsen. Ob sie nun recht hat oder nicht, jedenfalls gibt Nina damals ihren Namen nicht preis, sie fürchtet sich, denn sie hat den Klatsch der lokalen Spitznasen gehört. Kürzlich hat jemand versucht, Marta umzubringen und ein Beil durch das Fenster geworfen – mitten in ihr Bett. Ob es wirklich so war oder nicht, jedenfalls soll der Meuchler bis zum ersten Hahnenschrei am Sündenort gestanden haben wie angewachsen und einfach nicht fortgekommen sein. So wurde er dann auch festgenommen.
Nina. Ins Eis eingebrochen. Ob Natalia es Flausch gesagt hat? Großmutters Haß auf die Russen ist ein theoretischer, nach ihrer Rückkehr hat sie Jahre über Jahre den Russinnen in der Fabrik als Pflaster, als Kompresse und Besänftigerin gedient, wenn die, von ihren Männern zusammengeschlagen, verheult zu ihr gerannt kamen, um Heil zu suchen.

»Aber wenn die Tränen getrocknet sind, kriechen sie wie Hunde zu ihrem *mužik* zurück. Soll er schlagen, soll er saufen und fluchen, wenn er mal nur dableibt«, erklärt Flausch Natalia nicht ohne Kritik.
Geht Prinz Bumpo nicht auch nach Heidelberg, damit nur irgend jemand da ist? Ist das viel oder wenig? Nina ist es zu wenig. Vorläufig.
Die Frau vernimmt Haldors Rufen. Gibt keine Antwort, kriecht tiefer ins Gestrüpp. Der Notenschlüssel ist zu rasch aufgetaucht. Die Frau ist kein fades Libretto für die Inspiration von Genies.

Im Morgendämmer hört sie den Mann klopfen, an der Tür herumfummeln, wütend ihren Namen rufen, doch Nina öffnet nicht. Nachdem sie gestern Nacht zurückgeschlichen ist, bringt sie es zuwege, sogar das Fenster mit einer Wolldecke zu verhängen. Nina ist sich selbst zuviel, von allen anderen ganz zu schweigen, sie fühlt, daß der Schwindsüchtling zum Sprung ansetzt, sie will dem Mann nicht, will niemandem weh tun.
Sie überzeugt sich davon, daß der Wagen fortgefahren ist, öffnet die Tür und ruft leise nach Dauka.
»Verzeihst du mir?« flüstert sie.
Der Hund erinnert sich nicht an Belanglosigkeiten, er wackelt am ganzen Leib vor Begeisterung und trabt mit Nina zum Teich.
Das Wasser ist stumm. Nicht nur stumm. Unbeweglich, ohne Atem, als habe sich der Himmel von seinem Schatten abgewandt. Auch Dauka hebt mißtrauisch die Pfoten und ist nicht weiter als zum Bauch hineinzubekommen. Die Frau jedoch läßt sich trotzig ins Wasser gleiten und schwimmt beflissen und sorgfältig alle drei Bögen sowohl der Länge als auch der Breite nach ab. Bei Tageslicht geht sie dem gefräßigen Schatten mit weitgeöffneten Augen entgegen, bei Licht zieht sie weder den Kopf zwischen die Schultern noch sucht sie Zuflucht in einer vorzeitlichen Höhle. Es ist ein Sommertag, ein heißer, glühender Sommertag, die Unwesen verfolgen die Seele nicht vierundzwanzig Stunden am Stück, Unwesen sind faul – zur Arbeit nur anzustacheln, wenn sie mit Dunkelheit besoffen gemacht worden sind.
»Kommst du mit auf den Dachboden?«

Er kommt nicht mit. Da hat der Hund nichts verloren.
Unter dem Dach ist es drückend heiß wie in einem Treibhaus. Die Sägespanschicht am Boden flimmert in goldenem Staub, der bis zu den Giebelfenstern tanzt.
Alte Schränke ohne Türen, Stühle ohne Sitzpolster, ein zerbrochener Spiegel, gesprungene Vasen und abgenutztes Werkzeug, Petroleumlampen, Brennholzkisten mit Zeitschriften und zerfledderten Büchern, leere Ballonflaschen, Herdringe, erschlaffte Gummibälle und Waschbretter aus Aluminium. Die übliche, ewige Dachbodenmärchenhaftigkeit.
Schließlich entdeckt Nina hinter einem buntverglasten Buffet eine Reihe hintereinandergestellter Leinwände sowie mit Kupferdrähten zusammengeschnürte Kartons. Ohne Eile lehnt sie die Arbeiten gegen alte Möbel, Kisten und Dachsparren.
Nun ist Nina diese Kosmogonie bereits vertraut: sandige Wüstenfragmente – dunkelrote, aufgerissen vor Hitze, weiß flimmernde und chromgelbe. Wasserfallschwälle in rankendem Jugendstil und Regentropfen wie ein Glaskabinett Gottes. Eine nahferne, mittelbare Welt, an die der Mensch nur für den Anflug eines Augenblicks mit den Haarspitzen rühren kann, mit einem Ahnen der Haut, mit halbem Atem. Hannelore hat vorsätzlich jegliches Wissen abgetötet von *concept art*, Minimalismus, vom tausendköpfigen Chor der Destruktion, in dessen Mitte sich die Mittelmäßigkeit so sicher fühlen darf, in ihr ist nicht die geringste Spur von prätentiöser Aggression. Das ist geradezu provokativ, ganz wie van Goghs »Kartoffelesser«. Eine graue, waisenhafte Haltung, und in der Fraktur der Leinwand verbirgt sich das Lächeln Buddhas.
Plötzlich bemerkt sie, daß auf der Rückseite eines Gemäldes mit geneigten, kleinen Buchstaben geschrieben steht *Du bist nicht mehr seit achtunddreißig Tagen*. Hastig dreht sie weitere Leinwände um. Der Satz ändert sich nicht, nur die Anzahl der Tage. Seltsam. Überaus seltsam. Du bist nicht in Sand, in Staub, im Tau, einem Regentropfen, Blättern, Halmen, Reflexen …
Die Frau trappelt die Treppe hinunter und stiehlt sich in die Wohnstube. Rasch! Das dicke Album liegt auf der Kommode. Schnell, schnell, Jutta ist irgendwo in der Nähe am Rumoren! Rosenstock und Wind-

mühle. Nina schnappt sich die Karte und stürmt zurück auf den Dachboden. Hannelores Handschrift ist breit und gerade, die auf den Gemälden jedoch geneigt und in sich verschlossen. Die Aufschriften stammen von Haldor, sie erinnert sich jetzt an den Zettel in Ditas Wohnung. Hat Haldor Hannelores Gemälde beschriftet, als sie bereits tot war? Natürlich nicht, natürlich sind dies Haldors Gemälde. Seine Verwirrung, Beschämung, der Widerwille und zugleich die Neugier, als Nina in das andere Zimmer der *klēts* geschlichen war, um sie zu betrachten. Haldor vertraut sich nicht an. Niemandem. Ist es der Ausdruck eines Bergsteigers, der sich im Schlaf auf seinem Gesicht abzeichnet? Er will erreichen, zu einem Sinn gelangen, einem Trugbild des Wesens, doch er schafft es nicht, schafft es nicht, der Steg schwankt, der Sand treibt, er hat Angst. Er traut niemandem, auch Nina nicht. Und Hannelore? Nina ist enttäuscht, verletzt. Jetzt begreift sie Haldors rätselhafte Worte *Hör nicht auf diese Geschichten, Geschichten helfen nicht*. Aber hatte der Mann nicht auch gefragt *Glaubst du nur an das, was du siehst?* Armer Haldor. Das Leben ein lebendiges Versteckspiel. Und niemand sieht dich, wie du wirklich bist. Haldor braucht Nina nicht.
Es knuspert in den Ohren. Sie läßt sich auf einer der Kisten nieder. Was hat sie hier zu suchen auf dem Röschenhof? Und was sind das für sorgfältig versiegelte Flaschen? Sie nimmt einige zur Hand, irgend etwas Zusammengerolltes ist darinnen, durch das dunkle Glas ist jedoch nicht auszumachen, was es ist. Die Flaschen sind nicht verstaubt, sie glänzen wie frisch poliert.
»Wundere dich nicht«, erklingt plötzlich Juttas Stimme.
Nina fährt zusammen und springt auf, nur Hannelores Ansichtskarte hat sie noch unter ihre Bluse schieben können.
»Bin ich erschrocken. Haldor hat gesagt, daß ich mir die Gemälde anschauen darf.«
»Ja, hier werden alle möglichen Wunderdinge aufbewahrt. Keine Ahnung, warum die Deutsche Haldor die Bilder hat herbringen lassen, wo doch der ganze Hausrat da in Holland geblieben ist.«
Juttas Gesicht ist goldstaubig, just wie die in der Sonne siedenden Sägespäne, die Augen jedoch sind nicht zu dem freundlichen Alltags-

ausdruck versponnen, sondern groß und weit offen. Die Graue Barrikade.
»Wenn ich tot bin, dann wirf diese fünfzehn Flaschen ins Meer, Nina. Du wirst es tun, auf dich kann ich mich verlassen. Du nimmst nicht alles auf die leichte Schulter wie die anderen. Versprochen?«
Juttas Stimme ist leise, kindlich, Nina ist wieder versucht nachzusehen, ob sich nicht ein Mädchen mit eingerolltem Pony hinter einem der Möbelstücke versteckt hat.
»Was ... was ist da drin?«
Ilse und Uģis haben gesagt, daß man Jutta auf dem Dachboden nicht stören darf ...
»Das sind die Briefe von Paul. Ein Deutscher, er hat '43 hier gedient. Diesen Frühling habe ich sie endlich alle beantwortet. Nun konnten sie zusammengebracht werden.«
»Ist das der junge Mann aus dem Album?«
»Ganz recht. Versprichst du es?«
»Ich verspreche es, wenn nur ... Ich verspreche es. Hattest du etwas mit ihm?«
»Merkwürdiger Ausdruck. Ob ich etwas hatte? So spricht man nicht über Herzensdinge.«
»Verzeih, ich ...«
»Nein, nein, ich sag ja nur, du hast es dir ja nicht selbst ausgedacht.«
»Mir ist furchtbar heiß, Jutta, laß uns hinuntergehen.«
»Geh nur, geh, iß dein Frühstück, ich muß noch staubwischen.«

Nach einer Weile setzt sich Jutta dennoch zu Nina.
»Was ist nun eigentlich wirklich los mit dir? Nimmst du ein Schlafmittel?«
»Was soll denn besonderes los sein?«
»Deine Mutter fährt weinend fort, Haldor droht zu kündigen. Ein rechter Tumult war hier am Morgen. Jānis ist vollkommen närrisch, sagt, er macht Schluß, wenn Sonne allen Ernstes verschwunden ist, und scheucht die Kinder wieder nach Skrebeļi, man muß sich ja regelrecht schämen vor den Nachbarn.«

»Sollte ich dieses Unglück gesät haben?«
»Wie kommst du denn darauf?« Jutta sieht Nina an, als wäre sie nicht ganz richtig im Kopf.
»Wäre doch kein Wunder. Wohin ist denn Sonne verschwunden?«
»Sicherlich zu ihren Freundinnen, sie nimmt Jānis manchmal auf diese Weise in die Schule. Sinn hat es keinen, immer ein und dasselbe. Eigentlich ist Jānis im Herzen ein unschuldiges Lamm.«
»Wer ist das nicht? Wo wohnt Haldor, wenn er in Riga ist?« quält Nina ihre brennende Frage hervor.
»Bist du gar nicht dort gewesen? Ich allerdings auch nicht. In der Altstadt, er hat sich auf irgendeinem Dachboden eingenistet, als die Deutsche hinüber war. Schon sein Lebtag geht ihm das Leben verquer.«
»Ich weiß, Jutta«, beendet Nina rasch das Thema. »Danke für das Frühstück. Und jetzt? Was gibt es zu tun?«
»Wenn wir beide nun zu Igeltreters Haus gehen würden? Allein mag ich nicht, aber dort stehen meine Rosen, es wäre schade, sie dazulassen, noch ist Zeit zum Umsetzen, meine sind nicht zimperlich.«
»Also los.«

Durch die Eschenallee, ein Stückchen über einen holprigen Abhang, ein mit Haselgebüsch verwachsener Waldpfad, eine Wildwiese, und da spukt auch schon der verkohlte Rumpf des Hauses mit dem schräg nach innen eingebrochenen Dach. Das Gras steht bis zur Brust, um die Füße ranken sich Ackerbrombeeren, und die Brennesseln stechen durch sämtliche Kleider. Aber es ist nicht schlimm, gar nicht so schlimm ... Das abgebrannte Leben atmet hier einen frischen, duftenden, wilden Odem.
»Wo sind eigentlich die Hühner?«
»Die drei Aasgeier haben sie am selben Tag untereinander aufgeteilt«, lacht Jutta unbekümmert, während sie geschickt die Gräser teilt.
»Alles zertrampelt!«
»Aber schau, die hier können wir nehmen«, ruft Nina, die in ein überwuchertes Phloxbeet geraten ist.
»Das ist nicht meine«, ruft Jutta verächtlich vom anderen Ende des Hauses zurück.

»Und die hier?«
»Auch nich' meine.«
»Willst du damit sagen, daß er die von sämtlichen umliegenden Höfen bekommen hat?«
»Weiß nicht, aber die Rankenden heißen alle Monika. Was auch immer Igeltreter für ein Eigenbrötler war, Blumen hat er geliebt.«
»Monika? Wieso Monika? Was ist das für eine Sorte?«
»Keine Sorte, ein Name. Wie hieß deine Pik-Dame da, die auf der Beerdigung war?«
Spitznasenromantik. Von solcher Direktheit steigt einem ja die Hitze in den Nacken. Natürlich, in der Menschensprache Monika. Miu-Miu.
»Woher hatte er dann diese Monikas?«
»Vom Markt in Kandava, jeden Herbst eine. Und dann kam er mit einem Einmachglas zu mir um Mist«, lacht Jutta wie gezwickt. »Hier gibt es nichts zu tun für uns. Gehen wir! Verlorene Liebesmüh.«
Als die beiden Rosensucherinnen sich zum Haselpfad durchgearbeitet haben, kreuzen zwei große Igel ihren Weg. Mit angehaltenem Atem faßt Jutta Nina bei der Hand, einen Augenblick starren die beiden einander wortlos an, dann eilen sie fliegenden Schritts zurück nach Haus.

»Soulsberry, kleine soulsberry«, sagt Mike, der Künstler, beruhigend. Nina hat sich von Tante Helen dazu überreden lassen, mit Lizas Favoriten in die Carnegie Hall zu gehen, und kommt nun, nachdem sie mit Grieg die norwegischen Fjorde durchschwommen hat, neben dem Mann mit nassen Wangen zur Besinnung.
»Soulsberry, du bist so sensibel«, schlußfolgert Mike mit der Sachlichkeit eines Mediziners, als sie während der Pause Champagner trinken und Hundertschaften vorübergleitender *glamourous* Ladies den Duft von Wassermelonen und Taylors weißen Diamanten verströmen.
»Hier konzertieren ausschließlich erstklassige Interpreten«, erklärt er und nimmt die kleine Weltreisende neugierig in Augenschein.
»Du warst eingeschlafen«, bemerkt Nina.

Mike lacht geräuschvoll, Lachen ist Teil der unsichtbaren Etikette, Nina weiß Bescheid.
»Ich schließe die Augen, um mich besser zu vertiefen«, erklärt er. Die Frau verschweigt, daß sich Mike unter Zuhilfenahme eines leichten Schnarchens vertieft hat.
»Worin vertiefst du dich?«
»Come on! Wie meinst du das?«
»Worin vertiefst du dich? Worin mußt du dich vertiefen, wenn du Grieg hörst?« erklärt Nina geduldig ihre Frage.
»Soulsberry, du solltest Schriftstellerin werden. Ich werde dich mit der literarischen Szene bekanntmachen, wie wär's? Lebensqualität erfordert Vertiefung, you know.«
»Was meinst du damit?«
»Hey girl, deine Blauäugigkeit überrascht mich. Es macht absolut keinen Sinn, einfach nur vor sich hinzuleben. Die Hauptsache ist, *wie* du lebst. Die Hauptsache ist Qualität. Cheers!« Er stößt mit ihr an und legt seine Hand auf den nackten Rücken der Frau. Das drahtverstärkte blaue Taftkleid wird nur von den Brüsten gehalten.
»Bleu de Paris«, stellt er anerkennend fest.
Lebensqualität. Qualitätsjahrfünft, Bügeleisen und Fernseher mit Qualitätszeichen, Bestarbeiter, Stoßarbeiter, die Besten der Besten, Arbeitshelden, die mit dem Roten Arbeitsbanner ausgezeichnete Traktoristin, qualitativer Grieg, unqualitativer Grieg. Qualitative Kunst und unqualitative. Unqualitativ und trotzdem Kunst? Wie qualitativ ist Munchs »Schrei«? Und die Athener Akropolis? Ist Flauschs Leben qualitativ oder nicht? Haben die NKWD-Majorinnen die Lineale qualitativ geschwungen?
»Welche Qualität hat der Geist, Mike?«
»Kommt darauf an, soulsberry.«
»Wie legst du das fest?«
»Es hängt davon ab, wie er realisiert wird.«
»Wie machst du es selbst? Ist es möglich, Geist unqualitativ zu realisieren? Und wenn es nicht klappt, wer ist dann unqualitativ – der Geist oder derjenige, der ihn realisiert hat?«

»Pst, es fängt an«, flüstert er, verschränkt gewissenhaft die Arme vor der Brust und schließt die Augen.
Nach dem Konzert lädt Mike Nina zu sich nach New Jersey ein. Dort könne man sich ungestört unterhalten und Scotch trinken.
»Ich glaube, qualitativer Sex ödet mich noch mehr an als Lebensqualität«, erwidert Nina, drückt ihm sorgfältig ihren feurigen Lippenstift auf beide Wangen, setzt sich in ein Taxi und läßt es als Krönung der Qualität dieses Abends kreuz und quer durch die Bronx kurven.
»Mike ist ein ernsthafter, ein sehr ernsthafter Mann«, schüttelt Tante Helen voller Bedauern ihr ergrautes Haupt, da sie Ninas Vorgehen als töricht empfindet.
»Im AIDS-Zeitalter sollte sich deine Verwandte nicht so freizügig verhalten«, signalisiert Liza Helen am nächsten Morgen per Telephon.
»Aber the poor thing fühlt sich hier in der freien Welt wahrscheinlich wie von der Kette gelassen.«
Seelenbeerchen. Wenn Nina etwas mit dem Lebensbaum zu tun hat, der auf den Schrank in der *klēts* gemalt ist, dann befindet sie sich höchstens bei den Vögelchen im Kropf – entweder bei dem roten mit karmindunklem Rücken oder dem graublauen mit dem buschigen Schwanz. Die Vögel haben die Beerchen aufgegessen, die Vögelchen sind zufrieden, der Baum gedeiht, die Äste sind gesund ...

Ein reißender, ungeheuerlicher Knall läßt die Frau auffahren. Sie hat nicht bemerkt, daß sich ein Gewitter zusammengebündelt hat. Springend, tretend und um sich schlagend ist es offenbar mitten in den Röschenhof gestiegen wie auf seinen Dreschboden. *Pērkons hat schwarze Pferde, sind mit Steinen nur gefüttert ...*[1], dieses wird mindestens ein paar Felsblöcke verschlungen haben, ohne sie zu zerkauen. Unangenehm. Sie wird in die Küche zu Jutta und den Kindern gehen. Schau an, Sonnes Auto steht auch vor der Tür.
»Er kommt wegen dieser mageren Göre seines Bruders nicht zur Ar-

---

1 Eine Dainazeile; Pērkons ist der personifizierte Donner, ein Gott des baltischen Pantheons

beit und ist hier zu Hause am Saufen, das ist doch nichts Neues für mich. War es mit dieser Rechtsanwältin aus Riga anders? Aber die hatte wenigstens Verstand genug und ist mit Haldor zusammen weggefahren, anstatt hierzubleiben ... Aber die Neue macht sich offenbar bis ans Ende ihrer Tage hier breit. Macht nichts, macht nichts. Wir werden um unser Recht kämpfen.«
»Guten Abend!«
»Komm rein, Nina, es kracht, als würde die Welt untergehen, ich wollte dich schon holen.«
Sonne sagt nichts. Ißt Kartoffeln mit Speck, hat die Ellenbogen auf den Tisch gestützt und tut, als würde sie Nina nicht sehen.
»Wir müssen die Kinder heimrufen« sagt Jutta, um das Schweigen zu brechen.
»Jānis ist doch schon gegangen.«
»Glaubst du an Gott, Sonne?« fragt Nina und setzt sich der Hofherrin genau gegenüber. Zwischen ihnen befindet sich nur der über dem Tisch hängende Lampenschirm aus weißem Kunststoff.
»Ich habe für solche Dinge keine Zeit«, antwortet sie unwillig.
»Trotzdem, Sonnchen ... Ob er alles hört, was wir so sagen – du, ich, Jānis?«
»Wird's wohl hören, weshalb denn nicht.«
»Macht dir das keine Angst?«
»Wovor? Ich stehle nicht, töte nicht ... Was soll ich mich fürchten? Und ob man sich fürchtet oder nicht – sterben muß man doch.«
Röte steigt in Sonnes Gesicht wie Tinte in ein Blatt Löschpapier. Auch Jutta kramt ohne Sinn und Verstand in sämtlichen Ecken umher.
»Iß, Nina, es wird kalt!«
Während ein Donner kracht, als würde eine Kupferpfanne auf den Estrich geworfen werden, stürzen auch Jānis, Ilse und Uģis in die Küche.
»Pērkonpapa ist wütend«, berichtet Uģis.
»Mama!« Ilse fliegt auf Sonne zu und klammert sich an ihren Arm.
»Warte doch, siehst du nicht, daß ich esse? Und die Füße, wischt euch die Füße ab. Du auch!« Sie wirft einen strengen Blick auf Jānis.

Der jedoch ist gutgelaunt und geschäftig, hört nicht auf seine Frau, wünscht Erdbeerchen einen guten Abend und setzt sich an den Tisch.
»Frag lieber Jānis, ob er an Gott glaubt«, sagt Sonne und sieht Nina durchtrieben an.
»Was denn – seid ihr etwa am Philosophieren?« Erstaunt sieht Jānis von einer Frau zur anderen.
»Haldors Freundin will wissen, ob sie bei Christenmenschen gelandet ist.«
»Was soll denn dieses Gerede«, brabbelt Jutta, als wolle sie Sonne zurechtweisen.
»Nein, nein, sag schon, du Held: glaubst du?« Sonnes runde, hellbraune Augen hängen wie Kletten an Jānis.
»Ja. Aber das spielt überhaupt keine Rolle. So oder so folgt Er jedem Schritt des Menschen – ob er gläubig ist oder ungläubig. Um dann zu richten, nur zu richten. Mit Vergnügen. Stimmt's, Erdbeerchen?«
»Menschen richten grausamer«, antwortet Nina und erhebt sich.
»Wo willst du hin? Bleib doch noch ein bißchen bei uns sitzen. Bist du noch böse? Ich war betrunken, Schwamm drüber«, murmelt er beschwichtigend.
»Nein, du hattest recht. Ich bringe alles durcheinander, mische mich überall ein. Ich werde morgen fahren. Gute Nacht, und danke für das Abendessen.«
Ohne Tumult oder Einwände abzuwarten, unfähig, Jutta anzusehen, springt die Frau zurück zur *klēts*. Für einen Augenblick zögert sie vor der Tür zum anderen Zimmer, öffnet sie jedoch nicht.

Gott, der Richter. Menschen mit Schuldgefühlen sind leicht dem Glauben zu unterwerfen, weshalb die Schriften und Predigten den Menschen zu erniedrigen suchen, zu verkleinern, nichtig zu machen und erbärmlich. Bei Nina ist das nicht gelungen, sie versteht nicht, wie Gott über sein Geschöpf so verächtlich, mit so großer Abscheu denken könnte. Auch Angst vor Strafe quält sie nicht. Ja, sie hat Angst vor Boschs »Jüngstem Gericht«, aber nur im selben Maße wie vor Vulkanausbrüchen, Erdbeben, Flutkatastrophen oder dem Atomkrieg. Es ist

nicht Angst vor einem Gericht, vor dem entscheidenden Akt der Verdammnis oder Auferstehung der Seele. Auch empfindet sie keine Scham für ihr Fleisch oder dasjenige anderer, sie nennt den Körper nicht Esel, wie Franz von Assisi es getan hat. Jesus kam mit seiner Einheit von Körper und Geist nicht zurande, und deshalb wurde auch den Leuten Scham für Nacktheit und Unvollkommenheit eingehaucht. Hat Gott eigentlich nie Eifersucht verspürt bei der Beobachtung, daß die Seele zuzeiten mit dem Fleisch verschmelzen kann? Vielleicht kam es Ihm nicht in den Sinn, daß der Mensch es wagt, mit Ihm zu wetteifern, indem er versucht auszubalancieren, den Einklang von Bewußtsein und Instinkt zu erlauschen? Die Frau glaubt nicht, daß Gott den Menschen in die Welt gesetzt hat, um sich selber zu beglücken mit einem Milliardenharem.
Wenn Gott es sich nun nach den Paradies- und Höllenerlebnissen anders überlegt und die Leute ›erzogen‹ zurück auf die Erde entläßt? Wird Er dann selbst noch nötig sein? Gott stirbt, wenn die Menschen zu Erdenengeln werden. Wenn jedoch ihr eigener Verstand, der da wühlt und sucht, selbst ein Teil des Verstandes Gottes ist, dann ...
»Hör mal, mach kein Theater!«
Jānis hat die Tür aufgerissen und steht auf der Schwelle. Sieht Nina erschrocken und zugleich zornig an, die Augen aufgerissen, die Schultern hochgezogen, als würde er frieren, als wäre er durchnäßt ... Setzt sich neben sie auf den Bettrand.
»Was hat dich gebissen?«
»Nichts, Jānis.«
»Red nicht! Ich habe ein übles Maul, aber über dich habe ich nicht einen einzigen schlechten Gedanken ausgebrütet. Du fährst nicht, du darfst nicht!«
»Was redest du denn ...«
»Das war ein Witz, oder?«
»Nein, ich werde fahren.«
»Warum? Du darfst ihn nicht verlassen.«
»Weißt du, es gibt eine ganz bestimmte Sorte von Hunden: Sie leben in der Stadt, streunen durch die Straßen und bringen es fertig, mitten im

Berufsverkehr die Fahrbahn zu überqueren, wobei sie die Autos vollkommen ignorieren. Sind dir die nie aufgefallen?«
»Was willst du damit sagen?«
»Ich habe Ähnlichkeit mit diesen Hunden. Ich bin taub für den Lärm von Drohungen und lähme deshalb den Verkehr.«
»Hat Sonne wieder irgend etwas gefaselt?« Mißtrauisch sieht er Nina in die Augen.
In Jānis' Blick gibt es keine Wirbelchen wie bei Haldor, die Augen des Hoferben mit ihren großen, dunklen Pupillen sind sanftmütig.
»Warum ist Haldor nicht mehr mit Dita zusammen?« kann Nina sich dennoch nicht enthalten zu fragen.
»Weil sie gar nicht zusammen waren. Sie hat nur versucht zu klären und zu helfen, als diese Deutsche überfahren wurde. Hat gedacht, daß sie dem Schuldigen auf die Schliche kommen würde.«
»Und?«
»Fehlanzeige. Es gab zwar Gerüchte, daß es ein Regierungswagen war und deshalb nichts ans Licht kommt, aber ich glaube nicht daran. Dann wäre die Regierung ja auch bei jeder vom Blitz erschlagenen Kuh schuld. Also abgemacht, Erdbeerchen?«
»Nein, ich muß fahren, mach keinen Skandal.«
»Solltest du eine ganz gewöhnliche Eintagsfliege sein?«
»Ich habe etwas Wichtiges zu erledigen.«
»Kommst du zurück?«
»Vielleicht.«
»Was werde ich Haldor sagen? Daß wir dich allesamt verjagt haben?«
»Was mußt du ihm schon erzählen? Haldor glaubt mir nicht. Aber jetzt geh, Jānis. Und denk daran, schreib es dir dick hinter die Ohren: Du bist nicht schuld an Igeltreters Tod.«
Nachdem er Ninas trotzig zusammengezogene Augenbrauen, ihre Perlmuttaugen und die Haarhörnchen eine Weile betrachtet hat, steht er auf.
»Ich hatte gedacht, du seist anders.«

Noch heute Nacht muß sie die Malerei des dreitafeligen Altarretabels beenden. Der Bischof ist aus Rom zurückgekehrt und will das Bewerkstelligte sehen.
Die Frau taucht ihre Hände in Honig – die rechte in dunklen Heidekrauthonig, die linke in hellen Lindenhonig – und trägt ihn mit behutsamen Bewegungen auf. Die feinen, leuchtenden Heiligenfiguren schmelzen in den goldenen Flor, versinken in der Tiefe, jedoch gerade so weit, daß sie überschaubar sind. Den grünlichen Apfelblütenhonig streicht sie über den Himmel und mengt plastische, sumpfige Wolken hinein. Dann bestäubt sie das Retabel mit Fledermausasche, damit der Honig nicht herabläuft, sondern wie Vulkanlava erstarrt. Sie zerdrückt Bienenwaben zu verschlungenen Voluten, mit denen sie die Rahmenteile verziert, setzt dann nochmals Akzente mit verzuckerten Stückchen, bläst abermals Asche darüber und wäscht, da sie die Arbeit beendet hat, ihre Hände in dem Kelch mit warmer Milch, den Benjamin an den Fuß der Kanzel gestellt hat.
Sie ist erhitzt, das runde Samtmützchen ist auf eine Wange heruntergerutscht, und die nackten Füße brennen auf dem Fußboden aus verschiedenfarbigem Glas. In Erwartung des Bischofs hat Benjamin im Keller der Kirche Feuer gemacht, so daß das Glas die Fußsohlen versengt und man von einem Fuß auf den anderen treten muß.
Die Honiggemälde fließen noch eine Weile wie lebendig und schillern, dann erstarren sie zu transparenten, barocken Reliefs.
Der Bischof ist mit unhörbaren Schattenschritten eingetreten, hebt die Frau empor und setzt sie sich auf den linken Ellenbogen. Es ist ein sehr großer Bischof. Seine Füße brennen nicht, er hat hohe, schwarze Reisestiefel an.
»Ich verweile gern in deinem Leben, es ist voll von Quellen der Zugehörigkeit«, hebt der Ankömmling aus Rom zu sprechen an. »Und deshalb behalte ich dich.«
Die Frau rückt das grüne Samtmützchen zurecht, springt von seinem Ellenbogen auf den heißen Glasfußboden, verneigt sich tief und sagt: »Nein, mein Gebieter, ich muß weiterziehen. Die Kirchen sind zerstört, es gibt viel Arbeit.«

»Im Namen Gottes bitte ich dich zu bleiben!«
Die Stimme des Bischofs klingt traurig, der dunkelviolette Umhang hängt von den Schultern herab wie begossene Engelsschwingen. Doch die Frau schüttelt verneinend das Haupt, sie wird gehen.
»Benjamin! Fesseln und einsperren!« schreit der traurige Bischof, und seine langen Lederstiefel stapfen über den mit Amorfiguren überreich bemalten Glasboden.
Die Frau faßt nach einer der Honigkannen, es ist gewöhnlicher Wiesenhonig, und gießt ihn dem Bischof auf die Füße. Er setzt zu einem Schritt an, aber es geht nicht, er klebt fest. Wie eine flinke Klostermaus faßt die Frau die nächste Kanne, gießt sie aus, dann die nächste, eine um die andere, die ganze göttliche Blütenstaubmasse gießt sie aus und schüttet dann den Krug mit Fledermausasche darüber. Der Honig erhärtet, der Bischof bleibt, die Hände zu den Gewölben erhoben, für alle Ewigkeit.
»Ich gab dir all mein Bestes«, sagt die nun ebenfalls bekümmerte Frau, indem sie das leidensgeläuterte Antlitz des Bischofs betrachtet, und schlägt ein Kreuz für ihn.
Dann schüttelt die Künstlerin den grünen Brokatrock aus, krempelt die Seidenärmel auf, erklimmt die Kanzel, balanciert einen Moment lang, springt dann und verwandelt sich während des Falls in eine Biene, die spöttisch summend dreimal den rennenden Benjamin umkreist und durch die prunkvolle Tür der Steinkirche in den blauen, schreienden Himmel hinausfliegt.

Nina setzt sich für einen Augenblick an den Teich, schreitet dann die Biegungen und Buchten des Flusses ab, den Eichenhain, läßt Dauka sich austoben, tränkt Rebekka und macht sich auf den Weg. Es ist noch früh, die Sonne wird ihr nicht aufs Haupt brennen, in der Tasche die fünfundzwanzig Lat, die Haldor nicht annehmen wollte, in der Hand den orangefarbenen Koffer, den Natalia mitgebracht hat.
Jutta bleibt in der Röschentür stehen, die Finger ineinandergekrampft, und vermag nur vor sich hinzuflüstern:

»Du hast es versprochen, du hast es mir versprochen ...«
Eine Weile, solange die Hände noch nicht taub geworden sind von dem schweren Gepäck, sind die Augen vernebelt, doch dann klaren sie auf in hellem Trotz, in einem mir unverständlichen fernen, für sie allein ergründlichen Hinstreben.
Den Schwanz wie einen Mast erhoben, begleitet Samuel die Frau bis zum Ende der Allee. Ich kann nicht behaupten, daß die Frau flieht ...

Die Wohnung duftet nach Bohnerwachs und Gewürzen – Kardamon, Nelken, Vanille und Zimt, vielleicht noch Muskatnuß und Rum. Es ist, als wäre Nina an Bord eines alten, jahrhundertealten Schiffes gegangen, das unvermittelt, von fernen Meeren kommend, im Rigaer Hafen festgemacht hat und auf neue Fracht wartet. Doch wo der Kaschmir, die ätherischen Öle? Das Parkett knarrt und stöhnt, ihre Schritte hallen durch die Zimmer, als durchschritte sie eine leere Landkirche.
In ihrem Zimmerchen liegt ein Brief auf der rot-schwarzen Überdecke. *Nina! Ich weiß, daß du bald herkommen wirst. Lebe glücklicher in dieser Wohnung, als wir alle zusammen es vermocht haben. Ich rufe dich an. Die Miete ist bezahlt. Natalia. P. S.: Njina hat mir geholfen, nicht zu verhungern. Das ist wesentlicher als ihr Ertrinken – im Zusammenhang mit Deinem Namen.*
Sie öffnet die Fenster, schaltet das Radio ein, kocht Kaffee, zieht dann das ärmellose schwarze Kleid an, das sie im Koffer gefunden hat, und geht in Richtung Altstadt.

Das Pflaster des Domplatzes glüht wie die Steine einer *pirts*, Nina fühlt die Hitze sogar durch die dicken Sohlen ihrer Sandalen. Unter bunten Sonnenschirmen hocken friedliche Biertrinker, die depressive Stadtjugend und nachfeierabendliche Firmensachlichkeiten beieinander.
»Wie geht's, Lydia?« Nina steckt den Kopf in den Zeitungskiosk.
»Lange nicht gesehen. Alles beim alten. Liegt da wie immer, sagt nichts, rührt sich nicht, aber starrt und starrt ...«

»Kopf hoch, Lydia! Legst du noch immer Fürbitte bei Gott für mich ein?«
Die Zeitungsverkäuferin ist beschämt. Es ist offensichtlich, daß sie es nicht mehr tut, denn es fehlt ja der gewohnte Anlaß, um für die Seele des ›hehren Kindes‹ zu beten.
»Macht nichts, ich werde diese Rechnung selbst begleichen. Leb wohl!«
Lächelnd steigt Nina die Treppe des Hauses in der Tirgoņu iela zum Dachgeschoß hinauf.
»Wer ist da?« ertönt Rauls heisere Stimme.
»Ich bin's, Nina, ich muß mit dir reden.«
»Warte, sofort!«
Nach einer guten Weile öffnet sich die Tür, und vor ihr steht ein langer Mann, Nina hatte schon vergessen, wie lang er ist, mit grünlichschwarzen Ringen unter den Augen, in kurzen Hosen und einem roten T-Shirt mit Zigarettenbrandlöchern.
»Ich hatte nicht mit dir gerechnet« sagt er, als Nina in dem gelben Klubsessel eine schlanke, braungebrannte Augenweide in ebenso gelben Absatzschuhen und einem kurzen, fast unsichtbaren Röckchen erblickt.
»Setz dich, Nina, Marika wird gleich gehen, sie hat mir einige Unterlagen gebracht, weil ich krank bin ...«, erklärt der Mann etwas zu fieberhaft und stürzt in die Küche, um Kaffee aufzusetzen.
»Hallo, Marika!« Nina lächelt, reicht ihr aber nicht die Hand.
Die langbeinige, wie aus Holz gedrechselte Frau wirft das glänzende, dunkle Haar zurück und erhebt sich. »Offenbar kann man dich nur mit anderen Mitteln loswerden. Wie eine Plage ...«
»Nicht böse sein, Marika! Ich muß nur etwas besprechen, in einer halben Stunde ist er wieder frei. Komm später wieder!«
»Hör auf zu Wiehern, Neandertalerin! Tschüß, Liebling, ich verdufte«, ruft sie, wirft sich die gelbe Handtasche über den Rücken und knallt die Tür hinter sich zu.
Auf dem Couchtisch bleiben zwei unausgetrunkene Gläser Wein und eine halbvolle Flasche Burgunder zurück.
In der Magengegend klopft irgend etwas mit spitzem Schnabel, wie ein

Specht gegen einen morschen Baum, ich sehe, daß es ihr einen Stich versetzt, sie hatte sich eingebildet, daß Raul ... Aber das geht schnell vorüber.
Rauls Hand zittert leicht, als er ihr Kaffee einschenkt und den Zucker in seiner Tasse umrührt.
»Sie arbeitet bei mir im *Pelikan*«, erklärt der Mann nochmals.
»Ist in Ordnung«, nickt Nina.
»Wie geht es dir?« Raul sieht die Frau unsicher an, mustert sie vom Scheitel bis zur Sohle, dann steckt er sich eine an.
»Seit wann rauchst du?« wundert sich die Frau.
»Wirst du bleiben?«
»Unsinn! Ich brauche Geld von dir, ein Visum für Norwegen und ein Flugticket. So schnell wie möglich.«
Nachdem sie ihren Text abgefeuert hat, erhebt sich Nina und tritt ans Fenster. Karnickel vom *Blauen Vogel* flitzt mit Tabletts hin und her, das Hemd klebt ihm am Rücken, *Lido*-Max hingegen, steif und unbeweglich wie ein Steinkauz bei Tag, beobachtet die Vorübergehenden mit wertenden, zynischen Augen.
»Raul, es ist sehr wichtig für mich. Entscheidend. Ich will dir nicht drohen, aber wenn du es mir verweigerst, dann werde ich die Scheidung zu einer Tortur machen. Ich habe bereits eine Anwältin, die sich mit dem ganzen Gemansche bestens auskennt. Deshalb ... Bitte! Sonst brauche ich nichts von dir.«
Er schweigt. Trinkt Kognak aus der Flasche. Die Zigarettenasche fällt auf den Teppich.
»Du bist verwahrlost.«
»Wird er mitfahren?«
»Wer?«
»Dein Polizist.«
»Nein. Ich muß allein dorthin. Raul, es ist eine Kleinigkeit für dich, das weiß ich genau. Du könntest es an einem Tag ... Bitte!«
Die Frau hat sich neben ihn gesetzt, ihre Hand auf das rote T-Shirt gelegt und spürt den bebenden, trockenen Körper. Mitleid steigt in den Hals, die Augen, die Magengrube, widerlich.

»Schenk mir auch ein bißchen ein«, räuspert sich Nina.
»Bist du nur wegen Norwegen gekommen?«
»Ja.«
»Sogar ums Lügen ist es dir zu schade ...«
»Raul, laß uns nicht anfangen, ich kann das nicht ertragen.«
»Ob du es überhaupt bis zu dem Nest schaffst? Vielleicht fesselt in Oslo ein Barde mit Panflöte deine Phantasie, und du bleibst für ein Weilchen, vergißt Griselda, von allen anderen einmal abgesehen ...«
»Du hast mich erfunden, Raul. Von Anfang an.«
»Und du mich. Aber du weißt nicht, wozu ich fähig bin, damit du zurückkommst. Zu mir.«
»Nur nicht weinen! Weder die Neureichen noch die Mafia werden dir zu Hilfe eilen. Und wenn Lettland tatsächlich Europa wäre, säßest du längst hinter Gittern.«
»Nina, du brauchst einen Arzt. Weshalb drohst du mir die ganze Zeit? Was habe ich dir getan?«
»Genug geschwätzt! Wirst du es tun?«
»Natürlich, schließlich liebe ich dich.«
»Laß das bitte.«
Sie trinkt den Kognak aus, streicht die Haare zurück, wirft einen Blick auf die Uhr.
»Werde ich übermorgen fliegen können?«
»Ich denke, ja. Geh noch nicht. Bleib noch ein wenig«, bittet der Mann leise, und Nina sieht, wie sehr er sein eigenes Flehen verflucht. Die große Gestalt gleicht einem zerbrochenen Gerüst, die Schultern ins Sofa gebohrt, die Knie bleich, ungebräunt, die Adern auf den schmalen, langfingrigen Händen zu dicken Stricken geschwollen.
»Die halbe Stunde ist um, Marika wird gleich zurückkommen. Biete ihr doch Eis und etwas Obst an, was sitzt ihr hier bei bloßem Wein ... Also, mach's gut. Ich bin unter Natalias Nummer zu erreichen, wenn alles fertig ist.«
Nina küßt den Mann auf den Scheitel und wendet sich zum Gehen. Bevor sie die Wohnungstür öffnet, wird sie an der Schulter schmerzhaft von Erlands mundgeblasener Rauchglasfrau mit den in ihren Körper

eingeschmolzenen Bernsteinstückchen getroffen, die auf dem gefliesten Fußboden des Korridors zerspringt.
»Das hat keine Bedeutung, Raul«, sagt die Frau traurig und geht.

Auf dem Platz vor der Philharmonie schwätzen und trinken die Jugendlichen, einige schwarzgekleidete Mädchen mit Sonnenbrillen rauchen Gras, Nina kennt den Duft aus den Zeiten im *Shanghai*; mit verächtlichem Blick auf die Herumtreiber strömen Damen im Kostüm mit zurechtgemachten, rasierten Männern an ihrer Seite ins Konzert, natürlich, ins Konzert, Julius, der Akkordeonspieler, schleppt sich offensichtlich, sein schweres Gepäck über den Rücken geworfen, unsicheren, schlaffen Schrittes nach Hause. Der graue Hosenboden hängt wie die Haut eines indischen Elephanten herab.
»He, Julius!«
»Hallochen!«
»Wie steht's mit dem Budget?«
»Nur für den Magen. Für die Kultur reicht's nicht.«
»Viel Erfolg!« Nina winkt ihm zu und schlendert weiter.
Vor dem *Hotel de Rome* eine Schlange von Taxis mit athletischen, finsteren Fahrern, im verglasten McDonald's Eltern mit Kindern, auf dem Basteiberg ab und an ein Tantchen mit Hündchen, fast nie mit Herrchen, auf dem Kanal wie schon seit Jahren kein Schwan, nur Entenschwärme ... Das Freiheitsdenkmal, Touristen photographieren einander, ja, hier hat doch Clinton persönlich eine Rede gehalten und, ach, feuchte Augen bekommen vor Mitgefühl angesichts des großen Kampfes des kleinen Volkes. Vor der französischen Botschaft winkt Nina einigen bekannten, raffiniert gestylten Künstlerinnen und blaßernsten Männern mit vorerst ungelöster Zunge zu, es glänzen bewachte Limousinen, es glänzen die Vitrinen, der Blumenmarkt bei *Sakta* flackert im Kerzenschein, es dunkelt, der Juliabend dunkelt. Die Brīvības iela ist bevölkert wie ein mittelalterlicher Marktplatz, doch wenn du in eine der Seitenstraßen abbiegst, bist du ganz Ohr von der plötzlichen Stille und den seltenen, eiligen Schritten eines Fußgängers und ganz Auge von seinen Schatten. Gelächter und großtuerischer Lärm bricht nur aus

angetrunkenen Passanten hervor, sonst ist alles still. Wie pfeifende Fliegerbomben überfliegen Autos die lethargischen Straßen, ohne auch nur zu ahnen, ob sie jemanden über den Haufen gefahren oder lediglich starr vor Schreck zurückgelassen haben.
Welcher Krieg hat hier gewütet? Der Livländische? Der Polnischschwedische? Der Nordische vielleicht? Paß auf, ob im Rinnstein nicht eine *nagaika*[1] oder wenigstens ein *pižik*[2] herumliegt ... Nein, plattgedrückte Coladosen und Präservative.
Wenn die Linden blühen, wird Nina schon wieder zurück sein. Dann wird sie mit Haldor die ganze Nacht bis zum Morgengrauen durch die Straßen gehen, ohne Furcht vor den Kriegen und Revolutionen, die Riga überzogen haben, ohne Furcht vor Dunkelheit, Schatten und Menschen. Sie werden unter den blühenden Linden im Vērmanes dārzs[3] sitzen, und Nina wird dem Mann Geschichten über Schwertlilien, Wüsten, Schattenfossilien und das Zeitalter vor der Erfindung der Schwerkraft entlocken.
Aber jetzt beeilt sie sich, Juliabende im freien Riga sind für einsame Frauen mit Perlmuttaugen unangemessen.

In Natalias Schrank hängen Flauschs alter Morgenmantel mit dem gesteppten kunstseidenen Kragen und Vaters olivgrüne, mottenzerfressene »Bibliotheksjacke«. An der Schranktür neben dem Spiegel der schwarze Schlips mit hellblauen Sternchen – den bindet er um, als er zur Schule zitiert ist ... Auch der weiße, fransige Seidenschal, den Nina ihm zu seinem letzten Weihnachten in Lettland geschenkt hat, hängt dort verwaist.
Im Bücherschrank hinter poliertem Glas: Kant, Engels, Augustinus, Tolstoj und Rilke. Die sind nicht mitgefahren nach Deutschland. Zwischen zwei Scheiben geklemmt Ninas Hochzeitsbild. Es scheint vor einem Jahrhundert aufgenommen worden zu sein – so hilflos verwundert sind ihre weit aufgerissenen Augen unter dem weißen Hütchen aus sei-

1 nagaika: russ. Pistole der Zarenzeit
2 pižik: Pelzmütze mit herunterklappbaren Ohrenwärmern (russ.)
3 Vērmaṇdārzs: urspr. ›Wöhrmannscher Garten‹, ein kleiner Park

digem Samt. Die Lippen gespannt, als würden sie gewaltsam (so schickt es sich) in einem kaum wahrnehmbaren Mona-Lisa-Lächeln gehalten, nicht freigelassen zu einem glücklichen, übermütigen Lachen. Daneben Raul: ernst, zwei Köpfe größer, was ihn einsam erscheinen läßt – in seinen Höhen ist es unmöglich, Ninas Verwunderung zu begegnen.

In ihrem Kämmerchen sitzt Saulcerīte, die Stoffpuppe aus Mierchens Jugendtagen mit dem Porzellangesicht und den beweglichen Emailleaugen, die sich mit lautem Klacken öffnen und schließen. Es sind Mierchens eigene, damals noch schwarze Haare, die mit dickem, dunkelbraunem Leim an den Porzellankopf geklebt sind.

An der Wand eine verblichene Reproduktion von Gauguins Inselfrauen. Sie hat gut zwanzig Jahre lang dort gehangen, denn Nina ist gerade erst sechs oder sieben, als Vater sie nach Leningrad in die Eremitage mitnimmt und die Tochter ein Bild nach ihrem Geschmack aussuchen läßt. Noch älter ist die Stehlampe mit dem zwiebelförmigen roten Wachstuchschirm und der schiefe Wiener Kaffeehausstuhl.

Hier ist sie geboren und aufgewachsen. Hier hat sie Grenzen übertreten. Hier, in diesem Zimmer, ist die Startlinie. Von hier aus auch ihre Ausflüge zu dritt an den Strand. Hier auch der gruselige Korridor, in dessen Halbdämmer die Mäntel zum Leben erwachen, die ihre Köpfe und Füße dem Teufel verkauft haben ...

Mutters Sanftheit und Sanftmut gründen in Gleichgültigkeit. Natalia wird durch nichts berührt, was nicht unmittelbar in ihr Leben einbricht. Kein gestorbenes Kind, kein geschlachtetes Tier – über die Hungernden von Afrika muß man sowieso die Klappe halten. Nur ihr eigenes Wesen als Patrone des Lebens, wenn jemand sie in die Arme geschlossen hat. Ein Stalaktit der Gleichgültigkeit, der sich in einen tropfenden, rasch sterbenden Eiszapfen verwandelt, wenn jemand mit einem Flammenwerfer ins Herz der Schneekönigin getroffen hat. Vielleicht kommen alle Mütter in der Fremde, bei Hunger und Kälte so zur Welt?

Ob Vater das versteht? Was begreift er überhaupt von Frauen, was denkt er über sie? Hat er Turgenjews weiße Flüsterinnen studiert? Marquez? Jong? Unbegreiflich. Dem Aussehen nach ist der Vater temperamentvoll, gar leidenschaftlich, aber Nina glaubt, daß er insgeheim überzeugt ist: Ins Hirn gestiegenes Sperma ist viel wertvoller für Wissenschaft, Kunst und das Schöne überhaupt, als für das, wo es nun mal normalerweise hingelangt. In Vaters Bibliothek gibt es weder Blut noch Eiter, Schmerzen, Speichel, Sekrete, Urin, Exkremente, Schweiß... Vater hat es verstanden, Scheuklappen aus ästhetischem Material von erlesenem Geschmack anzufertigen. Und Mutters filigrane Poesie eines Eiskristalls ist dieser Welt angemessen, ja, geradezu wie geschaffen dafür. Warum hat die Frau das erst jetzt begriffen?

Möglich, daß Nina ein wenig ungerecht ist, das räume ich ein, denn es schmerzt sie, schmerzt, noch ist das Kindlein vom Strand von Bulļi nicht gestorben, es hält sich noch mit einer Hand an der warmen Hand des Vaters fest und will wenigstens an der Horizontlinie, und sei es als gerade noch erkennbares Pünktchen, die Mutter erblicken. Denn Flausch gibt es nicht mehr, Mierchen und den Altgatt gibt es nicht.

Das schmale Jungmädchenbett duftet nach Bleichmittel, die Laken sind, wie stets bei Natalia, steif vor Stärke und schmiegen sich dem Körper nicht an. Nina steckt den Kopf unter das Kissen und klebt die Lider mit schwarzem Leukoplast zu, damit sie nicht denkt, damit weder ein Ausdruck noch eine Fingerbewegung noch Haldor selbst in ihre Schicksalsgründe einzubrechen vermögen.

Um drei Uhr nachts läutet es an der Tür. Ungeduldig. Ein betrunkener Raul! Typisch. Vielleicht Marikas Jungs mit Revolvern, natürlich schallgedämpft? Sie wird nicht öffnen. Diese Wohnung ist Vergangenheit, hier gibt es kein Heute.

Aber der Läuter weiß, spürt, daß die Frau erwacht ist und hinter der Wohnungstür zittert. »Mach auf!« Die Männerstimme im Treppenhaus klingt gebieterisch und scharf.

Nina wirft sich Flauschs alten Morgenmantel über das kurze, geblümte Schulmädchennachthemd und öffnet die Tür.

Breitbeinig, den Kopf gesenkt wie ein Stier, die Frau im Visier der geröteten, fast schwarzen Augen, knallt Haldor mit einer Hand die Tür zu, mit der anderen packt er Nina beim Kinn.

»Hör auf!« Sie macht sich los. Der Griff des Mannes ist auf unbekannte Art schmerzhaft.

Er hat lange, schwarze Lederstiefel an, die Haare sind ihm in regelmäßigen Locken in die Stirn gefallen wie Julius Cäsar. Er atmet schwer, ohne ein Wort zu sagen, ohne auch nur einen Steg von der Stärke eines Grashalms in ihre Richtung zu werfen.

»Wo kommst du her?« fragt Nina sanft.

»Vom Hof.«

»Komm doch herein! Wie hast du mich gefunden?«

Nein, er wird kein freundschaftliches Gespräch sich entspinnen lassen, der Mann hat Steine, schwarze Steine verschlungen und wird genauso donnern wie der Höllenfürst, wenn die Frau auch nur ein Fünkchen schlägt.

»Durch Raul«, sagt er betont beiläufig und geht, nachdem er die Frau von sich weggeschoben hat, in ihr Zimmer.

»Also von hier stammt so ein Exemplar wie du ... Hier bist du aufgewachsen.«

»Du machst mir Angst«, sagt Nina und berührt mit der Hand vorsichtig Haldors Schulter. Aber er zuckt zurück, als würde er gestochen.

»Heuchlerin!«

»Und du – Lügner, Feigling!« ruft Nina verärgert und rennt in die Küche. Aber Haldor holt sie mit einem Sprung ein.

»Nicht kneifen, Mädel, dafür haben wir keine Zeit!«

»Schrei nicht, du darfst nicht ...«

»Und du?! Du?! Du darfst alles?!«

Er kommt näher und näher.

»Haldor, bitte! Ich habe Angst vor dir.«

»Warum bist du abgehauen?«

Sie schweigt. Er wird es nicht verstehen, er ist verletzt, darum ist er jähzornig geworden, nein, er wird nicht hören, ihm, typisch Mann, steht es zu, nicht zu hören, was auch immer Nina jetzt sagen würde.

»Ich habe dir vertraut«, sagt sie kaum hörbar und fühlt kochende Lava in Hals, Nase und Augen steigen. Sie dreht sich um und preßt die Stirn gegen den Küchenschrank.

»Sieh mich an«, befiehlt er und dreht die Frau zu sich um.
Nina atmet tief, beißt in die Wangenschleimhaut, schaut, versucht, jenseits der rot entzündeten Sirenen in Haldors Augen einzutauchen, dort hinzugelangen, in die tiefblaue, teure Tiefe, die sich gleich, jetzt gleich, in Wirbelchen drehen wird, der Kiefernblütenstaub wird aufsprühen, aber nein, sie schafft es nicht, Tränwasser überflutet die Landschaft, das Kinn, nein, das ganze Gesicht zuckt und zittert.
Der Mann wendet sich ab. Sein Rücken ist unsinnig breit in der schwarzen Lederweste, er ist fremd, schroff und unbarmherzig. Die Frau versucht es noch einmal. Legt beide Hände auf die Schulterblätter des Mannes und preßt die Lippen auf die Wirbelsäule, die bebt, gespannt wie ein Bogen. So stehen sie eine Minute, zwei, eher ganze zwölf, dann löst sich der Bogen allmählich, er hebt die Frau auf seine Arme und trägt sie ins Zimmer des Vaters. Schaltet kein Licht ein, stolpert, tastet. Nina jedoch blüht im Dunkel auf, sie blickt über die sieben Berge hinweg, die feurige Lava ist zu warmem Regenwasser geworden, das nach und nach in ihrer Haut versickert. Sie versteht nicht, warum sie ihn hat glauben lassen, daß sie flieht – ihn, jenes einzige Wesen, ohne das sie nicht mehr zu atmen vermag, zu sehen, zu fühlen.
Er hat die panische, gnadenlose Schroffheit zusammen mit den Kleidern abgelegt und wird ebenfalls zu lindem, erquickendem Wasser, das die Frau an gestürzten Bäumen, eingebrochenen Ufern und scharfen Steinen vorüberträgt. Der Mann ist der Strom des Lebens in der Frau, ohne sich im großen, formlosen Ozean zu verlieren, es ist auch nicht die Flut des Jüngsten Tages, nein, er besprengt die Ufer, während er durch das gewundene, launenhafte Flußbett rinnt, doch ist nicht zu sagen, ob das Bett den Strom führt oder der Strom das Bett formt. Darf ich dir ... sagen ... ich traue mich nicht ... nur du allein darfst es hören ... ich ... keinen Augenblick ... ich kann nicht ... du bist ... von Anfang an ... ich kämpfe nicht ... bitte ... wir ... du mußt wissen ... nur du ... immer ...
Hände, Beine, Münder, Haare, Atem, Herzschläge ineinander zurückgelassen, zurückgelassen als Pfand für sich selbst, schlafen sie ein.

»Jeg forstår ikke! Jeg forstår ikke!« schluchzt Griselda, wobei sie das weiße Ledersofa streichelt, Erlands grüne Regenjacke, die gläsernen Köpfe und die geblasenen, bunten Frauenkörper.
»Jeg forstår ikke!«
»Selber schuld!« antwortet Nina schroff, schlägt die Absätze der braunen Samtstiefelchen gegeneinander, fliegt zur Deckenlampe empor, zerschlägt sie und läßt die weißhaarige Frau im Dunkeln zurück.
Sie fliegt fort in die violetten Spinngewebe der Dämmerung, die sich in Pferde verwandeln und die Frau über smaragddunkle Wälder zum Schloß tragen, zu den weitschweifigen Gärten, während des Rittes überschaut sie die Kaskaden der Teiche, die nun überwuchert sind mit Irisblüten in den verschiedensten Blautönen, Schwertlilien, deren Filamente wie lebendige Zauberzungen im Mondschein schimmern. Wenn es die Frau gelüstet, die Wasseroberfläche zum Schaukeln zu bringen, gibt sie nur einen Wink mit der Hand – eine Welle läßt Tausende von Blüten aufwogen, das Blumenmuster beginnt zu flirren, und die Zungen klirren wie zahllose winzige Schwerter in einem plötzlichen, graziösen Scharmützel.
Die Frau weckt die eingenickten Teichwächter, gießt Öl in ihre Lampen und erinnert sie streng: »Daß auch nicht eine einzige Blüte gepflückt wird!«
Im großen Glassaal schlummert der ermattete König, ihr Liebster mit den seidenen Gliedmaßen, sie weckt ihn nicht, nur einen Amethyst läßt sie in dem riesigen Raum erstrahlen, um zu sehen, ob er fest genug gefesselt ist. Meerweiber haben sorgfältig, überaus sorgfältig Perlenstricke geflochten, auf daß niemand das süße Joch zu zerreißen vermöge, auf daß sie beide auf ewige Zeiten ... Rote Scherben böhmischen Glases, groß wie Stalaktiten vorzeitlicher Höhlen, schimmern in dem gotischen Gewölbe über dem schlafenden König, gezackte, riesige Tiffanymuscheln bilden die Tür ... Weder tot noch lebendig, weder Schatten noch Geist werden von hier entweichen können. Und wenn die Meerweiber und Iriswächter als erste sterben, wenn sie beide Hunger leiden sollten, dann wird die Frau sich ihrem Geliebten hingeben als Brot.

Plötzlich gleiten die Samtstiefelchen von ihren Füßen, die violetten Pferde gehen in die Knie, sie begreift nicht, ihr flimmert es vor den Augen. Die unzähligen hehren, gehegten Teiche strömen über, das Wasser steigt ... Auf dem blaublühenden Gewässer nahen große, majestätische Schiffe: Mariella, Isabella, Rosella, Amorella, Cinderella ... An den Masten ... an den Masten flattern Piratenflaggen mit Erlands Gesicht, auf den Decks wimmeln, klettern, fallen, schreien, flehen, wüten Tausende von Menschen. Es gelingt ihr nicht, sie alle zu unterscheiden, sie sieht Māra, die eine halbaufgetrennte, gelbe Jacke schwenkt, sie sieht San-San sich Knochenstäbchen in die flache Brust bohren, Viktor geistert mit Joricks Schädel umher, ach, Vater und Mutter beißen einander in den Kopf, es sind Tausende – Raul mit einem Rettungsring um den Hals, Miu-Miu mit einem Vogelbauer, vollgestopft mit Igeln, der Sergeant gibt ein schlaffes Gelächter von sich, Flausch, Flausch ruft um Hilfe, der schwarzhaarige Paul füllt Sonne mit einer kleinen Schippe Sand in den Mund, Dita mit rasiertem Haupt, sie wird über Bord springen, mein Gott, die Teiche sind zu seicht, Jānis hockt auf dem ungeworfenen Anker, Enno und Aime blasen gemeinsam auf einem kleinen Hifthorn, der Altgatt will singen, aber aus seinem Mund rinnt schwarzer Teer, den Mierchen, die unten steht, in einer weißen Fayenceschale auffängt, sie bläst Atem darüber hin, der Teer lodert auf wie eine Fackel, vor dem kupferroten Licht erschrickt Pfirsich, oh, er streckt seine Hände nach Nina aus, aber die Frau hat sich in den Dämmerfetzen versteckt, entsetzt sieht sie zu, wie die spitzen Nasen der Schiffe die teuren, goldenen Scharen von Schwertlein brechen, zerbrechen, wie die Wogen zermalmter Blüten sich näher und näher an den Glassaal heranwälzen, wo der Geliebte schlummert.
»Gib ihnen Haldor! Gib ihnen Haldor!« kreischen die Meerweiber und verbleichen vor Angst zu Morgenrotschatten.
Nina läuft, um die Perlenketten zu sprengen, damit der Mann nicht ertrinkt, damit die Schiffsnasen ihn nicht zermalmen wie eine Irisblüte, um ihn mit sich in die Astgabelung der Eiche emporzureißen, auf das Dach vom Röschenhof, in das Storchennest, doch die Perlenketten geben nicht nach, ihre Finger werden hart und krumm wie Vogelkrallen

bei dem Versuch, sie zu zerreißen. Der hingestreckte Mann mit den seidenen Gliedmaßen sieht die Frau aus großen, dunkelblauen Irisaugen an, er ist glücklich, trunken, er gibt keinen Rat, wie sich retten, flüstert nicht eine Silbe, und dann ...
»Womit kämpfst du denn sogar noch im Schlaf?« Besorgt schüttelt Haldor die schreiende Frau.
»Ich habe dich gefesselt, aber dann ... Ich wollte dich auf ewig behalten, auch du warst glücklich, doch ...«
Er zieht die Frau behutsam auf sich, nimmt ihren schweißnassen Kopf in seine Hände und sagt ernst:
»Du mußt Mädesüß einnehmen, meine Gute, deine Nerven streiken.«
»Hat Raul dir das eingetrichtert?«
»Nein, das sehe ich selbst.«
»Gar nichts siehst du. Ich liebe dich.«
Er schließt die Augen, über die Lider tanzen violette Amethystschatten fort, und die Frau entzaubert sie nicht zu Tränen.

       Haldor begleitet Nina bis an die Gangway. Nach dem letzten Kuß drückt die Frau die Hand des Mannes fest zusammen und sagt:
»Wenn ich zurückkomme, werden wir eine Ausstellung mit Hannelores Bildern machen – unter deinem Namen.«
Der Mann errötet jäh, will etwas sagen, doch Nina fliegt empor und verschwindet in dem Aluminiumkörper. Durch die trüben Fenster wagt sie es, auch mich anzusehen. Dort, innen, fühlt sie sich sicherer. Von ihren Perlmuttaugen ist ein tiefer und heiterer Triumph abzulesen. Sie ist überzeugt, mich besiegt zu haben.

       In der Wartehalle des Flughafens sind nur die beiden Männer zurückgeblieben. Der eine groß, ein wenig gebeugt, mit Blumenstrauß, der andere aufgeregt, die Hände zu Fäusten geballt. In dem leeren Raum gibt es nichts, woran ihre Augen

hängenbleiben könnten, weshalb sich von Zeit zu Zeit Rauls und Haldors Blicke begegnen.
Als durch den Lautsprecher die Landung der nächsten Maschine angesagt wird, drehen sie sich fast gleichzeitig zu mir um. Fluch liegt in den Augen des einen wie des anderen.
Mit Flug Nummer 321 kehrt die Frau nicht zurück.

Das Gedicht »Psalm« von Paul Celan ist mit freundlicher Genehmigung entnommen aus: Die Niemandsrose. © S. Fischer Verlag GmbH, Frankfurt am Main, 1963